Georg Hermann

Die Nacht des Doktor Herzfeld

Die Nacht des Doktor Herzfeld
Georg Hermann

Herausgegeben von der Redaktion der Berliner Zeitung / Paperview
Produktion: Paperview 2007
ISBN 9789078432524
Pflichtangabe D/2007/54370/30

www.paperviewgroup.com

Qui m'ont conduit et t'ont conduite
Mélancoliques pélerins
Jusqu'à cette heure, dont la fuite
Tournoie au son des tambourins.

Paul Verlaine

Eines stand fest: musikalisch war Doktor Alwin Herzfeld nicht. Denn, wenn er gegen Abend oder am späten Nachmittag – eigentlich wohl immer zur gleichen Zeit, aber was im Winter Abend, ja beinah Nacht ist, das ist es ja im Sommer noch keineswegs… wenn Doktor Herzfeld da – er wohnte irgendwo ganz draußen im Westen in einem Gartenhaus – über den Hof ging, dann pfiff er stets: einmal, zweimal, auch dreimal – nie öfter. Und eben dieses Pfeifen verriet ihn. Durchaus nicht nur einen Ton flötete er, sondern eine ganze Tonfolge, immer die gleiche, sieben Töne hintereinander. Den Pfiff kannten alle im Haus, während den Doktor selbst bisher kaum jemand gesehen hatte. Er war wie der Vogel Bülow, dessen Ruf man kennt, den man aber nur selten und schwer zu Gesicht bekommt.

Und Fräulein Viola Maisberg, die da unten ein Institut für orthopädisches Turnen unterhielt und bestrebt war, blasse kleine Mädchen des beginnenden Buckels und der schiefen Hüfte zu entwöhnen, und die ihre Stunden stets bei offenem Fenster gab, – denn ihre Opfer sollten sich ja auch abhärten – sie war der Meinung, daß es ein weniger bekanntes Motiv einer weniger bekannten Oper des dafür desto mehr bekannten Richard Wagner wäre… vielleicht aus dem Parzival oder aus Tristan und Isolde. Die beiden Malfräuleins aber, die eine kunstgewerbliche Lehranstalt und eine Malschule betreuten und ihrer Schülerin alles beibrachten, was sie selbst konnten, und die sich schon unten am Eingang des Hauses durch einen Schaukasten bemerkbar machten, in dem ein Ölbild – ein märkischer See, von Birken umstanden, unter dem glühenden Farbenspiel des Sonnenunterganges am Brahmaputra – zwischen zwei Holztellern hing, die wiederum ihrerseits nicht etwa schlicht waren, sondern in Brandmalerei üppig mit Mohn und Schwertlilien verziert… eben jene beiden ehrlichen Maifräuleins, die zusammen addiert das biblische Alter um ein Bedeutendes überschritten, die stritten sich. Die eine versicherte, es wäre aus ‹Zampa›, – ihre selige Mutter hätte das immer gespielt; und die andere schwor, es wäre aus dem ‹Kalif von Bagdad›. Jedenfalls aus irgend einer alten Spieloper. Edith Mayer aber, das mausgraue Wesen, das im zweiten Stock des Gartenhauses eine Klavierschule leitete, war der Ansicht, daß hier ein Anfänger mit mangelhaftem Können sich an der von ihr so geliebten As–Moll–Tonleiter versündigte. Genug… der im Haus glaubte dies, und jener glaubte das.

In Wirklichkeit aber sollten die sieben merkwürdigen und rätselhaften Töne, die Doktor Herzfeld da jeden Abend ein, zwei oder auch dreimal mit scharfem Flöten ertönen ließ, gar nichts anderes bedeuten, als den Anfang jenes alten Liedes: Ach, du lieber Augustin! und nach einer Weile noch einmal: Ach, du lieber Augustin! und nach einer ganzen Weile zum dritten Mal: Ach, du lieber Augustin! Und wenn sich dann unten zu ebener Erde die Tür noch nicht geöffnet hatte und er, dem dieses Signal galt, – nämlich Hermann Gutzeit – in seinen alten braunen Havelock gewickelt, – er sah wie eine abblätternde Kutscherzigarre darin aus – noch nicht herausgetreten war, dann… ja dann klopfte Doktor Herzfeld ein paar Mal mit seinem Stock auf die Fliesen des Bodens und ging. Und nichts in der Welt hätte ihn bewegt, noch einmal seine Schalmeientöne anzustimmen oder etwa bei dem andern anzuklopfen.

Wenn Doktor Herzfeld jedoch immer wieder Abend für Abend die gleichen Töne flötete, so lag das vor allem daran, daß sonst sein Programm sich sehr schnell erschöpft hätte; und ebenso tat er es vielleicht auch deswegen, weil ihm dieses Lied besonders angenehm war. Denn besagter Augustin war ja, wie männiglich bekannt, in einem, wenn auch bedenklichen, so doch freiwillig herbeigeführten Zustande von der Straße aufgelesen und zu den Choleraleichen auf den Schüdderump geworfen worden, um endlich zu nächtlicher Stunde, – etwas ernüchtert und ziemlich entblößt, – inmitten eines Leichenhaufens, in offener Grube, also *dort* zu erwachen, wo er keineswegs glaubte, sich zum Schlafen gebettet zu haben. Und für diesen Mann, der gleichsam von den Toten auferstanden war, der sich noch einmal aus der Atemnähe der Verwesung zurückgerettet hatte, und dem nun sicherlich die ganze Welt nur wie ein bunter, unwirklicher Narrenspuk vorkommen mußte, sobald in seinem Schädel sich einmal für Augenblicke die Wolken hoben, – für diesen im Liede unsterblichen Augustin hatte Doktor Herzfeld viel Mitgefühl und ein schier kameradschaftliches Empfinden. Und das hatte er, obgleich ihn dieser Fall keineswegs medizinisch als eines der seltenen Beispiele für die Immunisierung durch Alkohol interessierte, sondern hatte es… *trotzdem* er nur *menschlich* mit ihm sympathisierte.

Es lag auch durchaus kein Grund vor, daß Doktor Herzfeld sich mit der wissenschaftlichen Seite dieses Falles besonders beschäftigen sollte, denn er gehörte keineswegs zu der äskulapischen Heerschar; ja, er ging ihr sogar, was seine Person anbetraf, in den letzten Jahren absichtlich aus dem Wege. Denn er war der Meinung, daß, wenn er sich noch weiter mit irgend einem Mitglied dieser Heerschar einließe, jener zwar bald eine Villa in einem westlichen Vorort bekäme, *er* sich aber mit einem *weit kleineren* Landsitz in einem *östlichen* Vorort mit stark proletarischer Bevölkerung begnügen müßte.

Nein, Doktor Herzfeld war vielmehr auf dem andern Flügel der Wissenschaft graduiert worden, dort, wo die Wissenschaft – wie der Rücken an einer bestimmten Stelle – eigentlich schon beinah ihren ehrlichen Namen verliert… nämlich an der äußersten Ecke der schöngeistigen Philosophie, allwo ein bißchen Systematik nach Schwegler und etwas Goethe-Philologie, mit Mittelhochdeutsch und den Madonnen Raffaels zusammenstoßen. Aber von all dem war – als lebenslängliche Siegesbeute – nur noch der Titel übrig geblieben, der bewies, daß man seinen Träger in die Kategorie der Gebildeten und innerhalb dieser wieder in die Unterabteilung der akademisch Gebildeten zu rechnen habe. Genug, – musikalisch war er trotzdem nicht.

Und es war wirklich auch wenig Aussicht vorhanden, daß er in dieser Materie noch Fortschritte in seiner Ausbildung machen würde. Denn wenn einer mit 48 Jahren (in Buchstaben achtundvierzig), das heißt zu einer Zeit, da er schon die bei weitem größere Hälfte der geliehenen Jahre zurückgezahlt hat – wenn einer da nicht mal richtig und allgemein erkenntlich sieben Töne hintereinander pfeifen kann, so ist nicht anzunehmen, daß er noch als Musiker Bedeutendes erreichen wird.

Immerhin muß festgestellt werden, daß Doktor Herzfeld selbst mit diesen sieben Tönen *durchaus* zufrieden war, und daß sie für seine Absicht, dem andern sich bemerkbar zu machen, auch ausreichten. Rein objektive, ästhetische Nebenzwecke verfolgte Doktor Herzfeld damit nicht.

Nun kann man ja endlich noch der Meinung sein, daß es für Doktor Herzfeld einfacher wäre, im Vorübergehen an die Tür zu klopfen, denn Doktor Herzfeld hat genau die gleiche Wohnung ganz oben, im dritten Stock nach der Rechnung des Hauswirts, das heißt gut und gern im vierten Stock, direkt unterm Dach, so hoch die Treppe führt,... genau die gleiche Wohnung, die Hermann Gutzeit, sein Antipode, ganz und gar zu ebener Erde hat. Aber Doktor Herzfeld gehört nicht zu den Menschen, die so ohne weiteres des Abends bei fremden Leuten an die Tür klopfen. Dazu ist er viel zu sehr Einsiedler. Und die Luft da unten behagt ihm auch nicht. Er würde vielleicht auch hineingerufen werden, müßte warten, Rede und Antwort stehen, mit Menschen sprechen, die ihm nicht genehm sind; – und dafür ist er durchaus nicht zu haben.

Und wenn auch wirklich auf dem Grundriß, auf dem Plan die Wohnung von Doktor Herzfeld da hinten im Gartenhaus die gleiche ist, wie die unten, so sind sie doch dabei so grundverschieden voneinander, wie nur eben zwei menschliche Behausungen sein können. Oben sieht dem Doktor Herzfeld doch die Sonne in die Scheiben hinein, – sofern sie sich überhaupt um den Steinhaufen Berlin zu kümmern beliebt, – mal hier, mal da, von früh bis abends. Da unten aber kommt sie nur ein paar Monate im Jahr, und dann auch nur ein paar Stunden am Tag hin. Und selbst *da* ist sie nicht einmal neugierig genug, um *alles* sehen zu wollen, sondern begnügt sich mit zwei Zimmern. Und hier sogar ist sie noch nie weiter als bis zum Eßtisch vorgedrungen, hat sich kurz einmal umgeblickt und ist, als ob es ihr nicht gefiele, ganz leise wieder hinausgeschlichen.

Wirklich, es ist eine dumpfige Wohnung, die von Hermann Gutzeit da unten; eine Wohnung, in der die Leute, die da zusammenhausen, wie von selbst mürrisch, zänkisch und unverträglich werden in dem ewigen Halblicht, in dem sie sich bewegen… ja… eine Wohnung ist es, in der die Männer vor der Zeit grau werden, ohne daß sie recht begreifen, wie es geschieht.

Und während Doktor Herzfeld da oben in *seiner* Wohnung doch unbeschränkter Herr und König ist und übergenug Raum für sich allein hat, ja zuviel, denn er hat nicht Kind und Kegel, – man weiß nicht recht, ist er Junggeselle, Witwer oder gar geschieden; genug, er lebt ganz allein – während bei ihm oft zehn Stunden des Tages und viele Stunden der Nacht die Einsamkeit zu Gast ist und lautlos und unheimlich vom Bibliothekszimmer ins Schlafzimmer, vom Schlafzimmer ins Eßzimmer, vom Eßzimmer ins Bibliothekszimmer pendelt, – ist Hermann Gutzeit in genau den Räumen nur ein armseliger, umhergestoßener Sklave, der keinen ruhigen Fleck für sich finden kann, ist zusammengepfercht mit lärmenden Dienstboten, schreienden und sich prügelnden Kindern und mit einer großen, weißblonden Frau, die unwirsch und zänkisch in der Wohnung herumhantiert und es seit Jahren verlernt hat, daheim mit ruhiger Stimme zu sprechen. Leute gehen aus und ein, die für Hermann Gutzeit so wenig bedeuten, wie er für sie: Geschwister der Frau, die Mutter der Frau, Jugendfreunde der Frau. – All das hat da eine Stätte, ein Heim, fühlt sich Herr im Hause, sitzt auf den Stühlen, bleibt zu den Mahlzeiten, kennt keine Rücksicht, dankt nicht mit einem Blick, geschweige denn mit einem Wort, hält es für Pflicht – einfach für Pflicht, daß dieser Mann hier für alles sorgt… Woher er es immer wieder nimmt, ist *seine* Sache. Warum sollte er deswegen Rücksicht verdienen?

Er hat es ja auch längst aufgegeben, Rücksicht zu fordern: die andern sind an Zahl viel mehr als er. Alle *seine* Leute, seine Hilfskräfte sind schon seit Jahren verdrängt; und jeder Sieg von ihm endete zum Schluß mit einer Niederlage. Er hat nur noch das eine Gefühl, als ob er irgendwie einmal durch einen unglückseligen Fehltritt ausgerutscht und in einen Strudel gefallen wäre, und nun immerfort, jeden Tag von neuem herumgeschleudert würde, – umhergewirbelt würde mitten in diesem Lärm und dem Brausen, ohne je zu sich selbst zu kommen und ohne Hoffnung, sich je wieder aufs feste Land zu retten. Kaum, daß er sich mal auf ein paar Stunden an einen herüberhängenden Ast klammern kann – auf ein paar Stunden des Abends aufatmen kann, wenn er sich zu den andern gesellt, zu den alternden, mürrischen und bedächtigen Menschenvögeln, die sich da immer im Café zusammenfinden. Aber er mag noch so lange die Rückkehr hinausschieben… sowie er wieder die Klinke in die Hand nimmt, sowie er wieder den Fuß in seine Wohnung setzt, beginnt ihn der Strudel von neuem umherzupeitschen.

Und da es nun der Zufall wollte, daß Doktor Alwin Herzfeld und Hermann Gutzeit im gleichen Hause wohnten, und da sie eigentlich beide vom gleichen Metier waren, md da sie sich ja vordem schon von ihren Abenden her kannten, so hatten sie sich mit der Zeit aneinander angeschlossen, ohne daß doch einer am täglichen Leben des andern teilnahm, ohne daß sie voneinander eigentlich etwas wußten oder in Erfahrung bringen wollten. Nein, sie hatten sich nur in dem Gespräch über dritte Dinge getroffen, indem sie darüber einer Meinung waren oder, was sie noch enger verband, indem sie entgegengesetzter Meinung waren. Sie hatten nie über diesem Zusammenstimmen die Formen der geselligen Rücksicht vergessen, die bei der Freundschaft meist als erstes hintangesetzt werden. Und gerade *weil* sich keiner in das Vertrauen des andern drängte, weil jeder sich hütete, an die wunden Stellen des andern zu rühren, hielten sie gut zusammen.

Ihr Leben außerhalb der Stunden, da sie sich sahen, war unantastbar. Kaum daß einmal Hermann Gutzeit den Weg die Treppe hinauffand, um sich ein Buch zu leihen, das er für irgend einen Artikel brauchte. Aber sowie Doktor Herzfeld des Abends über den Hof ging und ‹ihr› Signal pfiff, dann legte Hermann Gutzeit – und wenn es mitten im Satz war – die Feder nieder; stand selbst mit dem Bissen im Mund – vom Abendbrottisch auf; zog seinen Havelock über, das altersgraue, flatternde Möbel, das er in guten Tagen nicht abgelegt hatte, damit er immer seiner schlechten Tage eingedenk bleibe, und das abzulegen er jetzt schon gar keinen Grund mehr sah, und trat auf den Hof. Und er wußte auch ganz genau, nichts hätte Doktor Alwin Herzfeld bewegt, an die Tür zu pochen und nach dem andern zu fragen… Nach dem dritten Pfiff marschierte er eben allein ab.

Denn er fand schon immer Gesellschaft, der Doktor Herzfeld. Sie waren ja so ein richtiger Schwarm ähnlicher Vögel, die sich Abend für Abend da im Café trafen, die von allen Seiten her zusammengeschwirrt kamen, und die einander so nah und so fern standen, wie sich Menschen gemeiniglich zu stehen pflegen. Ein ganzer Kreis war es, ein ganzer Schwarm war es, alle so im gleichen Alter, alle fast von gleicher Bildung, alle wie Doktor Herzfeld selbst, vom Leben etwas ramponiert und mitgenommen. Und, daß sie sich zusammengefunden hatten, ist wahrlich kein Wunder. Denn die gleichen Menschenvögel sammeln sich immer zu Schwärmen, genau so wie die Krähen, die Spatzen, die Meisen. Es mag unter den Nebelkrähen ja mal eine Saatkrähe sein, oder ein paar Dohlen mögen mit ihnen den gleichen Acker umschreien; oder unter den Blaumeisen, die durch das Gehölz vagabundieren, mag wohl in seltenen Fällen eine Kohlmeise oder eine Haubenmeise sich befinden, mit den Spatzen mag mal für kurze Zeit ein Fink oder eine Goldammer mitziehen – aber nie, nie wird unter den Meisen ein Fink, und unter den Krähen ein Zeisig sein!… Nein, die gleichen Brüder halten zusammen, finden sich ganz von allein. Und genau so ist es unter den Menschenvögeln: die lustigen jungen Meisen finden sich zusammen, die schmucken Finken, die futterneidischen Spatzen, – und auch die alten, grauen, schweren, mürrischen Krähen. Sie alle dulden auf die Dauer keinen in ihren Reihen, der etwa zu den andern gehörte.

Und Doktor Herzfeld flog eben mit einem solchen Schwarm grauer, alternder, mürrischer Vögel schon eine geraume Zeit. Ja, er war sogar, ohne daß er sich dessen voll bewußt war, unter den Führern. Und, wenn er nach links flog, so breiteten die andern in der gleichen Richtung ihre Schwingen. Und flog er nach rechts, so änderten sie, ohne daß sie es merkten, den Kurs.

Vielleicht lag das daran, daß Doktor Herzfeld, wie alle Leute, die ihr Leben in keiner Weise in Taten umsetzten, mehr für den Alltag übrig behielt als jene um ihn, die schon vorher im immer sich erneuernden Kampf um die gemeine Notdurft der Existenz zermürbt wurden. Und die blickten deshalb auf ihn, wie auf jemand, der es doch besser hatte als sie, wie auf jemand, der schon glücklich – wenn auch ein wenig invalide – aus dem Feldzug heimgekehrt war; während sie noch in dem dreißigjährigen Krieg des Lebens täglich von neuem die Flinte in die immer lahmere Hand nehmen mußten. Ja, die meisten von ihnen durften die Flinte nicht einmal von sich werfen, wollten sie nicht dem Kriegsgericht des Hungers und Verkommens anheim fallen. Und all die Möglichkeiten, die sie umdrohten: von Kavallerieattacken niedergemäht, von Rosseshufen zerstampft, von Sprenggeschossen zerrissen zu werden, all die Möglichkeiten hatten nach ihrer Meinung für jenen, für Doktor Herzfeld, die Kraft der Drohung, die Wahrscheinlichkeit eingebüßt. Das gab Doktor Herzfeld, ohne daß er sich dessen klar war, ein gewisses Übergewicht in diesem langsam ziehenden Schwarm grauer, mürrischer, alternder Menschenvögel, die da Abend für Abend zusammengeschwirrt kamen.

Mal waren es mehr, mal weniger. Mal schieden welche aus – durch Tod, durch Krankheit, durch Fortzug, durch neue oder späte Ehen, – ohne daß man ihnen gerade nachweinte. Im Winter waren es viel, im Sommer wenig. Aber ein paar Unentwegte trafen sich doch stets in dem Café zusammen. *Hier* Freunde, kannten sie sich kaum auf der Straße. Der eine ging links, der andere rechts, sowie sie aus der Tür traten.

**

Und so wäre auch heute abend Doktor Herzfeld, nachdem er zum dritten Mal sein ti–ta ta ta-*tum* ta ti geflötet hatte, ohne weiteres allein losgezogen, – denn trotzdem es Sommer war, hätte er doch ein paar von dem Schwarm angetroffen, – aber gerade als er zum dritten Mal mit dem Stock auf das Pflaster stieß und dabei prüfend an den hellen Wänden, an den Fenstern hoch zum Himmel sah, der schon ganz weiß, und vom letzten Licht durchflutet, wie ein blanker Blechdeckel da oben zwischen den Dächern saß, und gerade als er sich schon umwenden wollte, da hörte er hinten im Haus eine Tür klappen, und dann trat Hermann Gutzeit heraus, groß, massig und schwer in seinem dunklen Havelock, und zupfte sich im Gehen noch die Krawatte zurecht.

Nebenbei war Hermann Gutzeit nur ganz wenig jünger als Doktor Herzfeld. Also guter Vierziger. Groß war er im Gegensatz zu Doktor Herzfeld, ein wenig aufgeschwemmt, schwer und graublond. Das Haar stand ihm nicht wie eine Gloriole um den

Kopf, sondern schon mehr wie auf frühen Bildern jene Art von Heiligenschein, die in drei Strahlen vom Haupt der Märtyrer ausgeht: rechts und links von den Schläfen steht je ein Strahlenbüschel, und schnurgerade über dem Scheitel steigt ein drittes empor; dazwischen aber glänzt der kahle Schädel. So stand Hermann Gutzeit das Haar um den großen Kopf mit der übermäßig hohen Stirn. Ach, alles an diesem Kopf war zerarbeitet, verbraucht, gefaltet, übermodelliert. Jeder Teil des Gesichts hatte sich mit den Jahren durch tiefe Furchen vom andern getrennt: Augen von Wangen, Wangen von Mund, Mund von Kinn. Und doch herrschten in diesem Gesicht die Augen: ein paar graublaue, kurzsichtige, gewölbte Augen hinter scharfen Kneifergläsern; Augen, die immer gleich ernst und grübelnd, gleichsam erstaunt blieben darüber, daß alles *so* gekommen, das heißt ganz anders als Hermann Gutzeit und die Welt es vermutet hatten. Denn Hermann Gutzeit hatte einmal Erfolge gehabt; nette, verdiente Erfolge, in Büchern und auf dem Theater. Man war auf ihn aufmerksam geworden, und man hatte auf ihn gesetzt wie auf ein Rennpferd, das nächstens bei einem Hauptrennen einmal als Erster, als Allererster durchs Ziel gehen würde, um dann für lange Zeit Favorit zu bleiben. Aber das lag nun schon über fünfzehn Jahre zurück. Plötzlich jedoch, ohne daß ein Mensch sagen konnte, wie es geschah, war Hermann Gutzeit ins Hintertreffen geraten. Andere waren schnell in die Lücke eingesprungen, hatten sich mit breiten Schultern und festen Ellbogen vor ihn geschoben, er hatte kein Glück mehr gehabt, war dann unsicher geworden; die äußeren Umstände, die Verhältnisse waren stärker gewesen als er. – Hatte ihn all das erdrückt, weil er schwach war, oder war er schwach geworden, weil ihn das andere gerade niederzwang, als er schon glaubte, gesiegt zu haben? – Genug, er war, ehe er es dachte, ganz und gar aus dem Spiel geraten, das ohne ihn genau so gut und genau so sinnlos weiterging wie mit ihm. Ein geschlagener, ausgemerzter Schachstein war er geworden, der neben dem Brett auf dem Tisch steht und nur noch neidisch und kritisch zusehen darf, wie die anderen da auf den weißen und schwarzen Feldern hin- und herspringen und einander Schach! zurufen.

Eine Weile hatte es Hermann Gutzeit dann noch gemacht, wie es die Frauen machen, die einmal schön waren: wenn keiner mehr davon spricht, daß sie einmal schön waren, dann reden sie eben selbst davon. Aber langsam hatte er auch damit aufgehört. Er war mürrisch zurückgekrochen zu seiner alten Arbeit, irgendwo ein paar Vormittagsstunden etwas sehr Gleichgültiges zu redigieren und nebenher für zehn, zwanzig Stellen Artikel zu schreiben, die einzig dazu da waren, damit die Leute etwas zu lesen hatten. Und da er nicht geschickt war, auch kein guter Kaufmann, so quälte er sich sehr. Denn wie alle Schriftsteller, die bei voller Freiheit vielleicht etwas über das Mittelmaß leisten würden, fiel es ihm nicht leicht, jene farblose Dutzendware zu verfertigen, die für den Tagesbedarf gefordert wird. Und dazu kam noch das Eine, daß er im Gegensatz zu jenen anderen diese seine Arbeit unsagbar verachtete, – ohne sich auch nur einen Tag von ihr losreißen zu dürfen. Doktor Herzfeld aber war nicht mehr darauf angewiesen, zu verdienen.

«Na», rief Doktor Herzfeld und eilte ein paar Schritt dem andern entgegen und zeigte auf das lange Briefkuvert. «Na?! Die Sonntagsplauderei für das Malchiner Tageblatt mußte wohl erst fertig werden?»

«Falsch geraten», sagte Hermann Gutzeit und lachte schwerfällig. «Dieses Mal ist es für den Generalanzeiger von Weinbroda. Aber kommen Sie, Doktor, ich muß Luft haben, ich ersticke sonst. Finden Sie nicht auch, daß man hier überhaupt nicht atmen kann? – Luft, Clavigo!»

«Sie scheinen gut gelaunt zu sein, lieber Freund», meinte Doktor Herzfeld sehr ruhig.

«Nicht schlechter als sonst», sagte Hermann Gutzeit unwirsch. «Das heißt ungefähr so, wie eine Granate vor dem Krepieren. Den ganzen Tag sitzt man nun in der Bude und verlechzt nach einem bißchen Ruhe; und den ganzen Tag von Morgen bis Abend war heute für Hunderttausende Sonne – und nicht einen Strahl hat man davon abbekommen.»

«Und meinen Sie», sagte Doktor Herzfeld, «Sie wären glücklicher gewesen, wenn Sie heute statt am Schreibtisch am Feldrand unter den Weidenbäumen gesessen hätten, und statt über weißes Papier und über den grauen Hof über die schwankenden Roggenfelder weggesehen hätten? Oder wenn Sie im Tiergarten auf einer Bank eingekeilt zwischen zwei Kindermädchen in die

Bäume geguckt und dabei den Finken bewundert hätten, der da nach grünen Raupen pickt? Oder wenn Sie sich am Strand die warme Sonne hätten auf den alten Leib scheinen lassen und zugehört hätten, wie die Wellen so gluck gluck auf den Steinen sich zerrieben? Wissen Sie, was Sie dann getan hätten? Sie wären nach einer halben Stunde aufgestanden, um zu sehen, ob die Zeitungen nicht endlich da wären, Sie wären dem Postboten entgegengelaufen, und Sie hätten jede Drucksache, in der Ihnen jemand Flaschenbier oder Gesundheitssocken empfiehlt, jeden Wisch, den Sie sonst sofort in den Papierkorb werfen, zärtlich ans Herz gedrückt. Und schon am Nachmittag in einem unbewachten Augenblick würden Sie sich fragen, was soll ich denn eigentlich hier? Was will ich denn eigentlich hier? Was geht mich das Meer an? Und die Roggenfelder und die Dienstmädchen und der Fink am Boden, der die grünen Raupen pickt? Was habe ich denn hier verloren? Sie würden es am ersten Tag wundervoll finden,daß der Tag dort achtundvierzig Stunden hat, statt kaum acht wie bei uns, daß dort kein Telephon nach Ihnen klingelt. Und am zweiten Tag würden Sie es nicht begreifen, was dem Tag nur einfiele, so rücksichtslos und deprimierend lang zu sein. Sie würden es nicht verstehen, warum durchaus kein Telephon nach Ihnen klingelt, und Sie würden es vermissen, wenn Ihre Kinder sich nicht prügelten in *dem* Augenblick, da Sie sich nach dem Essen aufs Sofa legen wollen. Am dritten Tag aber wären Sie sogar schon soweit heruntergekommen, daß Sie selbst nach Ihrer *Frau* Sehnsucht empfänden.»

«Lieber Freund», sagte Hermann Gutzeit halb bitter, halb mitleidig, «man merkt, Sie sind unverheiratet und reden nun daher wie der Blinde von der Farbe. Aber kommen Sie, was stehen wir hier.»

Doktor Herzfeld wandte sich um und schritt neben dem andern durch den Torgang auf die Straße hinaus.

«Mag sein», sagte er und blickte sehr nachdenklich die lange, noch eben helle Straße hinunter, über deren Ende sich wie ein rotes Tuch mit vielen flatternden malvenfarbigen Fransen der Abendhimmel spannte, und in der doch schon – ohne Licht zu verbreiten, – die ersten grünen Leuchtkäfer der Straßenlaternen phosphorn und schrill aufsprangen. «Mag sein, alter Freund, immerhin, Sie fühlen sich hier sicher noch am wohlsten. Wir sind nun einmal Städter – und das Land lehrt uns nichts mehr. Gewiß, man lebt in tausend Kümmerlichkeiten, aber man braucht sie. Es ist *mit* ihnen besser als *ohne* sie. Es geht uns eben wie dem Müller, der wacht erschrocken auf, wenn die Mühle nicht klappert, aber so lange sie klappert, hört er es nicht. Wir – ich und Sie – sind eben hier alle mit der Zeit solche Müller geworden. Und das beste ist, die Mühle klappert so ruhig weiter. Das beste ist, wir leben ruhig so weiter ohne Punkt und Komma, denn wer weiß, ob wir die olle Mühle wieder gut in Gang kriegen, wenn sie erst mal still steht.»

«*Sie* haben gut reden! Sie können, wenn Ihnen hier der Krempel nicht mehr gefällt, morgen Ihre Sachen packen. Sie haben ja nach keinem Menschen zu fragen», unterbrach Hermann Gutzeit – und seufzte tief auf.

«Was soll ich wo anders? Wo einem jede Minute zum Bewußtsein kommt, daß einem von der ganzen Gotteswelt auch nicht ein Fußbreit gehört. Hier sind wenigstens meine Menschen, meine Straßen, meine Wege, meine Automobile! Ich bin mit jedem Bäumchen in seinem Gitter, jeder weißen Bank auf dem Platz da drüben, jedem Rosenbusch da unten im Blumenparterre befreundet. Selbst mit den Laternen und den Vorgärten bin ich auf du und du. Ich kenne jedes Haus und jeden Laden, jeden rotnasigen Zeitungsverkäufer und jeden befrackten Kellner, jedes Dienstmädchen und jeden Schutzmann. Und wenn ich ihn nicht kenne, so könnte ich ihn doch kennen. Nichts an seiner Erscheinung ist mir fremd. Alles ist mir hier gleichgültig und vertraut in eins. Aber gehen Sie mal durch einen Wald, der kümmert sich überhaupt nicht um Sie, und all das, was Sie angeht, dafür hat er nur die weitgehendste Interesselosigkeit. Meinen Sie, die Sezession imponiert ihm? Er hat *nie* etwas davon gehört! Er ist in all diesen Sachen völlig renonce. Und das Niederträchtigste: er fühlt sich beleidigend wohl – geradezu sauwohl dabei.»

«Nein», rief Hermann Gutzeit und warf mit großer Bewegung seinen alten, altersgrauen Lodenmantel auf, «aber *ich* glaube, daß es im Wald jetzt besser riecht als hier, wo es aus jedem Keller anders stinkt, daß da jetzt kein Staub ist und kein Lärm, daß man nicht an jeder Ecke springen muß, um nur nicht unter die Räder zu kommen. Ich glaube, es muß dort jetzt nach Harz und nach Laub, und nach Gras und nach Boden duften. Der rote Himmel da, – eben der gleiche, der hier brandig und stumpf vor Dunst ist, – der müßte dort jetzt wie die Glut alter Kirchenfenster durch die Kronen der Bäume leuchten, während man nachdenklich am Waldrand liegt und zusieht, wie die ersten Rehe, scheu wie Schatten, sich ins Korn hinausschleichen.»

«Gewiß», unterbrach Doktor Herzfeld, «und Ihre alten Knochen würden von dem Waldhoden noch rheumatischer werden und Ihr Herz würde traurig, unerklärlich traurig werden mit der Dämmerung, die ihren Gürtel näher und immer näher heranschiebt. Sie würden plötzlich die ganze lächerliche Nutzlosigkeit, den verlogenen Stumpfsinn dieses Lebens erkennen. Sie würden sich Vorwürfe machen über tausend Sachen, die anders hätten kommen können. Und all die scheinbare Ruhe um Sie, – denn sie ist ja nur ein tausendfacher stummer Kampf um jeden Fußbreit Boden, um jedes Spürchen Leben, – gerade *sie* würde einen grellen Mißklang in Ihre Seele bringen. Sie würden plötzlich Sehnsucht bekommen nach einer Frau, die Sie gekannt und doch nicht gekannt haben, oder etwa danach, zu schlafen, sich hinzugeben, kurz, Sie würden Sehnsucht bekommen, so oder so Ihr Leben von sich zu werfen, es zu verträumen, seiner nicht bewußt zu werden. Nein, hören Sie auf einen alten Praktiker: nirgends in der Welt ist ein Sommerabend so schön, so lässig, so erfrischend, so geschmackvoll, so abenteuerlich, so phantastisch und sammetweich wie in der Großstadt. Vielleicht möchte ich jetzt statt in Berlin in Paris sein, oder in London... doch *nirgends* sonst.

Aber in Paris würde ich eben nur ein Fremder, ein halb betrogener Kostgänger sein, ohne Zusammenhang mit allem. Ich würde die wundervolle, streichelnde Weichheit des Abends mit den Menschen in den Reihen der Cafés, mit den blitzenden Lichtreklamen, die vorüber huschen und wechseln, bunt und aufgeschminkt wie die kleinen zärtlichen Dämchen, die einen anlächeln und doch nicht verweilen... gewiß, die würde ich empfinden! Aber ich würde endlich doch fühlen, daß *ich* in das Bild *nicht* hineinpasse... mit meinem armseligen Täßchen vor mir am Straßenrand, – selbst für die zwinkernden Verkäufer von Cochonnerien eine Belustigung. Und gar in London, auf den Anlagen des Embanquement in der ganz unerhört und unwirklich mattblauen Dämmerung dieser Abende dort… selbst da würden mich jetzt die schleierzarten, perlmuttrigen Nebelfarben über der Themse, durch die die Brücken – oh, diese Brücken! – wie ins Jenseits führen, nicht die drohende Armut ringsum vergessen machen, deren Anblick mich quält… jene tausendfache Armut, die in der Riesenstadt auf Bänken und Plätzen vegetiert, die zu dieser Abendzeit in Kolonnen, einer hinter dem andern, wie gepeitscht, mit Wahnsinnsworten, murmelnd und fluchend, durch die sinkende Nacht trottet. Und der bunte Menschenstrom, der am Hyde Park entlang gleitet, der sich unter den breiten Kronen der alten Bäume, die ganz von feuchter Dämmerung umsponnen sind, dahin schiebt, der in Hunderten von Karossen und breiten Autos weiter flutet, – diese ganze schöne Gedankenlosigkeit des Reichtums, an der wiederum Anteil zu haben mir verwehrt ist, – sie würde mich doch nur nachdenklich stimmen. Verstehen Sie: überall anders wäre ich – beglückt oder erschreckt, – eben nur ein Zuschauer, ein Zaungast, *hier* aber in Berlin spiele ich selber mit, spiele mit, *solange* ich denken kann, erst drinnen in der Stadt, wo ich aufgewachsen bin und wo jetzt nur noch Kinderkleidchen in langen Reihen an der Stange hängen, statt daß noch Kinder in die Welt gesetzt werden, – und jetzt eben schon seit bald zwanzig Jahren hier draußen. Früher spielte ich mit als erster Liebhaber, wohl auch als jugendlicher Held, dann als Bonvivant und jetzt oftmals beinahe schon als komischer Alter. Mal war ich als Statist dabei, mal als Souffleur, mal als Inspizient, mal als Regisseur; – aber Teufel auch, ich spiel doch mit, und ich kann mich erinnern, mitgespielt zu haben, und ich seh nicht bloß aus dem Stehparterre für fünf Groschen zu, wie ich das jetzt in Paris oder London täte.

Gewiß, alter Freund, die Welt ist weit und reich, und ich habe oft noch Sehnsucht, zu reisen. Nachts vor allem, wenn plötzlich von weit drüben her so ein Eisenbahnpfiff kommt und zitternd und gell und langgezogen und unheimlich über die Dächer dahinstreift, gleichsam eine Weile in der Luft feststeht und nicht vergehen will, wie ein Lockruf von den weiten Fernen ringsum – o ja, dann packt's mich schon! Und es gibt ein paar Dinge auf der Erde, wenn ich an die denke, wenn ich nur von ihnen geträumt habe, dann möchte ich des Morgens aus dem Bett springen und zu ihnen eilen. Aber es ist nie eine Stadt, nie ein Ort, nie ein Land, wohin es mich zieht. Kennen Sie den einen Paris Bordone in der Brera, das Sorghetto allegorico? Oder jenen Flußgott der Elgin Marbles? Erinnern Sie sich an das Familienbild in Braunschweig? – Aber nein, Sie sind ja ein Gedankenmensch. Sie lieben Bücher und Theater und solch einen Kram… Ja, das sind zum Beispiel so ein paar Dinge, zu denen es mich oft wieder zieht! – Aber vielleicht wissen Sie, alter Freund, ist es *doch* schöner, sich nach ihnen zu sehnen, als bei ihnen zu sein. Denn solange wir uns nach ihnen sehnen, vergessen wir unser Ich. Wo aber kann ich hinfliehen, ohne mich selbst zu treffen? Vor dem göttlichsten Rembrandt und den hingegossenen freien Gliedern des alten, halb zerschlagenen Flußgottes – seine volle, unberührte Schönheit könnten vielleicht unsere heutigen Augen nicht mehr erfassen – stände eben zum Schluß nur ein armseliges, ramponiertes, mürrisches Luderchen mit Magenschmerzen, weil es zum ersten Frühstück gebratenen Speck mit Eiern durchaus nicht mehr vertragen kann. Nein, es ist schon besser so. –Aber kommen Sie, gehen wir noch ein wenig, schlendern wir noch ein bißchen durch den Abend, lassen wir die Ditopassabeln heute ruhig einmal etwas warten.»

«Mir ist es recht», sagte Hermann Gutzeit, in einem Ton, dem man anhörte, daß es augenblicklich nichts in der Welt gab, was ihm recht war. «Ich wäre sowieso gern zum Bahnhof Zoo gegangen, damit der eine Brief noch mit dem Abendzug mitgeht. – Aber sagen Sie, Doktor, wie kommen Sie eigentlich auf ‹Ditopassabel›?»

«Man merkt», sagte Doktor Herzfeld, «Sie haben nie Schmetterlinge gesammelt.»

«Nein», meinte Hermann Gutzeit, «das ist wohl das einzige, was ich nicht getan habe.»

«Oh!» rief Doktor Herzfeld, «Sie haben *viele* Dinge nicht getan! Das ist eben Ihr Fehler, alter junge. Sie haben immer alles zu ernst und zu wichtig genommen und haben nie den Reiz solcher Dinge kennen gelernt, die entzückend sind und dabei gar keinen Sinn und gar keinen Endzweck haben – wie Schachspielen oder Schmetterlinge sammeln. Ja, wenn Sie je Schmetterlinge gesammelt hätten, so würden Sie eben wissen, daß Sie zum Beispiel nach dem Staudinger–Katalog in reinen Exemplaren Erebia ligea variante Philomela Lappland vielleicht für fünfzehn Groschen kaufen können; dito passabel jedoch, das heißt unscheinbar, abgeflogen, leicht lädiert, gerade noch gut genug, um die Merkmale kenntlich zu machen, – aber für die Sammlung keine Zierde – dito passabel kostet sie hingegen laut Katalog nur sechs Groschen. Und wenn man einen Menschenkatalog aufstellte, so müßte man eben – sofern man ehrlich ist – all unsere Freunde als dito passabel buchen. Denken Sie an Lang, an Goldschmidt, an Grübenau, an Kleemann, denken Sie einmal einen Augenblick an Hermann Gutzeit selbst, Verehrtester, oder bemühen Sie sich, sich den Sprecher zu vergegenwärtigen – alles ‹dito passabel›, das heißt: unscheinbar, abgeflogen, ziemlich ramponiert und des Schmelzes entkleiden – ich wenigstens würde für *keinen* mehr sechs Silbergroschen geben. Wie sagt doch Peter Altenberg? – Ich weiß, Sie lieben ihn nicht, er kann's verwinden – er ist einer von den Wenigen, die sich heute nicht zu beeilen brauchen, um zu der Handvoll parnassischen Grünfutters zu kommen, er hat Zeit… ja, wie sagt er doch einmal? Richtig: ‹Ich bin fünfzig Jahr, glatzköpfig und ziemlich verkommen und habe es zu nichts gebracht trotz herrlicher Anlagen.› Ich kenne kaum ein Wort, das mich mehr ergriffen hat. Wissen Sie, das sollte bei uns allen in Riesenbuchstaben über der Tür stehen.»

«Bei Ihnen doch nicht», meinte Hermann Gutzeit, in jenem Ton, mit dem ein alter sturmerprobter Kapitän zu irgend einer harmlosen und armseligen Landratte spricht. «Sie können sich doch – weiß Gott – nicht beklagen!»

«Meinen Sie, weil ich meine Miete zahlen kann und mein Glas Tee des Abends; – meinen Sie, weil ich nicht mehr wie früher jedem Pfennig nachlaufen muß, weil ich mir nicht meine paar Zeitschriften im Café zu stehlen brauche und weil ich ein Butterbrot mehr essen kann, wenn ich Lust dazu hätte? – Lieber Freund: minima non curat praetor – bestechen lasse ich mich nicht. Ich verkaufe mich nicht um ein schmackhafteres Linsengericht!»

Sie standen an der Ecke des Kurfürstendamms und sahen an den langen Baumzügen hinab, die voll und ausladend in dieser breiten Häuserschlucht dahinfluteten, durchfressen vom grünlichen Licht der Laternen und überwölbt von einem sich langsam verdunkelnden Himmel, der schon seine Tageshöhe verloren hatte und sich tiefer und tiefer auf die Dächer herabzusenken begann.

Hermann Gutzeit legte die Stirn in Falten und schwenkte sein langes Briefkuvert hin und her. «*Müssen* wir hier entlang gehen?» sagte er und blickte den andern, wie es seine Art war, mit geneigtem Kopf über die Kneifergläser an. «Ich liebe diese Protzenburgen nicht besonders und noch weniger ihre Vasallen.»

«Ich gewiß auch nicht», sagte Doktor Herzfeld. «Wenigstens nicht am Tage. Aber gegen Abend kann ich mir kaum etwas Köstlicheres denken als hier entlang zu gehen. All der blöde Stuck, all die wilden Erker und Giebel, mit Goldstreifen überzogen, verschwinden dann, und es bleiben hohe, dunkle und tieffarbige Häuserketten, die mit ihren vielen Zacken und Klippen phantastisch von wechselnden Lichtern überflackert und überspielt sind. jede Einzelheit verschwindet; es bleiben nur Ketten breiter Spiegelfenster, in denen so lustig die erleuchteten mit den dunklen wechseln, als hätte es ein Juwelier mit blitzenden farbigen und tiefen blinden Halbedelsteinen ersonnen. Nur Ketten grüner Vorgarten bleiben, mit Büschen und Rotdornbäumchen, zwischen denen wilder Wein pendelt; mit Rosen, die einen Augenblick aufleuchten; mit dem glühenden Rot der Geranien in einem Beet, die plötzlich entflammen, weil sie ein Lichtschimmer trifft, und die ebenso schnell wieder ins Dunkel tauchen. Und diese Bäume hier: tags armselig, sonnendurchglüht und verstaubt, sind jetzt dicht und grün und voll von tiefen Schatten. Und ihre bunten Muster spielen über den Asphalt dahin, der von den Autospuren ganz spiegelblank geworden ist, so blank wie ein Fluß. – Am liebsten aber, alter Freund, gehe ich diese Straße *deshalb* entlang, weil ich die Bäume hier noch kannte, als sie nicht stärker als mein Arm waren, und weil hier, wo drüben jetzt die gelben Riesenkästen stehen, große Flecken von Heidekraut waren, zwischen denen kleine knorrige Kiefernbüsche standen, einzeln und verstreut, klein, ruppig und doch vielleicht schon uralt. Da auf der Seite habe ich mein erstes Lerchennest gefunden und da drüben bei dem Baum meinen ersten Ligusterschwärmer gefangen.

Ein Haus stand nur auf dem ganzen Weg. Er war so sonnig, daß einem die Zunge zum Halse heraushing. – Und jetzt, wenn ich hier entlang gehe, dann habe ich das Gefühl, als hätte ich das alles mitgeschaffen. Und ob schön oder unschön – es *ist* etwas; ich freue mich damit. Vor allem jetzt, so um diese Dämmerzeit, in der man, wie es in der Bibel heißt, auf hundert Schritt keinen Hund mehr von einem Wolf unterscheiden kann.»

«Und das ist auch gut», sagte Hermann Gutzeit mit jenem leisen Einschlag von Futterneid, dem sich nun einmal selbst ein Mensch von Urteilsvermögen, sofern er nicht mit oben an der Lebenstafel sitzt, nur unschwer entziehen kann. «Das ist wirklich gut!»

«Gewiß, da mögen Sie recht haben!» rief Doktor Herzfeld. «Mir steigt auch oft die Galle auf, wenn ich hier am Tag entlang gehe. Aber es geht den Menschen hier genau wie den Häusern. Sehen Sie nur jetzt dort diesen wundervollen fließenden, rauschenden Seidenmantel und die große nickende rosa Feder auf dem Hut! *Jetzt* eben – um diese Stunde – ist es nicht mehr Frau Baumeister Meyer von zweihundertzehn, es ist nur Weib, nur Eleganz, nur Schönheit jetzt; es schwebt vorüber wie eine Wolke am Abendhimmel. Sie sehen, Sie empfinden nur noch, daß diese Frau hübsch und angenehm ist und gut erzogen, vom breiten amerikanischen Schuh bis zur Agraffe am Turban. Das streichelt uns angenehm, ach so wundervoll angenehm! Am Tag aber würden wir, alter Freund, nur zu gut erkennen, daß in diesem lieblichen Etui ein ganz gewöhnliches, beschränktes Wesen steckt, – kleinlich, oberflächlich, enghirnig, aufgeschminkt nur eingestellt auf Putz, Klatsch, Betrug – Betrug in jeder Form! Eben die Frau eines siebenfach gehängten Bauschiebers namens Meyer, gerade jenes Gentleman, der da mit dem Zylinder neben ihr geht. Und wenn auch sein Vater noch ganz hinten in Posen Geld an Gutsbesitzer geliehen hat zu einem Zinssatz, dem der Strafrichter ein keineswegs ungerechtfertigtes Interesse entgegengebracht hat – und wenn er selbst auch jeden Nachmittag, sobald er aus seinem Bureau kommt, seinen Rockärmel sehr lange und scharf abbürsten muß, – denn Zuchthauswände pflegen gewöhnlich nur geweißt zu sein, – was macht's, lieber Freund? Er zieht des Abends ja seinen guten Londoner Gehrock an und stülpt seinen schönen Zylinder von Delion auf und ist ein *Gentleman*, – einzig und allein Gentleman –. Ich verstehe Ihr Kopfschütteln: Sie sähen diesen Zylinder gern auf einem *andern* Haupt? – aber das würde unserer geheiligten Gesellschaftsordnung widersprechen. – Und so etwas auch nur zu denken, sei fern von mir. Ja, und eben dieser Bauschieber Egon Meyer – der Vorname war einstmals ein wenig anders; ich gehe das zu – ja, der Herr Egon Meyer nebst Gattin präsentiert sich hier im versöhnenden Halblicht weit angenehmer als das große, struppige Musenkind Hermann Gutzeit in seiner Talentwindel und besagter Doktor Herzfeld in seinem vorjährigen verbügelten Sommeranzug nnd seiner vergilbten Kreissäge.»

Eine Weile gingen die beiden still nebeneinander her, unter dem Schatten der Bäume, der dunstigen Nacht entgegen, die da vorn sich herabsenkte, schritten gemächlich hinter dem breiten Seidenmantel her, der da vor ihnen im Wechseln des Lichts flatterte und schwebte, gleichsam wesenlos und losgelöst von seiner Trägerin. Und aus den sich immer mehr verdunkelnden Baumreihen schossen ihnen die Automobile entgegen wie große Hunde, die, den Kopf tief gesenkt, mit ihren Feueraugen eilends einer Spur folgten. Etwelche ratterten dunkel und schwer vorüber, andere wieder huschten lautlos vorbei, hell strahlend wie kleine, elegante Stuben auf Rädern, wie erleuchtete Schiffskabinen, die plötzlich sich auf Reisen begeben haben. Man erkannte nicht, wer darin saß; man hatte nur das Gefühl von zarten seidenen Stoffen, von Federn, von Hüten, von dunklen Anzügen und blendend weißen Oberhemden. Und dann blieb noch für Augenblicke der lichte Schimmer im Gedächtnis haften und schon huschten suchend hinten neue Feueraugen heran. Der duftige Seidenmantel aber, der den beiden vorangeflattert war – gleich einer Fahne, der sie folgten, auf die sie geschworen hatten, sie nie zuverlassen – er war plötzlich in ein Haustor eingebogen; und der Mann mit dem schönen Zylinder hatte recht energisch die Tör ins Schloß fallen lassen, als oh er damit sagen wollte: Leute mit Havelocks und fraglichen Strohhüten haben draußen zu bleiben!

Und jetzt gingen die beiden etwas weniger zielvoll und andächtig hinter einer kleinen trächtigen Dachshündin her, die ziemlich bekümmert und nachdenklich, lang und watschelbeinig, mit klatschenden Ohren vor ihnen hintrottete... gleich einer braunen Raupe, die auf vielen Beinchen lief.

«Wissen Sie, was ich hier drin habe?» begann Hermann Gutzeit und schwenkte sein langes Kuvert im Schein einer Laterne auf und nieder.

«Sie sagten es ja schon», meinte Doktor Herzfeld, durchaus nicht spöttisch, sondern eher bedauernd, daß die Dinge nun einmal so genommen werden müssen, wie sie sind: «Die Sonntagsplauderei für Weinbroda oder für Leipzig oder für Königsberg – kurz etwas, das, gut oder schlecht, am Montag vergessen ist.»

«Nein. – Haben Sie in den letzten Tagen die Zeitungen verfolgt?»

«Seit der Erfindung des Rollenpapiers», sagte Doktor Herzfeld brüsk, «sind doch die Zeitungen ziemlich überflüssig geworden.»

«Haben Sie wirklich nicht von dem neuen Ehrlichschen Mittel gehört?»

«O sehen Sie nur diesen prachtvollen Kerl!» rief Doktor Herzfeld, wandte den Kopf und zeigte auf einen Barsoi, der, schlankköpfig, hochbeinig, mit dem beweglichen Kreuz einer Eidechse, aus dem Dunkel ihnen entgegensprang.

«Haben Sie wirklich nichts davon gehört?» sagte Hermann Gutzeit noch einmal, blieb stehen und legte dem andern die Hand auf die Schulter.

«Gewiß», entgegnete Doktor Herzfeld, plötzlich sehr gleichgültig und nebensächlich, «ich lebe doch in der Welt! Meinen Sie, ich hätte als einziger das Blasen der Trompeten *nicht* vernommen?»

«Ich finde das eine berauschende Sache», rief Hermann Gutzeit laut und begeistert, und man hörte seiner Stimme an, daß die Gewalt dieses neuen Gedankens ihm mit scharfen Besen alles aus dem Kopfe fegte, was so lange schwer und bedrückend darin gelastet hatte: all seine täglichen Sorgen und seine tiefen Bekümmernisse, die ihm bisher gleichsam die Sprache geraubt hatten, so daß er nur unwirsch eilige Sätze hervorgestoßen hatte, immer sich selbst unterbrechend, als hätte das, was er spräche, gar nichts mit dem zu tun, was er eigentlich sagen müßte. «Ja, ich finde es berauschend schön, eine solche Tat mit erleben zu dürfen! Denken Sie, wenn das aus der Welt geschafft ist, diese Gottesgeißel, die ihre blutigen Ruten jahrhundertelang über die Menschheit hingeführt hat, lebenvernichtend, glückvernichtend, geistvernichtend, die schrecklicher gewütet hat, als je ein Attila und Dschingischan. Darüber habe ich geschrieben. Denken Sie nur, vielleicht in dreißig Jahren kennt man das bei uns nicht mehr, wie Pest und Pocken, – und dieser ganze abgrundtiefe Born von Tränen ist dann für alle Zeiten versiegt. Das Wort ist historisch geworden, ist aus der Geheimsprache, dem Rotwelsch der Menschheit gelöscht. Man wird sie studieren, diese Krankheit, wie wir heute den Hexenhammer von Sprenger und Institorus studieren… mit Grausen ob der Tiefe und Ausdehnung des menschlichen Leidens und mit einem geheimen Aufatmen, daß wenigstens diese *eine* Folterqual vom Leib der Menschheit gewichen ist. Ja, darüber habe ich hier geschrieben!

Ich habe geschrieben, daß es Zeiten gibt, da man über die Dinge zu sprechen wagt, die sonst ungesprochen bleiben, verhüllt, geheim und schamhaft verschwiegen werden. Im Leben des Einzelnen wie in dem der Gesamtheit. Wenn zum Beispiel ein Kind zur Welt gekommen ist, dann erörtern plötzlich mit uns Männern Frauen, zarte ätherische Wesen, in deren Gegenwart jedes rohe, allzu deutliche und laszive Wort schweigt, – erörtern Einzelheiten des Vorgangs, erzählen von Tanten, Cousinen und Großmüttern, von ihren eigenen Wehen und Geburten ohne Scheu und Scham, als wären es alltägliche Gesprächsstoffe. Und übermorgen, in einer Woche, da ist das alles wieder vergessen. Der Strom des Lebens geht ruhig weiter. Es herrscht kein Ausnahmezustand mehr. Und weder du noch die Dame würde es wagen, das alte Thema aufzunehmen, oder gar bei ihm zu verweilen, ohne den Ton des gesellschaftlichen Übereinkommens auf das Schwerste zu verletzen. Und solche Wochenstubenzeiten, in denen es gestattet ist, über Dinge zu sprechen, die man sonst nicht nennt, die man sonst kaum anzudeuten wagt, gibt es auch für die Menschheit. Irgend ein Prozeß wurzelt in geschlechtlichen Verirrungen, und niemand wird verletzt sein, wenn man jetzt davon redet. In vier Wochen aber darf schon niemand mehr es sich erlauben, ohne sich der Gefahr auszusetzen, sich unmöglich zu machen. Eine schlimme verschwiegene Krankheit ist zur

Heilung gebracht, und es steht uns frei von ihr zu reden. In einem Jahr wäre es vielleicht wieder verpönt. Sie hat eben ihre Wochenstubenzeit. Nein, greifen wir das gesellschaftliche Übereinkommen nicht an! Es hat auch sein Gutes! Es ermöglicht erst das Zusammenleben! Reden wir nicht von Prüderie! Weisen wir den Dingen die Stellen an, die sie zu bekommen haben, verhüllen wir sie nicht zu Zeiten, da zu sprechen von ihnen not tut; und zerren wir sie nicht vor, wenn sie verhüllt sein könnten.

Ja, und nun habe ich geschrieben, wie diese Seuche über die Menschheit kam. Ein Gastgeschenk, ein Antidoron war sie von der Neuen Welt, die wir verwüsteten, deren Kulturen wir mit Bluthunden zu Tode hetzten; geschrieben habe ich, wie sie in Neapel gleichsam zuerst ans Land stieg, in Neapel, wo sie noch heute ihren stärksten und festesten Königsthron in der Welt hat, – die Lustseuche. Denken Sie an die wuchtigen Verse aus dem ‹Prometidenlos›, wie die zerfressenen Gesichter inmitten all des Blühens dem Jrin entgegengrinsen. Geschildert habe ich, wie sie sich zu den Gelagen der Söldnerheere Franz des Ersten setzte und Weib und Kelch vergiftete, wie sie hinter den sich in alle Winde zerstreuenden Soldatenscharen hereilte und den sieghaften und doch von ihr geschlagenen Feind vor sich herschickte, mit ihm die Welt zu unterjochen, Provinz auf Provinz, Land auf Land. Ja. – Und wie sie ihre Opfer wild zerstümmelte, ehe sie sie völlig in die Nacht hinabstieß und dann ganz zerschlug. Beschrieben habe ich, wie Schimpf und Grausen und Flucht vor ihr hergingen, und wie sie doch alle ereilte; wie jeder glaubte, daß sie ein Geschenk des Nachbarn wäre, wie die Lustseuche, die Lues, die Syphilis, hier die deutsche Krankheit, dort die Franzosenkrankheit hieß. Sie kennen ja gewiß den Dürerbrief an seinen Freund Pirkheimer. Ja – und wie man sich nicht retten, nicht schützen konnte; wie man mitleidlos den, der von ihr befallen war, ausstoßen mußte aus der Gemeinschaft des Hauses, der Familie, der Menschheit, ihn aus dem Gotteshaus jagte, ihn ins Elend trieb. Oh, ich sehe all diese Bilder vor mir! Sehe, wie diese Vertierten, Verstümmelten – mit Armstümpfen, ohne Gesichter gleichsam, in Winkeln an der Stadtmauer mit den Hunden um Knochen sich schlugen. Ich kann diese Prozessionen des Grausens zeichnen. Es schmerzt mich, mir vorzustellen, wie die Mütter ihre Kinder von den entfleischten Bettlern zurückrissen, sich bekreuzigten und die Hunde von den Ketten machten, damit sie sich auf jene stürzten. Gleich Aussätzigen gab man ihnen Rasseln und schwarze Kleider. Man schrie. Man betete. Man bäumte sich gegen die Strafe Gottes. Wanderpriester durchzogen das Land. Man folgte ihnen mit ekstatischen Gesängen. Man rottete sich um sie zusammen. Und Hunderte, die bisher verschont geblieben, trugen von neuem den Keim ins Land hinaus. Es war gleich dem Helm, gleich dem Pappus einer Butterblume, der zerstäube und nach allen Seiten auseinander trieb. Der Himmel war allabendlich blutrot und heimtückisch wie diese Krankheit selbst. Wo viele Menschen zusammenströmten, da tauchte auch sie auf. Auf Jahrmärkten, bei Lustbarkeiten war sie dabei. Vom Becher, vom Weib, vom Bader, von Karten und Würfeln sprang sie plötzlich empor. Sie kroch von Leib zu Leib wie eine Spinne. Sie traf den Völler wie den Unschuldigen, die Hure wie die Jungfrau. Sie riß Mann und Weib auseinander, und sie begrub dann beide. Sie pflügte den Boden, sie riß ihn tiefer auf, als es je der schwarze Tod vordem getan; und immer wieder neue Furchen schlug sie in den eben aufgebrochenen Acker hinein. Sie rüttelte die Menschheit auf, aber sie gab keine Erlösung. Stets von neuem ließ sie die Menschheit sich in sich selbst zerfleischen. Sie schlich in die halbzerbrochenen Türen der Armen, und sie schritt ungehindert durch alle Wachen der Fürsten. Ja – sie bat auch da nicht erst lange um Audienz, wenn sie vorgelassen sein wollte.

Und überall war die schwache Kunst der Ärzte hilflos, und der wildeste Aberglaube rettete ebensowenig. Selbst Menschenopfer stiegen in ihrer ganzen Grausigkeit wieder aus dem Schoß des alten Heidentums empor. Denken Sie doch nur an den ‹armen Heinrich›!

Ja, sie war ein reißendes Tier, das seine Opfer zerstümmelte und ein paar Mal erst durch sein blutiges Maul zog, recht ordentlich mit den Zähnen zerfleischte, ehe sie es ganz verschlang. Aber so lange wie die Krankheit das war, war sie doch ein *offener* Feind. Man sah sie. Man konnte ihr doch vielleicht entfliehen. Man konnte ihre Opfer ausstoßen – und man *tat* es auch. Doch gemach ließ im Lauf der Jahrhunderte ihre erste Wut nach. Ihr Toben wurde schwächer. Sie verwüstete nicht mehr. Sie überfiel nicht mehr wie ein Straßenräuber und schlug nieder. Sie schlich sich heran in Kuß und Umarmung. Sie saugte sich fest, vergiftete *tropfenweise* das Blut. Sie fraß die Menschheit von innen her auf. Man hatte gelernt, ihre Wirkungen zu schwächen, nicht sie aufzuheben. Sie schwelte jetzt wie ein Feuer unter den Dielen. Ein Zugwind früher oder später, und alles stand nicht weniger rettungslos in Flammen. Erst ein Tiger, erst das apokalyptische Tier, das sich auf die Menschheit stürzte, war sie jetzt eine Schlange, die ganz geheim von einem zum anderen kroch. Erst ein offenes Unglück, das bekannt werden *mußte*, wurde sie jetzt schlimmer als das: eine geheime lügnerische Schuld. – Eine lügnerische Schuld wurde sie, an der Quacksalber sich bereicherten, durch die Irrenhäuser sich füllten, an der Ehen zerbrachen, durch die Existenzen rein weggeschnitten wurden, gleich welken Schilfhalmen, die von Eisschollen glatt abrasiert werden. Eine lügnerische Schuld wurde sie, durch die ganze Generationen, endlose Menschenreihen gefährdet wurden. Ihre Spur wies überall hin. Man erkannte sie nicht mehr. Aber sie war da. Man ahnte sie in Tausenden von Selbstmorden, Abertausenden von Zusammenbrüchen. Überall dirigierte sie, wandte zum Üblen, hatte die Fäden in der Hand.

Und nun sich sagen, sich nun sagen, Doktor, daß unter diese ungeheure, nicht auszudenkende Summe menschlichen Leidens endlich ein Strich gemacht werden wird, daß zu seinem Schuldkonto von Millionenhöhe keine neuen Faktoren mehr hinzukommen sollen, daß all das in Vergessenheit geraten wird, daß all diese grausige Wahrheit bald Fabel sein kann, έσσεται ήμαϱ!* und wenn man selbst ein armer verprügelter Hund ist, wie ich hier vor Ihnen stehe, Doktor: es ist eine Lust zu leben!»

Jetzt hatten sie schon die Uhlandstraße überschritten, waren an den hellen, laubüberdachten, mit roten Lämpchen gezierten Terrassen der Sezession vorüber, aus denen Geigenklänge, unterbrochen von dem Klingeln, Stampfen, Reden und der vielfachen Automusik der vier belebten Straßenzüge, zirpend und rhythmisch schwirrten, ohne daß man doch eine Melodie heraushörte… gerade als wäre da irgendwo hinten eine große dämm-

* «Einst wird kommen der Tag…» Homer, Ilias 6, 448.

rige Wiese mit Hunderten von Grillen, die in die Sommernacht ihre Liebeslieder girrten. Bisher war der Kurfürstendamm ja noch ziemlich schattenreich, halbdunkel und wenig belebt gewesen; nur zeitweise lärmüberfüllt durch die langen Wagenzüge der Grunewaldbahnen, die ohne zu halten weiterfuhren, in denen kein Platz zu bekommen war und deren Plattformen ganz schwarz von Menschen waren. Aber aus jeder neuen Seitenstraße waren dann neue Abendspaziergänger hinzugestoßen; und jetzt strömte es auch aus den Hauptadern, die hier das breite Blutgefäß trafen. Und es war, als ob all diese Menschen gleichsam Helligkeit mit sich brachten, das Licht erhöhten, die Schatten der Rüstern erhellten. Und wenn vordem keiner auf die beiden geachtet hatte, wenn sie im Schutz der halben Dämmerung unbehelligt geblieben waren, so blickte doch nunmehr der oderjener ganz erstaunt auf das ungleiche Paar, das nur mit sich beschäftigt schien, sah auf den breiten Menschen, der den Schlapphut ins Genick geschoben hatte, und der seine erregten Worte mit ausladenden Handbewegungen begleitete, jede Hebung und jede Senkung der Stimme mit seinem langen weißen Kuvert nachtaktierte, daß die Enden seines alten braunen Mantels nur so flatterten gleich Wimpeln bei einem lustigen Segelwind. Und dann ließ er die Blicke zu dem andern laufen, der klein, vornübergebeugt, in kurzen Schritten nebenher ging, still und lauschend, wortlos, die Hände auf dem Rücken und den Kopf mit dem glatten Gesicht und dem kurzen Schnurrbart gesenkt, jenem kurzen starren Schnurrbart, der nicht schwarz und nicht blond, sondern von einem mit Grau durchsetzten Braun war. Dieses schmale, längliche Gesicht war wie immer, wenn Doktor Herzfeld *nicht* sprach, von Trübsinn und leichter Müdigkeit überschattet, und die Züge waren, wie immer, wenn Doktor Herzfeld nicht sprach, von dem geheimen Schauer einer fragwürdigen Gesundheit überflogen. Sowie er aber zu reden anhub, und die dunklen Augen in dem blassen Gesicht – denn er lebt nicht danach, daß es anders sein könnte, er kommt nicht viel vor die Stadt, und er macht die Nacht zum Tag, und oft einen Teil des Tags zur Nacht –ja, sowie die dunklen Augen in dem blassen Gesicht die Herrschaft bekamen, dann war dieser Mensch da nicht mehr ein ziemlich mitgenommener Fünfziger, verbraucht über seine Jahre hinaus, sondern kaum erst ein Vierziger. Man sah dann ordentlich, wie ihm seine Gedanken aufstiegen, gleich schimmernden Blasen, die zur Oberfläche wollen. Er sprach gut, gern, sicher, liebte seine Worte, bog und feilte mitten im Satz, um eine andere Wendung zu geben, um etwas zu vertiefen, ein Plumpes zu verfeinern, ein Rohes zu umschreiben.

«Und doch», begann Doktor Herzfeld ganz leise und hob den Kopf, und es war gleichsam, als ob langsam ein anderes Leben in ihn strömte, «und doch, Hermann Gutzeit, stammen die Worte, es ist eine Lust zu leben, von einem Mann, der nach Ihrer Meinung das Recht *nicht* besaß, sie auszusprechen. Der, gehetzt wie ein Hirsch, ein stolzer Zehnender, hinter dem die Meute kläfft, endlich in Ufenau der neuen Franzosenkrankheit erlag, unbemitleidet, ein Spott für seine Feinde. Ein Kämpfer war er, ein lachender Verächter, weit voraus seiner Zeit, und ein zarter und dankbarer Lobsänger der Frauen dabei und ihrer Huld und Lieblichkeit... eben jener Frauen, die an ihm so ‹viel Lieb's und Treu's getan, daß er's bis an sein selig Ende spürte›... und denen trotz alledem und alledem seine müde Seele bis zum letzten Atemzug diente. Hat Sie das nicht nachdenklich gestimmt, Hermann Gutzeit, als Sie Ihren gewiß prächtigen Dithyrambus niederschrieben?

Ich gebe Ihnen ja zu, es ist Trauer, Jammer, Tod und Elend mit dieser Krankheit über die Welt gekommen, und all das, was Sie da gemalt haben, schöpft vielleicht noch nicht die ganze Tiefe des Leidens aus, bis zu deren Grund noch kein fremder Taucher niedergestiegen ist. Denn, wie der Biß der Natter tut, das kann nur der erzählen, den die Natter gebissen hat, und nur der kann es verstehen, den sie gleichfalls gebissen hat. Das steht ja schon in Phädros!

Und doch, haben Sie sich einmal klar gemacht, daß die Welt und wir *ärmer* waren, ohne diese Franzosenkrankheit? Daß aus dem Acker, den sie durchpflügte, aus dem Boden, den sie besudelte, die allerletzten feinsten Düfte jener schönen Giftblüte Kunst emporgestiegen sind, die tiefsten Sehnsuchtsklänge, die dankbarsten Sonnengebete, ja selbst die mächtigsten brausenden Symphonien voll von Jubel, Schwermut und Erlösung, die je die Erde vernommen hat?! Das tiefste Verstehen menschlichen Lebens kam von *ihr*. Die dunkelsten Abgründe menschlicher

Schwermut riß *sie* auf. Die zarteste Huldigung an die Schönheit unserer unbekannten geliebten und gehaßten Begleiterin hat sie trotzdem ersonnen. Dem letzten Grausen hat *sie* erst Worte geliehen. Es war gleichsam, als wolle sie auf der einen Seite das gut machen, was sie auf der andern an der Menschheit frevelte. Irdisches nahm sie, Ewiges gab sie.

Legt hinein in die große Waage all das jahrhundertalte Leiden, durch das sie die arme Kreatur geschleift hat, und legt drüben in die andere Schale das Sonnengebet Manets, der, als seine Hände schon so gelähmt waren, daß sie nicht mehr eine große Leinewand beherrschen konnten, noch jene kleinen, köstlichen Blumenstücke schuf, die zart und keusch wie die Küsse eines Kindes sind, und die nur noch ein einziges letztes, unerhört rührendes Abschiednehmen sind, von Licht und Sonne, von Farbe, von der samtigen Weichheit der Materie, an die sich eben die feinen, wehen Sinne eines Kranken stärker festsaugen, als das plumpe Auge des Gesunden, der genau weiß, daß er auch noch morgen all das wiederfindet. Und legt drüben hinein in meine Schale ebenfalls die bittersten und süßesten Klagen des armen Lazarus, des Merlinus aus der Rue Amsterdam, aus der Pariser Matratzengruft, – er sah wie Christus aus in seinen letzten Jahren, – er, der nur noch eine tönende Stimme war, so sehr war sein Leib in die Krümpe gegangen; – er, der kranke Jude, dessen Seele noch bis in die Grundvesten erzitterte vor Frauenschönheit.

Geschlossen war mein Aug', doch angeblickt
Hat meine Seel' beständig dein Gesichte,
Du standst vor mir begeistert und entzückt
Und wunderbar beglänzt vom Mondenlichte!

Er, von dessen Lager nie die Grazien wichen, und der, zum Krüppel geschlagen, seine grausigsten Leiden, seine schmerzvollsten Beseligungen in bezaubernden Versen ausweinte, herausschluchzte, ausblutete, seine eigene Jugend vergessen machend, – vielleicht nunmehr der erste moderne Mensch, der Deutsch schrieb! Wären wir nicht ärmer ohne ihn, Hermann Gutzeit?! Und Maupassant drüben in meine Schale – mit seiner ganzen Glut und Fülle und Unerbittlichkeit; er, der schmerzliche Komödien schrieb, über die man vor Tränen nicht lachen kann, oder gespenstische Tragödien, in denen alle Figuren lächerlich sind, wie Wilde es einmal sagt, und der bis zum Grausen des Horla, bis zum letzten versteinernden Wahnsinnsschrei hinabtauchte, dieser unruhvollste und gewaltigste Eroberer des modernen Lebens, den wir kennen. Ein Napoleon der Feder war er, der Paris unterjochte, der Frankreich unterjochte, für den es keine Beresina gab, er, dessen Welt von den Klippen der Bretagne bis zu den Wüsten Afrikas reichte, alles umspannend! Und dabei war er doch nur ein freiwilliger Zuchthäusler, der arbeitete und arbeitete, rastlos bis die Maschine in sich selbst zusammenfiel. Ein Athlet und ein Philosoph war er, krank, bitter, vor Kopfschmerzen rasend, immer auf Reisen, immer auf der Flucht vor sich selbst und auf derJagd nach der Welt, einsam kreuzend und schaukelnd auf seinem ‹Bel Ami›, im Sturm und Hauch des Südwinds mit den Sternen sprechend, Menschen hassend, von Frauengunst gequält. Meinen Sie, er wäre ganz der geworden, der er für uns ist, wenn ihn nicht die Natter gebissen? Sinkt meine Schale noch nicht?! Komm, du Einsiedel von Sils-Maria, der du die Menschheit zum Letzten und Größten aufpeitschen wolltest, der du an die eingeborne Hoheit der Geister und Seelen kindlich glaubtest, der du Jubel und Weichheit und Überschwang der Sprache gabst, – armselig vordem. Der du so hoch stiegst, daß dir vor dir selber graute, da oben in der eisigen Einsamkeit, der du– selbst ein Leidender – alles Leiden leugnetest, an der Zukunft hingst, brünstig wie niemand vor dir, vielleicht gerade deshalb, weil deine nur die Nacht des Wahnsinns war und sein konnte! Komm, Friedrich Nietzsche!

Sinkt meine Schale noch nicht? Nein?! Gut. – Ich will mit beiden Händen nachwerfen: Hunderte von Namen, hunderte von Werken. Hat nicht das beseligte Auge eines armen Kranken selbst in dem kahlen Sand der Mark und den runden Becken seiner Seen Wunder erblühen lassen und die Schleier fortgerissen, die *unsere* stumpfen Blicke umhüllten?! Hören Sie die Klänge der ‹Eroica›?! Sehen Sie den Eroberer Schlesiens, der seinen kleinen Heerscharen einer Welt zum Trotz Feuer in die Adern goß! ‹Verachtung steint und Menschenhaß ihm Antlitz und Gebärde!› Wenn er sterben will, sterb er ruhig! Fühlen Sie das zerrende Grausen im Spuk des unvergleichlichen Theodor Amadeus und die wilde Lebensgier eines Grabbe? Hören Sie das sanfte, schmeichelnde Wogen der Schifflieder Lenaus? Und weht nicht selbst um den Olympier ein Hauch, ein Odium der Franzosenkrankheit aus dem Zerwürfnis mit dem harten pedantisch–verständnislosen Vater, von den venetianischen Epigrammen her!...

Nein, Hermann Gutzeit, wo Großes, Seltsames, Neues geschaffen und erschlossen wurde, wo stets die heißesten Gluten des modernen Geistes entfacht wurden, die tiefsten Schächte sich auftaten, wo die brünstigsten Gebete emporquollen, die wildesten Flüche gegen das Leben geschleudert wurden, wo das stärkste, menschlichste Mitfühlen emporgerissen wurde und sehnend seine Bruderhand hinhielt, in jeder Steigerung des Lebensgefühls, und der jenes Gefühl spiegelnden Kunst, – da war es der Biß dieser Natter, der nachschmerzte. Und aus dem Boden vergänglichen Leidens stieg wie ein gleißen des Blumenheer aus dem Sumpfboden all das empor, was für uns groß und schön ist, und was wir lieben, doppelt lieben, eben weil es Schmerz und Wonne zugleich ist. Ungeahntes Elend brachte sie, – diese ‹Neue–Weltenkrankheit› aus Heines Birnini. Gewiß, Hermann Gutzeit! Aber auch ungeahnte Bereicherungen der Seele. Und was sind all die Leiden von Hunderttausenden gegen die Bereicherung von Millionen aus den bittersüßen Verzückungen dieser Wenigen!

Schwebt Ihre Schale noch nicht oben, noch nicht?

Sicherlich, – eines werden Sie mir doch zugeben, das Sie vergaßen – der Biß der Natter hat einen schmerzvoll süßen Wahn in die Kunst getragen, hat ein Kulturferment geschaffen, das wir nicht missen möchten. Steht nicht auch in den Märchen von Menschen, die von einer Schlange gebissen wurden, und die nun plötzlich den Gesang der Vögel, das Rauschen der Bäume, das Singen des Windes, das Murmeln der Quellen verstanden, so den andern stumm blieb?! Und wenn nun dieser Natter für alle Zeiten die Zähne ausgebrochen sein werden, wird dann noch alles so sein wie heute?»

Doktor Herzfeld schwieg plötzlich. Es war, als wollte er seinen Satz nicht endigen. Hermann Gutzeit war an der Joachimsthaler Straße stehen geblieben, am Rande des Reitwegs, weil von rechts und links, von hüben und drüben Wagen und Autos den weiteren Übergang sperrten. Drüben aus dem Café drang eine Lichtflut, und das helle Rauschen von vielen Menschen klang über die Straße hin.

«Ach, kehren wir um», sagte Hermann Gutzeit mürrisch.

«Wollen Sie denn nicht Ihren Brief zur Bahn bringen?»

«Wozu? Er kann auch morgen fort. Gehen wir lieber zu den Ditopassabeln. Sie warten.»

«Aber Hermann Gutzeit!» rief Doktor Herzfeld. «Glauben Sie wirklich, weil ich nun auch die Gegenseite des Problems sehe, weil ich nun anderer Meinung bin als Sie, daß die Welt schon deshalb anderer Meinung ist? Schreiben Sie das, was ich hier gesagt habe, und Sie werden keinen Ort finden, es zu veröffentlichen, jede Tür wird sich vor Ihnen schließen, jede Zeitung wird Ihnen Ihr Machwerk retournieren. Der oder jener wird vielleicht zugeben, daß Ihre Ausführungen, – wenn auch verstiegen und unrichtig, – nicht des Interesses entbehrten, – wie man so schön sagt; – aber man könne es dem Publikum nicht bieten. Und vielleicht habe ich auch unrecht. Vielleicht ist das, was ich sage, Traum und Selbstbetrug. Was wissen die Millionen da draußen davon? Vielleicht wiegt das Leid, die Kümmernisse, der Schmerz und die Schuld auch nur *eines einzigen* menschlichen Wesens schwerer als alle Schaumgebilde der Kunst, – wieviel mehr aber erst der verjährte Kummer von Hunderttausenden. Wer kann da entscheiden? Wer kann überhaupt entscheiden? Wer für sich gut sagen, daß er nicht schon morgen anderer Meinung ist? Ich beneide alle, die glauben, irgend etwas beantworten zu können.»

Plötzlich trat einer jener seltsamen Augenblicke der Stille im Verkehr ein, – die Wagen, die sich hier verwirrt und getroffen, waren, ehe man es gedacht, nach allen Seiten auseinandergeeilt, und die neuen waren noch ganz in weiter Ferne. Die langen Dämme lagen für Sekunden hell und leer und schienen ordentlich darauf zu warten, daß die Passanten von hüben und drüben ganz schnell herüberhuschten, ehe sie sich wieder mit Lärm und Bewegung füllen mochten. Die beiden aber gingen still und wie erschöpft neben einander. Hermann Gutzeit kam sich wie ein Brettspieler vor, der überspielt worden ist. Er hatte seine Steine nicht übel geführt, aber irgendwo hatte der andere eingehakt, und ehe er es gedacht, war seine Stellung zusammengebrochen. Er hatte diesen Artikel nicht ohne Freude geschrieben, hatte sich mitreißen lassen von der Kraft der Schilderungen, von der Wucht der neuen jubelnden Gedanken, die vielleicht, – das sagte er sich selbst, – zu schön waren, um volle Wahrheit zu werden. Diese Arbeit da hatte ihn über einen unsagbar kummervollen Tag hinweggetäuscht, hatte ihm die Einbildung gegeben, daß die Dinge der Allgemeinheit wichtiger wären als sein eigenes Erleben, er hatte gemeint, mehr gegeben zu haben, Stärkeres, Nachhallenderes denn sonst; er hatte endlich einmal wieder an sich geglaubt, was er seit hundert Tagen nicht mehr getan hatte; und dieser Glaube war ihm gerade heute so wohltuend und so notwendig gewesen, – und da hatte ihm der andere seinen ganzen Bau mit *einem* Anlauf über den Haufen geworfen. Und selbst wenn das nicht der Fall war, wenn er recht behielt, wenn *er* das Richtige gesagt hatte, – der andere da hatte doch das *Feinere* und *Bessere* gesagt. Hermann Gutzeit war zu sehr Literat, um das *nicht* zu empfinden.

Und all das, diese kurze Arbeitsillusion, fiel nun von ihm ab, wie Blätter im ersten Reif. Es gehörte ihm nicht mehr, war gleichgültig und leblos geworden, und Hermann Gutzeit stand nun wieder ganz kahl und fröstelnd der harten Luft der Wirklichkeit gegenüber. Doktor Herzfeld aber hatte den Kopf von neuem gesenkt, seine Augen hatten zu sprechen aufgehört, und der alte Zug von leichter Müdigkeit war wieder in die Mundwinkel zurückgekehrt. Trotzdem die beiden neben einander hergingen, schienen sie doch beide weit entfernt von einander zu sein, jeder gleichsam umhüllt von einer Dunstschicht seiner eigenen Gedanken, Schmerzen, Sorgen und Empfindungen, in die einzudringen dem andern verwehrt war.

Wie ein langgestreckter Kasten lag nun drüben die Austellungshalle,und hinten erhob sich, unwahrscheinlich gleich dem Hintergrund auf der Opernbühne einer kleinen Residenz, vom hellen, grünlichen Licht der Straße in das Dunkel eines schwülen und leichtverhangenen Sommerhimmels hinaufsteigend, der für den Bau allzu plumpe Turm der Kaiser–Wilhelm-Gedächtniskirche. Das Ganze lag da wie ein riesiges Kamel, das seinen dicken Hals in die Nacht emporstreckt. Die Caféterrasse drüben war dicht gefüllt mit Menschen, die ein wenig Kühlung suchten. Von allen Seiten zogen erleuchtete Wagen heran. An der Uhr standen wartende Damen in hellen Kleidern und lächelten irgend einem zu, der aus dem Gewühl ihnen entgegentrat. Niemand begriff, warum gerade er und nicht irgend ein anderer der war, den sie erwartet hatten; und keiner – außer ihnen selbst – verstand, was es nun schon für einen Unterschied gemacht hätte, wenn es wirklich ein anderer gewesen wäre. Tennisjünglinge, weiß behost, auf lautlosen Gummisohlen, trugen noch die Rakets in der geröteten Faust und hatten scheinbar gar keine Eile heimzukommen. Oben auf der Brücke hatte sich irgend eine gewaltige Schnellzugslokomotive postiert, hoch und breitbrüstig und kurzhalsig, ein rechter Athlet, solch wohlgebauter Neunzigkilometer–Renner, und sie vergnügte sich damit, Funken, einen hübschen Regen von Funken, in den Nachthimmel zu werfen, als mache sie sich über die kleine Stadtbahnlokomotive da hinter ihr lustig, die mühselig schnaufte und pustete, ehe sie ihre Lichtkette in die Häuserschlucht hineinzog. An der Straßenbahnhaltestelle legten Schaffner die Kontaktstange um, und die gelbe Helligkeit der Wagen erlosch, um schnell wieder aufzuflammen.

Das ganze Bild jedoch war überspielt von dem Wechsel der hohen und tiefen, der tiefen und hohen Signale der kommenden und weichenden Automobile, die sich mit den letzten Posaunentönen der fernen Militärkapellen zu einem seltsam musikalischen Potpourri vereinten. Und das ganze Bild war umwittert von dem Benzinatem, in den sich ein leiser Carnivorenduft mischte, – die sommerliche Ausdünstung von Tausenden von Bestien, die von dem Garten her herüberschlug… von dem Garten, dessen nahe, kühle, hohe Laubbäume man kaum erst ahnte, grade als wären sie irgend eine Vorstellung, die noch halb unter der Schwelle des Bewußtseins liegt.

Doktor Herzfeld blieb, während Hermann Gutzeit in den Bahnhof ging, einen Augenblick draußen stehen und sah nachdenklich in das immer wieder sich zusammenschließende und immer wieder sich lösende Gewühl von Menschen, die mit jedem neuen Zug der Untergrundbahn wie Zwerge aus der Felsenspalte empordrangen, um sich mit jenen zu vereinen, die mit jedem neuen Stadtbahnzug in eiligen Massen aus den breiten Eingängen sich schoben. Das Bild schien immer das gleiche zu sein, – und doch traten von Minute zu Minute die alten Spieler ab, und neue rückten an ihre Stelle, um wieder abgelöst zu werden. Aber keiner fehlte, keiner wurde vermißt.

Doktor Herzfeld war es, als sollte ihm damit die Überflüssigkeit des einzelnen praktisch veranschaulicht werden.

Doch da tauchte im Gang auch schon wieder die Gestalt des andern auf, doppelt breit in seinem Havelock.

«Na…», rief Doktor Herzfeld, «schwimmt er? – Solch Briefkasten ist doch eine prächtige Erfindung: Es quält uns etwas – man schreibt es nieder, steckt es in ein Kuvert, wirft es ihm in den Rachen. Er schnappt zu, schluckt es mit einem Bissen runter, frißt es auf. Und man geht leicht und vergnügt fort. Mit *der* Sache hat man nichts mehr zu tun… Also kommen Sie zu den Ditopassabeln.»

«Ich kann das nicht finden», sagte Hermann Gutzeit. «Ja, wenn ich aufrichtig sein soll mir hat heute den ganzen Tag vor dem Augenblick gegraut, da wieder einmal die Klappe des Briefkastens fallen würde. Weil ich genau wußte, daß dann wieder all das Andere –» Hermann Gutzeit brach ab und kniff die Lippen zusammen, als sollte kein Laut mehr ihn verraten. «Und es geht nicht –», sagte er nach ein paar Schritten ganz leise, – «ich kann mich nicht mehr weiterpeitschen, ich halte es nicht aus, – ich breche zusammen! Und ich mache auch ein Ende… wirklich, – das tue ich…»

Doktor Herzfeld sah seinen Begleiter etwas unsicher von der Seite an, als wollte er sagen, daß das doch gegen das Übereinkommen wäre: das neutrale Gebiet zu verlassen. Er fiele auch nicht aus der Rolle und belästige andere in eigener Sache. «Zwischen Mann und Weib hat der liebe Gott den Haß gesetzt», sagte er nach einer Weile und in einem Klang, der deutlich zu erkennen gab, daß damit dieser Gesprächsstoff erledigt sei, da er wirklich nicht wichtig genug wäre, um zwischen Männern Gegenstand der Erörterung zu sein.

Aber Hermann Gutzeit war zu sehr mit sich beschäftigt, um Sinn für Abtönungen zu haben. «Glauben Sie mir», rief er, «Sie haben nie *mehr* recht gehabt als in diesem Augenblick.»

«Möglich», unterbrach Doktor Herzfeld schnell und spöttisch. «Trotzdem ist diese Weisheit schon etwas altbacken… wenigstens dem Inhalt nach. Selbst der brave Salomon hat am

Ende seiner Jahre und darauf kommt es an! – sich mit ähnlichen Sinnsprüchen die Zeit vertrieben.»

«Lieber Doktor», meinte Hermann Gutzeit, und *er* blieb bei *seinem* Ton, – «guter Freund, was verstand Salomon? – Salomon war Junggeselle, denn er hatte fünfhundert Frauen und nicht *eine*! Solange es nur Sinnsprüche sind, mag es ja ganz amüsant sein, hübsch und überraschend – gerade so wie ein Feuerwerk: man entzündet's, es pufft auf, bildet Muster, Sterne, Funkenregen, schießt hoch zum Himmel, erhellt blitzartig die Dunkelheit und – läßt uns wieder in Finsternis. Solange es nur Feuerwerk ist, wie bei Ihnen, lieber Doktor, hat man noch in irgend einer Art seinen Spaß daran. Aber bei mir ist es das jetzt nicht mehr; bei mir brennt es jetzt lichterloh verstehen Sie? Bei mir steht das Haus vom Keller bis zum Boden in Flammen – und heut oder morgen stürzen die Balken ineinander!»

«Glauben Sie das wirklich?» rief jetzt Doktor Herzfeld, – schon etwas weniger spöttisch. «Sie sind ein Optimist – ein echter deutscher Optimist! Ach, das Haus stürzt eben *nicht* ein, und in fünf Jahren steht es noch so wie heute; ebenso wacklig und ebenso fest– Sie Dichtersmann!»

Hermann Gutzeit zuckte mit den Schultern. «Erinnern Sie sich noch aus der Tertia der Katastrophe von Sphakteria? Ja – Sie wissen doch: 425 – tausend Athener – – Nun, wir erleben alle einmal unsere Katastrophe von Sphakteria… ich glaube, keiner kommt um sie herum, – nicht der Glücklichste und nicht der Elendeste. Und bei mir bereitet sich nunmehr solch eine Katastrophe von Sphakteria 425 ante Christum natum vor.»

«Gewiß erleben wir sie alle mal», warf Doktor Herzfeld ein. «Aber sie wäre keine Katastrophe, wenn sie *dann* einträte, wenn wir sie *erwarteten!…* Nein – oh, ich könnte Ihnen davon erzählen – nein, dann, wenn wir uns in Sicherheit wiegen, wenn wir glauben, daß nun alles gut wäre… *dann* stürzt es über uns zusammen! – Denken Sie: Sie gehen gemütlich hier auf dem Kurfürstendamm spazieren – so fröhlich und leicht wie selten. Plötzlich kommt mit melodischem ‹Tut – Tut› ein Auto um die Ecke und verschwindet vergnügt wieder in der Nebenstraße… Sie aber stehen auf und sind für den Rest Ihres Daseins Leiermann oder handeln mit Streichhölzern. O Freund, ich könnte

Ihnen davon erzählen, wie man unter die Räder kommen kann. Und man existiert trotzdem weiter – *trotzdem.* –»

Doktor Herzfeld fühlte, daß er zu viel gesagt hatte. Und er riß, wie bei einem durchgehenden Pferd, mit einem Ruck die Zügel an. «Wozu?» fragte er halblaut, mehr zu sich als zu seinem Begleiter. «Wozu?! – Beim Null ouvert deckt doch nur der *Spieler* die Karten auf!»

Hermann Gutzeit war erstaunt über die Rede des andern, der darin ganz Orientale war, daß man ihn selbst nie kennen lernte, ihn nie halten konnte, daß er immer hinter seinen eigenen Worten zurückwich. Und im Augenblick vergaß er über diesem Staunen sogar völlig das, was *ihn* bedrückte.

Aber Doktor Herzfeld hatte sein Pferd schon wieder geschickt in die alte Gangart zurückgezwungen. «Oh, sehen Sie», rief er und zeigte mit einer eckigen Bewegung die halbdunkle Fasanenstraße hinunter, die ganz voll von den finsteren, kaum durchleuchteten Laubmassen der Bäume hing, während die beiden Häuserreihen schwer und schwarz geradezu liefen, auf den hellen, meergrünen Rand des westlichen Himmels zu, der nichts von Nacht wissen wollte, der nicht erlöschen wollte, sondern der – wie es so in diesen Sommertagen ist – das Spiel leiser, melancholischer Tinten beibehalten wollte, dem letzten rosigen Traum von Licht treu bleiben wollte, solange, bis wieder die nächste sieghafte Helligkeit emporstieg.

»Sehen Sie, da hinten senden uns die hellen Nächte des Nordens einen Gruß. Sie sollen den Menschen schwermütig machen, diese Nächte... Aber sie müssen doch wundervoll sein! Stellen Sie sich das vor: immer dahingehen durch solch eine Landschaft, in der nicht Tag, nicht Nacht ist, die nicht beleidigend ist, wie das Licht, und nicht bedrückend, wie das Dunkel... dahingehen durch eine unglaubhaft weiße Dämmerung, die ganz und gar Wunsch und Sehnen ist...»

«Ich denke, man reist nicht?» rief Hermann Gutzeit plötzlich lustig, breit und laut, wie das sonst gern seine Art war.

«Nein», sagte Doktor Herzfeld lächelnd. «So ist es: man reist auch nicht, man träumt nur. – Aber da drüben ist endlich wieder unser Leuchtturm. Und hören Sie, – die Grillen zirpen immer noch.»

Wirklich, da kamen schon wieder die feinen, schwirrenden Laute der Geigen durch die grobe Musik der Straße hindurch, die sich nicht um Harmonie kümmerte, sondern in deren Orchester jede Stimme meinte, daß sie ihr Instrument spielen könne so laut, wie *sie* wolle. Aber je näher man kam, um so bestimmter wurde der Sieg der Harmonie über das Chaos. Und bald löste sich deutlich aus dem Klang der Autos, dem Rollen der Räder, dem Brausen der Elektrischen süß, trällernd, leichtsinnig und doch traurig das Lied der Mimi aus der ‹Bohème›: ‹Geh ich allein durch die Pariser Gassen›.

Doktor Herzfeld spitzte die Lippen: «Kommen Sie schnell, Hermann Gutzeit, – davon muß ich noch etwas abhaben. Ob sie es gut oder schlecht kratzen, weiß ich nicht – aber es ist *zu* köstlich, es ist einfach nicht umzubringen.» Und damit lief er voran, über den Damm, auf die Lichter da drüben zu, auf die Zeltdächer, auf den halbrunden Säulenbau, der den Vorhof der ‹Sezession› mit feinem Bogen abschloß, und der oben mit kleinen roten Lämpchen auf den Tischen wie gespickt, wie garniert war. Aber die Musik schmetterte einen wilden Schlußsatz und setzte dann die Geigen ab. Irgendwo an einem kleinen Tischchen rief ein blasser junger Mensch ‹Bravo!› und empfing mißbilligende Blicke. Wenn man schon für die Tasse Kaffee fünfunddreißig Pfenning zahlen muß, braucht man wirklich nicht mehr Bravo zu schreien!

Doktor Herzfeld grüßte und winkte nach rechts und links. Er hatte zu allen Kreisen hier Beziehungen; denn wenn man so durch ein paar Jahre an den gleichen Ort kommt, lernt man bald den oder jenen kennen, die Bekannten der Bekannten – und ehe man sich versieht, ist man in ein ganzes Netz verflochten. Die einzelnen Tische, die einzelnen Lager mögen sich noch so getrennt halten, – sie tauschen doch hin und wieder ihre Leute aus, wie die feindlichen Negerstämme die Kriegsgefangenen, die sie nicht verspeisen. – Doktor Herzfeld hatte nach überall seine Fühler hingestreckt. Da waren zuerst die braven Bürger: ehrliche Häuserspekulanten, Lederhändler, Rechtsanwälte mit ihren Gattinnen, die mit Disraeli von sich sagen konnten, daß *ihr* Adel älter war als der des Königs von England. Immerhin – er war bei den meisten auch fragwürdiger. Sie erhofften hier unsagbare Sensationen. Vor allem die Frauen. Und sie saßen da, mit Augen wie Schuhknöpfe, bei ihrer halben Portion Vanilleeis, – und stierten irgend ein paar Damen an, denen man es ansah, daß sie sich mit Haut und Haaren, mit Leib und Seele – mit welchem von diesen beiden mehr, ist schwer zu entscheiden – mit Seele und Leib der Kunst verschrieben hatten. Sie waren ihr so rettungslos verfallen, als hätten sie mit dem Teufel einen Pakt geschlossen. Ob das nun Malerei oder Lyrik, Theaterei oder Raumkunst hieß. Und das erste, letzte und einzige Kunstwerk, an dessen Ausarbeitung sie gingen, waren sie selbst. Sie rauchten mit großen Bewegungen Zigaretten, kreuzten leger und männlich die Beine unter dem chinesischen Seidenrock, trugen ihr Haar nach den Bildern der Florentiner, Engländer oder der Eugenienzeit, schämten sich ihrer Ohren, liebten große Silberplatten oder breite gebänderte Achatscheiben als Schmuck, bogen den Hut, so wie es seiner Natur widersprach... und waren dabei arme Wesen, körperlich und geistig hungrig und unterernährt. Immerhin – sie liebten nicht nur das Materielle, gaben sich einer großen Sache – ob mit Erfolg oder Mißerfolg – keineswegs des Vorteils wegen hin, und sie hatten den schätzenswerten Mut, ihr Leben auf *ihre* Art zu gestalten. Vor kurzem noch stille Provinzmädchen, deren Eltern – einfach, aber rangiert – die ‹Gartenlaube› hielten, hatten sie sich bewußt einer kleinen Menschengruppe angeschlossen, die zwischen der Gesellschaft und dem Proletariat zigeunerte, und, wie solche Grenzvölker stets, von beiden Gruppen nur die Nachteile hatte: vom Proletariat die absolute Mittellosigkeit, und von der Gesellschaft Lebensansprüche, die nicht oder nur ungenügend gesättigt werden konnten, und über deren notdürftigster Befriedigung die einfachsten Erfordernisse der Lebenshaltung zurückgestellt wurden. – Ach, keine der braven, brillantenblitzenden Rechtsanwaltsgattinnen, Häuserspekulantenfrauen, Lederhändlerweiber, die hier nach dem Abendbrot noch etwas Luft schöpften, dachte daran, daß die Zigarette und die Tasse Kaffee für jene beiden Mädchen da, die unentwegt anzustarren sie für ihr Klassenvorrecht hielten, – daß sie eben das Abendbrot an sich waren.

Doktor Herzfeld grüßte die beiden, und zugleich stellten die Lederhändlerweiber auch auf ihn die Blicke ein. Die eine von den beiden hatte er mal gekannt, vor zwei Jahren. Und wenn, wie man sagt, Kriegsjahre doppelt zählen, so zählen sie das nur für den Sieger; für den Unterlieger aber zählen sie vierfach. – Und hier hatten sie vierfach gezählt, die zwei Jahre. Für Doktor Herzfeld war dieses Mädchen da – denn in ihrem Kreis, in dem die gesellschaftlichen Hemmungen fortfallen, und in dem es als unmoralisch gilt, den Trieben *nicht* zu folgen, war die Bekanntschaft schnell zu einer Freundschaft und die Freundschaft schnell zu einer Liebschaft geworden – für Doktor Herzfeld war dieses Mädchen ein ganzes Bündel süßer und schmerzlicher Erinnerungen. Für sie aber war er doch wohl nur eine halbvergessene Episode – mit irgend einem Herrn, der eben den einzigen Fehler hatte, daß er zu alt war.

Daß sie ihn für sich anpumpte und vielleicht über seine Kräfte ausnützte, hatte Doktor Herzfeld ihr nicht übel genommen; denn er hatte ja auch von ihr geliehen: Träume, wie Seifenblasen so bunt und vergänglich, die opalisierende Weiße ihrer Haut, den Kornduft ihres noch schweren jungen Haars, – geliehen mit jeder Berührung ihres gertenschlanken Rückens, mit jedem Blick auf die Biegung ihrer Arme, mit jedem Trunk, den sie dem Dürstenden gestattete… Ja, – daß sie ihn anpumpte und vielleicht über die Maßen ausnutzte, hatte er ihr damals wahrlich nicht verargt… Aber – daß sie das Geld nicht für *sich* verwandte, sondern an ihre Freunde gab, entgleisten Studenten damit die Bude bezahlte, damit für die Café–Schuldenjunger Leute aufkam, die sich Maler nannten, weil sie noch von jeder Lehranstalt fort gelaufen waren, damit Schlipse fürjunge Musiker kaufte, die daraufhin, daß sie nicht Dur von Moll unterscheiden konnten, sich als die kommenden Tonkünder ansprachen… das hatte sie getrennt. Denn es hatte Doktor Herzfeld das Eine nur zu schmerzlich klargemacht: daß eben jenen jungen, großsprecherischen Habenichtsen und Tunichtguten das mühelos und ohne daß sie dessen achteten, zufiel, was er sich kaum erbetteln konnte; und daß dieses Mädchen da selbst in seinen Armen nicht ihm, sondern all den andern gehörte.

Mit all seinem Wissen, seinem Takt, seiner Regsamkeit, seinem kleinen Wohlstand, der diesem jungen Ding doch ungeheuerlich erscheinen mußte, – mit all den Dingen, mit denen er sein

Leben umgeben hatte: Büchern und Stichen, alten Möbeln, die ganz goldbraun waren: mit den einfarbigen Porzellanen Chinas, die köstlicher waren als schöne Verse; mit den Holzschnitten Japans, die wie Blumen bunt, seltsam und von exotischem Duft; mit Lackdosen von dem Glanz geschnittener Steine und Juwelen, – mit dieser seiner ganzen Welt, mit der er sein Dasein umkleidete, hatte er nicht das *eine* junge lebendige Spielzeug erkaufen können, das diese Dinge einfach zertrat, oder sie nur brauchte, um sie den andern zuzuschleppen. Nichts hatte eben eine Brücke über das Vierteljahrhundert zu schlagen vermocht, das Doktor Herzfeld von den andern da draußen trennte.

Es war eine schmerzliche Lehre, die ihm das Mädchen damals erteilt hatte; aber böse hatte Doktor Herzfeld ihr doch nicht sein können, als er sich von ihr abwandte. Denn er fühlte, daß jene eben unbestechlich war und um Vorteile nicht ihre Seele verkaufte, ihre junge Seele, die den anderen, den Ihrigen, der Jugend gehörte. Das aber hatte Doktor Herzfeld Achtung abgetrotzt. – Und nun war dieses Mädchen, das so lange in München untergetaucht war, – denn man kann überall hungern; es kostet in München nicht mehr als in Berlin, und es soll in München, wie Eingeweihte behaupten und bestreiten (es steht Meinung gegen Meinung) – in München soll es sogar lustiger sein – nun war das Mädchen wieder zurückgekommen, blaß, elend und etwas hektisch; und Doktor Herzfeld mußte bei ihrem Anblick an ein Erlebnis aus dem letzten Winter denken. Es stand plötzlich wieder bildhaft klar vor seinen Augen: Um Weihnachten war es. Ein rechter Nebeltag. Auf dem Asphalt in der Stadt lag eine glitschige, glibbrige, zähe, schokoladenbraune Masse, und die dampfenden Pferde mußten Fuß bei Fuß setzen, um nicht zu fallen. Ein riesiger, hochgeladener Rollwagen schob sich ganz langsam neben Doktor Herzfeld her. Und ganz hinten, weil wohl nirgends sonst Platz war, – ganz unten aber hatte man an die Leiter ein totes Reh angebunden mit seinen vier Läufen. Der Leib war zusammengekrümmt, der Hals hing herunter und der Kopf– der arme Kopf mit den gebrochenen Augen. Die Nase jedoch, gerade die Spitze der Nase mit den schön geformten, kühlen Nüstern, schleifte hin durch diese zähe, glibbrige, braune Masse, die den Asphalt deckte. Es war das Traurigste, das man ersinnen konnte: dieses

Wesen, zu dem Wald und Tannen, grüne Saaten und weite Himmel gehören; diese schlanken Glieder, die man sich, gleich dem Körper einer Siebzehnjährigen, nicht anders als angefüllt mit federnder Kraft denken kann zusammengeschnürt zu einem Bund Flicken und mit der Nase durch den Straßenkot geschleift!

Als Doktor Herzfeld das Mädchen grüßte – im Augenblick, da stand das wieder vor ihm… er hätte es malen können. Richtig – er hatte sie ja auch immer ‹Rehchen› genannt, ihrer großen, erstaunten Augen wegen, und weil ihre Arme so schlank und ihr Rücken so gertenhaft biegsam war. Und nun hatte es das Leben – dieses sein Reh, das so köstlich jung und unbestechlich gewesen, und dem nichts etwas anhaben konnte, hinter seinem Wagen her mit der Nase gehörig durch den Kot geschleift. Das sah Doktor Herzfeld auf den ersten Blick trotz Schantungseide und Achatschmuck. Und das tat ihm weh.

Gott, endlich – das wußte ja Doktor Herzfeld – war eben die Bohéme ein gefährlicher Sudkessel, der viel Menschenfleisch verschlang und schnell mit einem Dasein fertig wurde. Und doch liebte er die Bohème, weil in ihr immer wieder Neues sich vorbereitete, ausgeprobt wurde, weil sie stets die Jugend in ihre Arme nahm, weil sie Durchgangsstation für alles war, – liebte sie wegen der zehn Gerechten, die auf tausend Ungerechte kamen, deren Leistungen nur negativ waren, das heißt: weniger selbsttätig sich dokumentierten, als durch abgrundtiefe Verachtung dessen, was andere machten, die banal genug waren, ihre Mußestunden durch Arbeit zu entweihen und in dem Weltgetriebe mehr als den Stoff zu einem Aphorismus zu sehen…

Ja, Doktor Herzfeld liebte die Bohème und konntc ihr nicht gram werden, so lästig und närrisch sie oft sein mochte. Endlich waren sie doch andere Kerle als feine Ditopassabeln oder die Entmündigungsknaben, die sich hier zusammenfanden.

Diese Entmündigungsknaben hätten aber Doktor Herzfeld sicherlich gefehlt, wenn sie plötzlich fortgeblieben wären, denn sie bildeten für ihn die Quelle ungetrübter Heiterkeit. Ihr Beruf war: keinen Beruf zu haben. Manche von ihnen wären beinahe einmal Fähnrich geworden oder Referendar oder Handlungsgehilfe. Jetzt jedenfalls verbrachten sie mit einer schönen Unbekümmertheit wider deren Willen das Geld anderer Leute. Mochten das nun ihre Eltern oder irgendwelche Verwandte sein, die gar nicht daran dachten, sie zu Erben einzusetzen.

Sie warfen es mit vollen Händen heraus, das Geld, schoben es sich gegenseitig beim Spiel mit lässiger Miene in Häufchen von Goldstücken zu, und zum Schluß behielten doch nur ein paar etwas, denen man mißtraute und die in jeder anderen Gesellschaft als in der der ‹Kavaliere› – Entmündigungsknaben hatte Doktor Herzfeld das Wort verdeutscht – von vornherein unmöglich gewesen wären. Nie hatte jemand überhaupt vom Geld weniger Vorteile gehabt als sie. Und wenn sie damit Butterstullen auf den Neuen See geworfen hätten, so hätten sie wenigstens *ein* Vergnügen gehabt und es hüpfen und scheppern gesehn! Nichts konnten sie sich dafür erkaufen von allen Gütern, die das Leben lebenswert machen. Sie waren wie ein blankgeputzter Wasserhahn: es rann alles durch sie hindurch, – und sowie es nicht lief, waren sie eben nur noch blankgeputzt und leer. Für sich behielten sie nicht einen Tropfen; ob es nun von einem Tausendmarkschein war oder einer Rivierareise; einer Autofahrt oder der Schönheit einer Geliebten; dem Besuch eines Rennens oder einem guten Souper. Sie sahen alle gleich aus, die Entmündigungsknaben: mit glatten Gesichtern und lässigen Bewegungen; mit braunen Anzügen und breiten Schößen an den Jacken. Sie trugen nie Stiefel, sondern Schuhe, hatten bei Sonne und Regen die Hosen bis zu den Knöcheln und doch noch einen guten Fußbreit nach oben umgeschlagen. Sacklaufen hätten sie müssen, wenn sie sie je heruntergeklappt hätten! Ihre Kunst bestand darin, sich abzustimmen: violette Socken mit grünen Streifen; violettes Oberhemd mit grünen Streifen, violetten Schlips mit grünen Streifen und violettes Hutband mit grünen Streifen zu tragen. Das leistete ihnen Gewähr für Unwiderstehlichkeit bei Frauen. Auch trugen sie – gleichsam als Kraftverschwendung – ebenso gefärbtes und gestreiftes Unterzeug, trotzdem sie sich doch sagen konnten, daß das erst in Erscheinung trat, wenn diese Unwiderstehlichkeit nicht mehr vonnöten war.

Niemand dachte daran, den Entmündigungsknaben etwas anzuhaben. Ja, sie behandelten sich untereinander mit einer Zuvorkommenheit und formsicheren Hochachtung, die ihrer Bedeutung und Lebensstellung umgekehrt proportional war. Trotzdem witterten sie überall Verstöße und lebten beständig in Duellphantasien, die sie nie in die Wirklichkeit übertrugen.

Sahen die Entmündigungsknaben schon fast alle gleich aus, so war die Familienähnlichkeit ihrer Damen fast noch überraschender. Sie glichen einander aufs Haar, das sie wohl von demselben Lieferanten bezogen, der sie stets über die letzte Nuance, den Dernier Cri zwischen Rot und Braun auf dem Laufenden hielt. Sie waren nicht Damen, nicht Frauen, nicht Fräulein, – sondern schöne oder noch schöne Weiber. Ihre Vornamen endeten alle auf ‹i›; ihre Vatersnamen hatten sich im Mühlgang weniger Jahre abgenutzt. Sie trugen enge, in Parzellen eingeteilte Kleider aus verschiedenfarbigen Seidenstoffen, kamen gleichsam wie Heringe – schon in Stücke geschnitten – auf die Tafel. Sie waren alle hübsch, aber sie sahen aus wie Seifenplakate; benahmen sich alle in *früher* Stunde ehrbar, – ehrbarer als die ehrbarsten Lederhändlersgattinnen. Aber ein geheimes Gefühl wurde man bei ihnen nicht los so eine leise Erinnerung an Aktphotographien in keuschester Nacktheit...

Nun ja, – sowie sie den Mund aufmachen, springt ihnen, wie dem Mädchen im Märchen eine Kröte – platscht ihnen ein falscher Ton, ein falsches Fremdwort, ein falscher Kasus heraus; das ist ihr Verhängnis, und deshalb schweigen sie gern. Sprechen sie jedoch, so reden sie von Karlshorst und Grunewald, und mit Augenaufschlag von Egon, Edgar und dem süßen Rudi oder ihrem kleinen Grafen. Wirklich familiär und innig vertraut sind sie aber mit dem Kellner Leopold.

Hüben und drüben saßen die Entmündigungsknaben. Und oben auf dem Säulenbau sah sie Doktor Herzfeld vor kleinen Lämpchen mit ihren Damen sitzen, deren helle Kleider gegen den dunklen Grund der Bäume standen. Sie saßen mit Milli, Emmi, Elli, vornehm schweigend, in tiefster Selbstbeschauung zu zweien und dreien, weit zurückgelehnt in bequemen Korbsesseln, und wie Walter von der Vogelweide: Bein mit Beine kreuzend. Denn sonst wäre die Möglichkeit gegeben gewesen, daß die violetten Strümpfe mit den grünen Streifen ihren Zweck verfehlt hätten.

Doktor Herzfeld grüßte nach hüben und drüben und nickte nach oben nach der Estrade empor. Aber er mußte dabei immer noch mit geheimem Schrecken an jenes Bild vom Winter denken:

an jenes Reh, das mit den Nüstern durch den Straßenschmutz geschleift wurde.

Hermann Gutzeit stand schon mit seinem Havelock drüben beiden Ditopassabeln.Da saßen Lang und Goldschmidt, Hauptmann Grübenau und Kleemann, und Kleemann winkte Doktor Herzfeld mit großen Bewegungen:

«Denken Sie, wie schrecklich», rief er mit einem Ton, dem man es anhörte, daß er es keineswegs so schrecklich fand – «hören Sie, wie traurig: eben erzählt Lang, daß Herr Stüber gestorben ist.»

«Oh, –» sagte Doktor Herzfeld, «ich wußte gar nicht, daß er krank war?»

«Das wußte keiner», meinte Kleemann belehrend.

«Man muß wohl einen Kranz schicken?» begann Hermann Gutzeit plötzlich in einem Ton, als ob er aus einem schweren Traum erwachte.

«Wo wohnt er denn eigentlich?» fragte Doktor Herzfeld schüchtern.

«Das muß man feststellen können», meinte Lang.

«Kranz?» Goldschmidt lachte und zog den Mund in breite Falten. «Gestern haben se'n schon eingebuddelt.»

«Da spart man also Geld», sagte Hauptmann Grübenau und schmunzelte in sich hinein.

«Wie alt ist er denn eigentlich geworden?» meinte Doktor Herzfeld.

«Gar nicht alt», entgegnete Lang. Und man hörte am Ton, daß er diese Antwort nicht gern gab. «Kaum fünfzig.»

«Was hat ihm denn gefehlt?» fragte Kleemann.

Hauptmann Grübenau zuckte die Achseln: «Na, was eben 'nem Menschen fehlt», sagte er. «Und gelebt hat er doch auch nicht danach.»

Der Kellner schoß vorbei, mit jener seltsamen Geschwindigkeit, die mit Langsamkeit gepaart ist, wie sie eben nur ein Kellner hat.

«Karl!» rief Goldschmidt und legte ihm die Hand auf die Schulter. «Der Herr Stüber, der hier immer mit uns saß, ist doch gestern beerdigt worden!»

«Herr Stüber?» sagte der Kellner und drehte kaum den Kopf,

«an den tu ich mich aber gar nicht erinnern!»

«Er hatte immer so einen goldenen Kneifer», sagte Goldschmidt schon recht unsicher.

«Ach», sagte Karl wegwerfend und lief zum Nebentisch: «hier verkehren viele Herren mit einem goldenen Kneifer! – Wer kann die alle kennen?!» Und fort war er.

Goldschmidt beschloß innerlich, Karl wegen offensichtlicher Herzlosigkeit das Trinkgeld herabzusetzen.

Doktor Herzfeld lächelte.

Die Musik begann wieder. Sie spielte Cavalleria, mit Schmelz und Elan und tanzenden Geigenbogen. Das war gerade das Rechte hier, – gerade passend für Publikum und Orchester: nicht wertlos, aber mit einem schönen, tüchtigen Schuß von Trivialität.

Man sprach noch von Stüber. Es war seltsam, wie wenig man von ihm wußte. Lang hatte jeden Nachmittag mit ihm Schach gespielt. Aber da er schon seit drei Tagen einen neuen Partner gefunden hatte, der auch diesem königlichen Spiel mit einer platonischen und unerwiderten Leidenschaft huldigte, war der Schaden eigentlich schon kuriert, ehe er noch recht fühlbar geworden war.

Doktor Herzfeld erkannte Stübers Wissen auf militärischem Gebiet und in Länderkunde an; denn Stüber hatte eine Puschel für Geographie gehabt und war jeden Tag mit Hilfe eines guten Atlanten in Gedanken quer durch Japan, Ecuador oder Alaska gereist. Und er hatte dann diese abenteuerreichen Reisen – teils als wirklich ausgeführte von ehedem, teils als Projekte für die nächste Zukunft – den Ditopassabeln unterbreitet. In Wahrheit war er – ein zweiter Karl May – nie in seinem Leben über Wörlitz bei Dessau hinausgekommen… Ja, Doktor Herzfeld erkannte das an. Denn, sagte er, es wäre keine besondere Kunst, wie Meister Urian etwas zu ‹verzählen›, wenn man eine Reise *täte*, sondern es wäre doch viel achtenswerter, wenn man erzählte, trotzdem man *keine* Reise getan hatte.

Hauptmann Grübenau jedoch bestritt beides. Die Geographie wolle er noch bei ganz bescheidenen Ansprüchen gelten lassen. Aber von Militärwesen?! – Und woher er es überhaupt hätte verstehen können! – «Praxis, liebe Freunde, Praxis fehlte ihm», rief Hauptmann Grübenau, so laut, als stände er noch vor der Front.

Und er übertönte mit seinen Worten die ‹Süße Li–li–e›, die eben aus Flötentönen und Geigenklängen sich duftig und zierlich in klagender Sehnsucht emporrankte. Denn trotzdem Hauptmann Grübenau wohl schon seit zwanzig Jahren keinen Kasernenhof mehr gesehen hatte, so hatte er doch als letztes, neben einer minimalen Pension, ebenjenen Ton in der Sprache übrigbehalten, ähnlich einem ausrangierten Küstenfahrer, der längst zum harmlosen Flußschiff degradiert wurde, und der es sich doch nicht versagen kann, bei jeder nötigen und unnötigen Gelegenheit die alte Heulsirene spielen zu lassen.

Goldschmidt warf noch auf, wovon Stüber eigentlich existiert hätte. Es war nicht ganz erwiesen. Er hätte Lehrer werden wollen; aber seine Nerven wären dem Examen nicht gewachsen gewesen. Dann hätte er nach seiner Aussage Häusergeschäfte vermittelt. Aber hier, wo er ihn nachprüfen könnte, hätte er von der Geschäftslage in Berlin keine Ahnung gehabt.

Leider blieben diese Ausführungen Goldschmidts unbeachtet. Denn da Goldschmidt wegen körperlicher Mängel auch nicht einmal vor zwanzig Jahren auf einem Kasernenhof gestanden hatte, so konnte er mit seiner Stimme nicht gegen die Heimtücke der Musiker aufkommen; vor allem, da jetzt noch mit Flötisten und Geigern ein Dritter Komplott gemacht hatte, der, um die Kirchenszene wirksam zu gestalten, auf lange und kurze, blanke, klingende und brummende Metallröhren ununterbrochen loshämmerte. Bei der ‹süßen Lilie› wäre sicherlich Goldschmidt mehr beachtet worden, als er jetzt von Stübers Beziehungen zu den Frauen sprach: Ein Glück hätte der Mensch gehabt! – überall. Und Skrupel wären ihm fremd gewesen!

Aber als die Musik schwieg, da war auch Goldschmidt still geworden; trotzdem dieses Thema sonst bei ihm nie abriß. Und er blickte fragend und mit langsam aufdämmerndem Verständnis Kleemann an, der den Kopf tief gesenkt hielt, so daß sein breites Doppelkinn gleichsam in die dritte Potenz erhoben war, und nur mit den Augen, nur mit einer Bewegung der buschigen Brauen auf Hermann Gutzeit wies. Da war also etwas nicht in Ordnung.

Hermann Gutzeit aber hatte seinen alten Schlapphut abgenommen, damit ihm die kühlende Luft durch die beiden Bahnen seines Haares – es stand ja in drei Inseln, in drei Büscheln um seinen großen Kopf– fahren könnte. Und Hermann Gutzeit blickte scheinbar ganz aufmerksam zur Musik hinüber.

Doktor Herzfeld sah ihn an. *Hatte* jener nichts gehört? *Wollte* er nichts hören – oder wußte er nichts?

Es war wirklich Zeit, von etwas anderm zu reden.

Die Ditopassabeln waren auch durchaus nicht mehr in dem Alter, in dem man lange über Tote spricht. Wenn bei der Bohème mal einer unter die Räder kam, da war ein Gerede und Lamentieren monatelang. Auch wenn bei den Entmündigungsknaben einmal einer niederbrach und, da er nicht mehr standesgemäß sein Leben hinbringen konnte, als Kavalier sich aus dem wahrhaftig schon blutig öden Dasein entfernte, – so war das ein Gespräch für Tage. Ja, die Damen auf ‹i› blieben wochenlang dabei und schütteten auf den toten Kavalier all ihre selbstlose und tiefe Liebe aus, die sie dem lebenden Entmündigungsknaben nur gegen Monatswechsel überlassen hätten. Aber – aber – bei den Ditopassabeln, da liebte man es nicht mehr, so lange Zeit bei diesem Gesprächsstoffe zu verweilen. Denn wenn die andern noch junge Soldaten waren, denen es neu und schmerzlich war, daß plötzlich der Kamerad neben ihnen von dem Geschoß des unsichtbaren Feindes niedergestreckt wurde, und die ganz entsetzt Halt machten und fassungslos den Gefallenen umstanden und sich zu ihm niederbeugten, –waren das doch alte, ausgediente Krieger, die nur zu gut wußten, daß aus dieser Lebensschlacht auch nicht *einer* heil herauskommt, und die bei jeder neuen Kugel, die neben ihnen einschlug, eigentlich ohne es sich zu gestehen, nur froh waren, daß sie den *andern* und nicht *sie* getroffen hatte, so wenig sie auch wähnten, an ihrem alten Leben zu hängen… Müde, ausgediente Krieger waren es, die sich kaum und nur ungern umblickten, den Gefallenen zurückließen und so schnell als möglich machten, daß sie weiterkamen.

Nein, es war höchste Zeit, daß das Gespräch in ein anderes Fahrwasser kam!

Goldschmidt – dick, untersetzt, kahlköpfig, goldbekneifert, den Kopf in den Schultern – war schon bei der Literatur. Denn mit seinem starken seelischen Anteil, den er an allen kaufmännischen Dingen nahm, interessierten ihn die Preisbestimmungen der einzelnen Autoren und Stücke ungemein; das heißt, nicht etwa kleinlich, als Honorarfrage, sondern eher großzügig, als Marktnotierung. Er fühlte sich als der vereidigte Makler der Literatur, der aus Angebot und Nachfrage für die nächste Saison den Anfangskurs bestimmte und schon jetzt riet, von jenem die Hände zu lassen und auf diesen a la hausse zu spekulieren. Ja, er tat sich besonders darauf etwas zugute, *die* Autoren herauszufinden, die erst übers Jahr an der Börse zugelassen wurden. Er hielt Schriftsteller, Verleger und Bücher mit einer bewundernswerten mnemotechnischen Sicherheit auseinander, ohne doch an den Werken selbst, – die er *nicht* las –irgend welchen Anhalt zu haben. Er war gleichsam vollgepfropft mit Buchtiteln, Erscheinungsjahren, Verlagsfirmen; ein lebender Weihnachtskatalog, eine zweibeinige literarische Speisekarte. Außerdem nahm Goldschmidt regen Anteil am Theater, das heißt: er wußte genau, warum ein Direktor eine Premiere erst in der nächsten Saison bringen konnte, und in welchen und in wieviel Händen sich gerade jede Schauspielerin, Sängerin oder Choristin befand – wie das alle wissen, die dieses ideelle Interesse haben.

Auf Doktor Herzfeld war Goldschmidt wenig gut zu sprechen. Denn der liebte das Theater nicht, machte kein Hehl daraus, – und was die Bücher anbetraf, so hatte jener die unangenehme Eigenschaft, nicht nur die Buchtitel zu kennen, sondern sogar viele Bücher zu lesen und für das Gelesene ein peinliches Gedächtnis zu haben. Und solche Menschen, die ihn kontrollieren oder aufs Glatteis führen konnten, waren bei Goldschmidt nicht beliebt. Gegen die wehrte er sich mit Händen und Füßen – das heißt mehr mit den ersten als mit den andern.

Jetzt war Goldschmidt gerade dabei, einen jungen Ungarn zu lancieren, in dem der kommende Mann zu sehen sei, – bedeutender als Maupassant. Aber Doktor Herzfeld war gegen ihn. Er sagte, er kenne ihn. Dieser junge Herr scheine ja ein ganz brauchbarer Mensch zu sein, aber, daß er eine Schauspielerin aushalte, sei doch nur für Herrn Goldschmidt ein literarischer Befähigungsnachweis. Größenwahn gebe noch keine Anwartschaft auf Unsterblichkeit. Er hätte ihm einmal gesagt, er könne nur in einem Haus mit einem schattigen Garten arbeiten –Verzeihung, meine Herren; *schaffen*! Aber wo finden wir so etwas hier in Berlin? – Und wenn man es wirklich schon hätte – um

Himmels willen – wie lange bliebe denn bei uns so ein Garten schattig? Doch kaum von Juli bis September!

Goldschmidt wurde erregt. Sein Prestige stand auf dem Spiel. Er setze zehn gegen eins Frankreich wäre schon lange fertig, Norwegen wäre tot, Rußland wäre krank, England wäre alle. Jetzt käme Ungarn, – man würde sehen!

Bei dem Wort ‹England› setzte sich der Hauptmann Grübenau in Positur. Ja, er zog sogar das Bein an, das er der Gicht wegen weit von sich gestreckt hatte. Er bekam einen ganz roten Kopf, doppelt rot gegen das weiße Haar und den dicken weißen Schnurrbart – er trug ihn jetzt seit kurzem nicht mehr nach seinem obersten Kriegsherrn, sondern nach Zeppelin. Ja, England! Und Hauptmann Grübenau begann; mit dem Heroismus des alten Soldaten, der 1871 während der Belagerung von Paris als blutjunger Fähnrich in der Festung Graudenz Griffe kommandiert hatte; begann – wenn auch weniger diplomatisch und verklausuliert, aber dafür wuchtiger, robuster und wirksamer – den Leitartikel vorn gestrigen ‹Tag› wieder von sich zu geben. Er übertönte damit die süßen Weisen von ‹Home sweet home› um ein Beträchtliches. Er setzte mit Manchestertum, deutscher Zukunft und Vorherrschaft zur See, Weltkrieg und wortbrüchigem Natterngezücht seine Lichter auf, redete von der Politik des Einkreisens und sprach, – während er die unbedingten Friedensabsichten von Deutschlands Heer, Flotte und Monarchen unterstrich, – die bestimmte Absicht aus, dem stolzen Albion noch einmal den Fuß auf den Nacken zu setzen.

Goldschmidt war darüber gekränkt, daß man von der Literatur abgerückt war; aber er hatte doch das angenehme Gefühl, das letzte Wort behalten zu haben.

Doktor Herzfeld aber summte vielsagend vor sich hin das Beckmesserlied aus den Meistersingern: «Den Tag seh ich erscheinen, der mir mißfallen tut.»

Der alte Hauptmann Grübenau wurde rot wie eine Tomate, denn es war ihm unlieb, daß der andere den Souffleurkasten seiner Überzeugungen kannte.

«Oh», sagte er, «gegen den ‹Tag› können doch selbst Sie alter Nörgler nichts einwenden. Es sind doch auch Ihre Leute, die da schreiben.»

«Kennen Sie, lieber Herr Hauptmann», sagte Doktor Herzfeld lächelnd, «die Aufgabe vom Wolf, dem Schaf und dem Kohlkopf, die in einem kleinen Boot über einen Fluß gebracht werden müssen, so daß, unbeaufsichtigt, keines das andere frißt? ja, sie ist etwas schwierig zu lösen, diese Aufgabe. Nun, – im ‹Tag› hat man es sich leichter gemacht. Man hat es fertig gebracht, alle drei – den Wolf, das Schaf und den Kohlkopf – einfach zusammen zu verfrachten und sie so zu dressieren, daß keines das andere verschlingt.»

Hermann Gutzeit lachte laut. Und Goldschmidt, der eben mit Lang sprach, horchte auf: das mußte er in Entreprise nehmen.

Aber Hauptmann Grübenau ließ sich nicht ablenken, und er sprach davon, was für ein Glück es wäre, daß dieser alte Fuchs jetzt endlich gestorben sei. Sprach so despektierlich,– wie eben nur ein alter Militär reden kann, von einem Monarchen, in dessen Reich man nicht mehr primitiv genug ist, zu glauben, daß für den Herrscher ein anderes Recht gelte als für den Privatmann. Er tischte uralte Legenden aus der Kronprinzenzeit Eduards auf, spottete über sein Dandytum und wiederholte die Worte des großen Napoleon: «Ich will nicht sein wie mein Vetter, das konstitutionelle Mastschwein.»

«Ich möchte gern widersprechen», sagte Doktor Herzfeld ganz langsam in einer Pause, als Hauptmann Grübenau zu neuen Invektiven Atem schöpfte. «Nicht, um mit Ihnen zu disputieren; auch nicht etwa, um Sie zu überzeugen; sondern nur, um Ihnen den Glauben zu nehmen, ich sei der gleichen Meinung wie Sie. Wissen Sie, daß ich Ihren dicken Onkel Edi, der ein so billiges Futter für die Witzblätter war, lange Zeit schon bewundert habe, und daß ich ihn jetzt nach seinem Tode verehre? Mit einer Zuneigung, von der ich nicht glaubte, daß ich sie je für einen Monarchen empfinden könnte.»

Hauptmann Grübenau kniff die Lippen ein, daß sich der dicke weiße Schnurrbart wie ein weißer Zaum übers Gesicht legte. Und seine Augen kegelten beinahe aus dem Kopf, so sehr riß er, statt aller Frage, die Lider auf. Sie waren mal blau gewesen, diese Augen; aber nun hatten sie einen grauen Rand um die Iris bekommen und glichen seltsam genug jenen großen, gewölbten Augensternen, wie man sie bei weiß und braun gescheckten

Pferden findet.

«Ja, ich *habe* ihn bewundert, weil er für mich einen neuen Gentleman-Typus des Herrschers darstellte, für den wir hier erst in drei Jahrhunderten reif sein werden. Ihr Edi war nicht mehr der Held alten Schlages, das Herrscherideal bei bengalischer Beleuchtung; – er war energisch, aber unrepräsentativ; unposiert und doch achtunggebietend; er wollte nicht bluffen, Eindruck schinden; war von echt englischer Tüchtigkeit, die nicht redet, sondern handelt, kein Schauspiel gibt, sondern etwas leistet; war kompliziert dabei und Meister in der undurchdringlichen Kunst diplomatischer Klugheit; der erste Privatmann seines Staates, der bald die halbe Welt bedeutet. Scheinbar griff er nicht ein, ordnete sich unter, und hatte *doch* alle Fäden in seiner Hand. Voll Achtung vor seinem Volk und voll Liebe zu seinem Volk, stand er nicht im Gegensatz zu der großen Menge, war kein Soldatenkaiser, der an sein Schwert schlug, war nicht Geschäftsführer zugunsten einer kleinen Gruppe, war nicht Lobredner seiner Flotte, die die stärkste der Welt ist. Er hatte die seltene und neue Klugheit eines Großkaufmanns, der scheinbar sich um nichts kümmert und doch seinen ganzen riesigen Betrieb übersieht, und dem jede Abteilung gleich bedeutsam erscheint. Gewiß, Ihr Onkel Edi hat nicht das Leben eines Anachoreten gelebt, solange er als Kronprinz nur Privatmann war. Aber selbst in dem prüden England ist es ihm nicht verargt worden – und Sie hätten hören sollen, *wie* man ihm zujubelte, wie ich es gehört habe; – gewiß, er war auch, wie Sie richtig bemerkten, Dandy und tonangebend in der Mode… aber er liebte nicht mehr die barbarische und primitive Buntheit des Militärs, sondern er wußte, daß der Gehrock die Uniform der Zukunft ist.»

Hauptmann Grübenau saß jetzt sogar vor Staunen mit offenem Munde da. Und er wäre sicher aufgesprungen, wenn ihn nicht wieder sein gichtischer Zeh so abscheulich gestochen und geschmerzt hätte. «Oho!» rief er und weiter nichts.

«Ja», fuhr Doktor Herzfeld fort, «solange er lebte, habe ich ihn nur bewundert, habe mich für ihn interessiert; jetzt, wo er tot ist, verehre ich ihn. Denn er ist als Held gestorben. Nicht mit Trara etwa im Kampf oder auf dem Schlachtfeld, aber ebenso mutig und ohne eine Wimper zu verziehen. Er hat sich von der Krankheit nicht unterkriegen lassen bis zur letzten Stunde, hat sich nicht von ihr vom Arbeitstisch drängen lassen. Er ist gleichsam in den Sielen, in den Schuhen gestorben, hat die Zähne aufeinander gebissen, solange es ging, und hat sich dann niedergelegt, um nicht mehr aufzustehen. Er ist nicht von der Schanze gewichen, und er ist auf der Schanze erschossen worden. Und von der Stunde an verehre ich ihn. Weil er seine letzte Menschenpflicht mit soviel vorbildlichem Anstand erledigt hat.»

Hauptmann Grühenau erhob sich und stützte sich auf die Marmorplatte, daß das Tischchen ins Schwanken geriet. Er wollte etwas sagen, aber er besann sich. «Karl! Zahlen!» rief er.

Die andern blickten interessiert und etwas scheu auf.

«Setzen Sie sich nur wieder hin», sagte Doktor Herzfeld ebenso ruhig wie stets. «Denn, wenn ich, trotzdem Sie anderer Meinung sind als ich, es mir zur Ehre rechne, mit Ihnen plaudern zu dürfen, so hoffe ich, bei Ihnen auch die gleiche Toleranz voraussetzen zu können.»

«Bleiben Sie schon, Grübenau», sagte Kleemann und tatschte dem alten Weißkopf mit seiner schweren Hand auf die Schulter. «Sie kennen ja Doktor Herzfeld.»

Aber Hauptmann Grübenau meinte, daß es seine Ehre als Deutscher nicht zuließe, und er sprach etwas von ‹verabscheuenswerter Gesinnung›.

«Ich würde ja mit mir auch nicht verkehren», entgegnete Doktor Herzfeld sehr kühl und bescheiden. Und nur Hermann Gutzeit, der ihn genauer kannte, hörte aus dem Ton den Spott heraus. «Wirklich – ich würde ja mit mir nicht weiter verkehren, wenn ich nicht eben leider Gottes auf mich angewiesen wäre. Die guten Deutschen, und Sie mit ihnen, Herr Hauptmann, sind zu eigentümlich: in Rußland wird einer geknutet, niedergesäbelt, aufgehangen oder nach Sibirien geschleift, wenn er eine andere Meinung hat, als gewünscht wird. Aber er bleibt dabei in den Augen der übrigen ein ehrlicher Kerl. Es ist dort keine Schande, eine Meinung zu haben, die der Parole von oben entgegenläuft; eher ein Unglück. Die echten Deutschen sind heute schon sehr kultiviert: sie spießen nicht, sie säbeln nicht, sie schießen nicht, sie deportieren nicht, – sie tun nichts von alledem mehr. Aber sie erklären sofort jeden für einen gemeinen Lumpen, der nicht unentwegt ‹Heil Kaiser Wilhelm!› und ‹Hurra Germania!› brüllt!»

«Da hat Doktor Herzfeld nicht unrecht», sagte Lang.

Hermann Gutzeit, der sich bisher nicht einmal mit Gesten an dem Disput beteiligt hatte denn er war ganz wo anders in seinen Gedanken – faßte sofort sein Urteil journalistisch druckfertig für das Entrefilet der dritten Seite ab. «Unleugbar», sagte er, – «die Verdächtigungssucht ist eines der Grundübel unseres politischen Lebens.»

Goldschmidt sagte, er verstehe zwar nur von Literatur etwas – um Politik kümmere er sich nicht. – Aber er stände hier doch auf der Seite von Doktor Herzfeld.

Hauptmann Grübenau setzte sich wieder langsam hin – denn mit dem Hinsetzen ging es nicht mehr so recht. «Na, meine Herren», sagte er ungewiß, «ich sehe, ich bin überstimmt.»

Vielleicht hätte er nicht klein beigegeben, wenn sich Lang ihm angeschlossen hätte. Aber der kleine Lang, der irgendwo in einem Tuchgeschäft Prokurist war, und der sonst dem Hauptmann wie sein Schatten folgte, hatte diesmal nicht daran gedacht, schon mit nach Hause zu gehen, weil er durchaus noch nicht das nötige Maß Alkohol für seine Bettruhe in sich eingepumpt hatte. Und Karl, der Kellner, hatte ebenso des Hauptmanns Wunsch, zu zahlen, ohnehin nicht ernst genommen und sich nicht geregt. Denn er wußte genau, daß der alte Hauptmann ein etwas zornmütiger Herr war, der leicht einmal die Absicht kundgab, die Tischgesellschaft unter Protest zu verlassen.

Herzfeld sagte, es hätte ihm ferngelegen, den andern zu kränken, und alle beteuerten dem alten Rauschebart, daß sie es auch nicht so aufgefaßt hätten; er müsse irgend etwas mißverstanden haben. Von allen Seiten sprach man jetzt auf ihn ein, mit sanfter Liebenswürdigkeit, wie auf einen Mann, der im ganzen ja noch ziemlich vernünftig war, aber in einer Hinsicht eben so seinen niedlichen Sparren hat und da der Schonung und des Nachgebens bedarf. Ja, dieser Ton, er war eigentlich die stumme Voraussetzung, auf der die Geselligkeit der Ditopassabeln sich aufbaute. Denn wenn man erst einmal den Äquator des Lebens um ein gut Stück passiert hat, dann hat eben schon jeder so seine kleine Puschel.

Immerhin, es war dennoch eine leichte Spannung zurückgeblieben; die Stimmung eines bewaffneten Friedens. Die Musik gab sich zwar alle Mühe, diese Nebel zu zerstreuen, und spielte irgend etwas furchtbar Fesches und Elektrisierendes aus irgend einer neuen, gehirnerweichenden Operette. Aber man hörte nicht darauf, und ehe man es sich versah, war man wieder bei diesem Stüber: ob denn niemand etwas wüßte, was ihm gefehlt und wie er gestorben sei?

Nein, niemand wußte etwas Genaues.

«Die Familie hat sich gewiß seiner angenommen», meinte Doktor Herzfeld, «wie stets in solchen Momenten. Sie wittert es gleichsam, wenn man sterben will. Und plötzlich ist sie da, wie der Aasgeier, wenn ein Tier fällt. Wir leben unser Lebtag mit *anderen* Menschen; sie ist uns fremder als fremd. Aber wir *sterben* mit der Familie.»

Aber es wäre doch seltsam, meinte Goldschmidt, daß man so gar nichts gehört hätte.

Ob da nicht irgend etwas dahinter stecke, meinte Lang. Geld hätte er nie gehabt. Denn er hätte Gott und die Welt angepumpt. Und in irgendwelche bösen Affären sei er immer verwickelt gewesen. Es wäre schon kein Wunder, wenn die Sache nicht ganz sauber wäre.

Hermann Gutzeit zog ein Gesicht. Ein verlegenes Gesicht, das doppelt verlegen wirkte, da er plötzlich von Portugal zu sprechen begann. Er hätte schlechte Nachrichten. Und das würde mit dem jungen König ein ebenso schlechtes Ende nehmen wie mit dem alten.

Das war Grund für den Hauptmann Grübenau, der Portugal und alle Portugiesen ob des Königsmordes sein loyales Gemüt bekam ordentlich Schüttelfrost bei dem Gedanken – tief verabscheute, von neuem einen roten Kopf zu kriegen. Vor allem, da sich Doktor Herzfeld nicht enthalten konnte, den Bericht einer türkischen Zeitung zu zitieren, die da geschrieben hatte: Seine Majestät der König von Portugal unternahmen höchstselbst gestern vormittag eine Spazierfahrt und kehrten tot in den Palast zurück. Und wer weiß, ob es nicht von neuem zu einer Explosion gekommen wäre, wenn sich nicht plötzlich durch die Tische eine Heilsarmeeschwester zu den Ditopassabeln herangedrängt hätte.

Das blasse, unschöne Gesicht unter der blauen, rot bebänderten, schmucklosen Schute war von dem Laster einer perversen Frömmigkeit entstellt. Es glich in seiner scheinheiligen Milde der Miene eines verprügelten Jagdhundes, dem es schlecht bekommen war, auf eigene Faust zu wildern. «Für gefallene Mädchen» sagte sie und streckte ihre Zeitungen und eine kleine Sammelbüchse über den Tisch.

Man unterbrach das Gespräch und sah mit Absichtlichkeit ins Leere.

«Ich gebe direkt», sagte Doktor Herzfeld sehr ruhig.

Man vergaß ganz, wo man war, und lachte so laut, daß von rechts und links: Ruhe! gerufen wurde, jeder lachte auf seine Art: Gutzeit schwer und dröhnend wie ein chinesischer Gong; Goldschmidt kurz und hell und in Absätzen; Hauptmann Grubenau dreimal militärisch, wie nach Kommando. Nur die arme Heilsarmeeschwester stand dabei mit dem gottseligen Himmelsblick der Märtyrerin. Denn sie war der Meinung, daß ihre Anwesenheit diese rüde Heiterkeit erzeugt hätte. Ihr frommes Gemüt hatte zwar die Antwort vernommen, aber sie noch keineswegs begriffen, da es nicht gewohnt war, sich auf solche Vorstellungsketten einzustellen und überhaupt jedem Spiel des Geistes aufs innigste abhold war.

Desto erstaunter war sie jetzt, daß trotzdem plötzlich lachend und glucksend der oder jener den Beutel zog und seinen Obulus in die Büchse warf. Nicht zuletzt der, der den anderen das lästerliche Spottwort über sie zugerufen hatte. Und sie sandte innerlich ein kurzes, aber kräftiges Dankgebet zu ihrem Herrn und Heiland empor, daß es ihr gelungen war, nur durch die wunderbare Macht ihres Märtyrerblickes einen Lichtstrahl echten Glaubens in die Herzen jener alten, in Weltlichkeit verstockten Sünder fallen zu lassen.

Nun war man ja bei dem eigentlichen Thema. Wozu hatte man überhaupt so lange von anderen Dingen gesprochen?! Sicherlich hatte man nur das gemeint.

Der Hauptmann Grübenau bekam ganz kleine Augen und erzählte eine Mordsgeschichte, die ihm noch im vergangenen Jahre passiert war, da eine junge, hübsche, reiche Frau aus besterjüdischer Familie… Ach Gott, möglich, daß die Geschichte wirklich passiert war; aber dann sicher irgend einem andern. Möglich auch, daß sie mir einer jener Ladenhüter war, die seit Boccaccio überall zu Kauf ausgeboten werden… Aber wer mochte es dem gichtischen, mürrischen Herrn verargen, der in schwerer Abhängigkeit von einer rohen, schwammigen vierzigjährigen Person lebte, mit der er zwar nicht standesamtlich, aber wahrlich auch übel genug verheiratet war, die ihm das bißchen Wirtschaft führte, ihn ganz unterbekommen hatte, ihn auf allen Ecken und Enden mit dem schlimmsten Gesindel betrog und ihn seelisch und körperlich viel mißhandelte… wer mochte es dem alten Herrn verargen, wenn er – wenigstens in Gedanken – etwas die Akten fälschte und sich zum erkorenen Liebhaber schöner Frauen machte, die ihn überhaupt nicht beachteten, und vor denen er sich ritterlich retiriert hätte, falls sie ihn etwa beachtet hätten.

Eigentlich waren ja doch die Ditopassabeln – Hauptmann Grübenau an der Tête – waren ja doch schon alle in dem Alter, wo man – um es studentisch zu sagen – was die Frauen anbetrifft, fleißiger in den Vorlesungen als im Praktikum ist.

Lang, der als Junggeselle ein großer Hypochonder war und die Hälfte seines Gehaltes zu den Ärzten schleppte, begann mit Kleemann seine Erfahrungen über die Treue der Ehefrauen auszutauschen und kam zu einem vernichtenden Gesamturteil, während Goldschmidt weniger abstrakt und theoretisch blieb und sich unter der Assistenz von Hermann Gutzeit, der mürrisch und schwermütig vor sich hingrunzte, in schöner Rabelais'scher Offenheit mit den physiologischen Tatsachen selbst beschäftigte.

Nur der, der diesen glücklichen Umschwung im Gespräch herbeigeführt hatte, saß da mit schmalen, eingekniffenen Lippen.

«Ich finde es lustig», sagte er endlich zu Hermann Gutzeit in einer Pause, während er aufhörte in Journalen zu blättern, «sehr lustig finde ich es, wenn Sie alle so reden und man sitzt dabei als der Mann aus dem Tumurkilande.

«Nein», sagte Hermann Gutzeit, der zur Raabegemeinde gehörte, und sein Gesicht hellte sich auf, als tauche da plötzlich irgendwo in der Ferne ein beruhigendes, freundliches Glänzen in all dem lastenden Dunkel seiner Bekümmertheit auf, «nein, lieber Doktor, ich meine, Sie sind doch eher der brave Vetter

Wassertreter aus dem ‹Abu Telfan›.»

Wie Goldschmidt, der etwas ungewiß zugehört hatte, das Wort ‹Abu Telfan› vernahm, atmete er auf. Nun war er im Bilde; Buchtitel kannte er.

«Ich mache mir gar nichts aus Raabe», sagte er obenhin, «man kann ihn nicht mehr lesen.»

Hermann Gutzeit widersprach, aber Goldschmidt wartete mit professoralen Gewährsmännern auf, die Raabe auch ablehnten.

«Sie haben recht», meinte Doktor Herzfeld, «die Kammerunteroffiziere der deutschen Literatur werden Raabe stets zur zweiten Garnitur hängen, statt zur Paradeuniform.»

«Ja», sagte Goldschmidt, der, wie schon bemerkt, das Börsenspiel der Kunst mit Klugheit und regem Anteil verfolgte. «Raabe macht nichts mehr. Passen Sie auf, wir kommen wieder zu den Klassikern. Sehen Sie jetzt den Erfolg von Faust und Oedipus. Goethe geht immer noch und Schiller auch. Und nachher wird's zu spät sein, da sind denn wieder andere dran. Raabe ist ein für alle Mal passé.»

Hermann Gutzeit war darob unzufrieden; aber Doktor Herzfeld sagte, daß es doch gleichgültig wäre, es liege nur eine Notwendigkeit vor, daß gute Bücher geschrieben, nicht, daß sie von vielen gelesen würden. Mit der Schöpfung eines solchen Buches wie Abu Telfan ist eigentlich sein Zweck erfüllt. Das Chaotische in dem Menschen, der es schuf, hat sich zur Form geklärt, und tiefe, schmerzhafte Grundakkorde des Lebens, denen vordem keiner Stimme gab, sind zum Klingen gebracht worden. Und ob sie nun ungehört verhallen, ob viele ihnen lauschen, ist zufällig, von untergeordncter Bedeutung, kommt erst in dritter Linie; denn sie haben doch dem einen geklungen, der seinem Dasein dadurch Form gab. Was weiter mit diesen Dingen geschieht, geht diesen Mann nichts mehr an. Das haben wir mit uns abzumachen.»

Hermann Gutzeit meinte, daß Raabe sicherlich noch seine große Stunde erleben müsse, weil echte, wahrhaft echte Dinge eben nicht verloren gehen können. Aber er war doch etwas schwankend und ungewiß Goldschmidt gegenüber, der immer gleich seine Kanonen Goethe und Schiller abprotzte. Und richtig, da legte er auch schon die Lunte an.

«Sehen Sie, den Faust kann man noch nach bald hundertfünfzig Jahren lesen und sogar auf der Bühne sehen. Meinen Sie, daß in hundertfünfzig Jahren von Raabe nur so viel noch da sein wird?»

«Das kann uns heute sehr egal sein», sprang Doktor Herzfeld ein, «denn wir haben keine Ahnung, wie geartet in hundertfünfzig Jahren die menschliche Seele sein wird. Vielleicht tragen wir dann hier alle Zöpfe in der fünften Provinz Wei-Sen des Mandarinen Li-Fung-Se und lesen nur noch Liteipo in der Ursprache. Vielleicht aber auch… Und deshalb sollten wir uns wirklich nur um die Dinge kümmern, wie sie heute sind. Gehenkt, gerädert und gevierteilt aber sollte der Kerl werden, der das Wort und den Begriff Klassiker erfunden hat; denn er ist in Deutschland daran schuld, daß wir vielleicht Klassiker, aber keine lebendige Literatur haben. Er ist daran schuld, daß wir statt an eine Entwicklung zu glauben und rückhaltlos sich ihr hinzugeben, immer wieder auf den alten, schon längst bebrüteten, schon halb faulig gewordenen Eiern hocken und hocken bleiben wollen; daran schuld ist er, daß alle Entdeckungen neuer Lebens- und Seelenzustände im Auslande gemacht wurden, in Rußland, in Frankreich, in Norwegen. Wir aber kommen, statt vom Leben, von der Literatur zur Literatur; und Jünglinge von achtzehn Jahren, die weder sich noch anderen etwas zu sagen haben, schreiben und dichten bei uns im Goetheschen Altersstil. Solange wir nicht begreifen, daß ein Balzac und ein Dickens, ein Dostojewski zum mindesten genau so groß und genau so wertvoll für den Ausbau des Lebens und der Seele sind – und Literatur ist ja nur Lebens– und Seelenentwicklung und heißt die Fahnen der Schönheit und der Kunst dort aufpflanzen, wo eben noch die harten und schier uneinnehmbaren Klippen des Seins starrten – genau so groß wie Goethe, von dem flachen, rasselnden Tamtam Schiller ganz zu schweigen… so lange werden wir immer im Hintertreffen stehen. In dem Augenblick, wo wir das einmal vergaßen, haben wir Gutes geleistet, als wir aber uns wieder auf unsere Klassiker besannen, kam nur noch Gleichgültiges.»

«Sie lehnen also die Klassiker ganz ab, Herr Doktor», fragte Goldschmidt, der mit Freuden überall herumhorchte und für sein Leben gern in literarischen Disputen plätscherte.

«Ich bin wohl nicht dumm genug, um das gesagt zu haben»,

rief Doktor Herzfeld. «Aber wir sollten heute aufhören, sie zu kennen, so wie wir selbst die Feder in die Hand nehmen. Ihre Schmerzen sind eben nicht mehr die unseren; ihre Freuden sind eben nicht mehr die unseren. Was bei ihnen Leben war, wird bei uns abgeblaßte Historie. Was bei ihnen letzte, jüngste Form, ist bei uns lästige Fessel. Welch eine dünkelhafte Sisyphusarbeit wird aufgeboten, um diese toten Dinge immer wieder zu galvanisieren. Welch ein Heer von Menschen ist auf die Beine gebracht, damit die Suggestion in Kraft bleiben soll! Necrophorus germanicus, der große schwarze Totengräberkäfer, sollte das Wappentier unserer Germanisten sein. Und von welchen Äußerlichkeiten hängt ihr Urteil ab. Zwei Möglichkeiten, die an den Dingen selbst nichts ändern, könnten ihr ganzes Urteil umstoßen. Stellen Sie sich einmal vor, Novalis wäre Urgroßvater geworden! Zehn Heinrich von Ofterdingen hätte er noch geschrieben! Zweihundert Hymnen an die Nacht! Sie würden ihn sicher den geheimen Oberkonfusionsrat der Romantik getauft haben. Und dann denken Sie nur, Goethe hätte bei den Schlußzeilen Werthers von den Pistolen Alberts selbst Gebrauch gemacht! Die zünftige Forschung würde in ihm heute einen zweiten Günther sehen, eine hypertrophe, aber unzulängliche Begabung, die sich früh verbrauchte und die sich mit Geschick einen guten Abgang verschaffte. Und doch hätten weder Novalis noch der junge Goethe deswegen eine Zeile weniger geschrieben.»

«Und den Faust?» warf Hermann Gutzeit ein, der ein deutsches Gemüt war und die Literatur zwar nicht mit dem Verstande wie Goldschmidt, nicht mit den Sinnen, den Nerven und dem Geschmack wie Doktor Herzfeld, abcr mit seiner großen simplen Kinderseele liebte.

«Ach Faust, seit hundert Jahren doktern sie an ihm herum und schreiben Lobgesänge auf die Gretchenlegende und haben doch nicht in Erfahrung gebracht, daß das eigentliche Schlüsselwort der Mephisto spricht und daß das andere doch nur ein lügnerischer Notbehelf ist, den der alte Herr herausgefunden hat, um sein braves Pferdchen nicht scheu zu machen.»

«Und das wäre?» rief Hermann Gutzeit.

«Kennen Sie es wirklich nicht, nein?» rief Doktor Herzfeld. «Da, wo Mephisto in der klassischen Walpurgisnacht den Lamien nachstolpert und sich besinnt, sagt er es. Erinnern Sie sich nicht?!

> Verflucht Geschick! Betrog'ne Mansen!
> Von Adam her verführte Hansen!
> Alt wird man wohl, wer aber klug?
> Warst du nicht schon vernarrt genug!
> Man weiß, das Volk taugt aus dem Grunde nichts;
> Geschnürten Leibs, geschminkten Angesichts;
> Nichts haben sie Gesundes zu erwidern,
> Wo man sie anfaßt, morsch in allen Gliedern.
> Man weiß, man sieht's, man kann es greifen,
> Und dennoch tanzt man, wenn die Luder pfeifen.»

Die letzten Worte hatte Doktor Herzfeld ganz scharf zwischen den Zähnen hervorgestoßen, und sie klangen um so bitterer in grausam resignierender Selbstverspottung, da er die ersten im Gesprächston, ganz wie zufällig, gesagt hatte, als besänne er sich, suche sie zusammen, als bilde er sie selbst erst, Zeile für Zeile.

Sogar Goldschmidt, für den das Leben keine Tiefen hatte, fühlte, daß hier das Spiel fast zum Ernst umschlug.

Hermann Gutzeit aber sah Doktor Herzfeld groß an, über die Brillengläser fort, und seine Worte waren mehr ein Schluchzen als ein Sprechen, als er hervorstieß: «Warum sagen Sie mir das?! Warum sagen Sie mir das gerade jetzt?!»

Goldschmidt blickte absichtsvoll ins Leere, wie vorhin, als die Heilsarmeeschwester ihre Zeitungen hinstreckte.

Die übrigen am Tisch: Lang, Kleemann und Hauptmann Grübenau aber waren tuschelnd, lachend und mit roten Köpfen noch zu innig mit dem letzten Thema beschäftigt, um zu bemerken, daß hier plötzlich ein anderer Ton hineinschwirrte, gleich den Waldhörnern der Symphonie, die ein paar Mal erst ganz leise und schüchtern anfingen, ehe sie die Führung an sich reißen.

Doktor Herzfeld zuckte die Achseln, als wäre das nun wirklich nicht der Antwort wert, und als verwahre er sich dagegen, daß von ihm irgendwelche persönlichen Schicksale in die Debatte gezogen würden. «Was ich sagte, galt uns allen, mir und

Goldschmidt so gut wie denen da drüben, die so unbeirrt sich als die lachenden Sieger fühlen.»

Die Musiker spielten unterdessen unter ihrer Fliegenglocke mit vielem Gerassel und großer Wut den Schlußsatz irgend eines burlesken amerikanischen Marsches, und dann setzten sie kurz die Instrumente ab und holten – soviel man auch da capo rief, – schwarze Kästen vor, um die Geigen zu versenken, und schwarze Tücher und Futterale, um die Flöten und Hörner darin einzusacken. Und einer nach dem anderen atmete auf und stieg im schäbigen schwarzen Rock, klein und bekümmert hinten das Treppchen hinab. Nur ein letzter sammelte noch Notenblätter ein. Aller Glanz war von ihnen gewichen. Eben noch Künstler, denen man zujubelte, waren sie jetzt weniger als die Gäste.

Und mit den Musikern wichen in Scharen die braven Bürger, die ehrlichen Häuserspekulanten, die Lederhändler und die Rechtsanwälte mit ihren Gattinnen langsam waren sie ja schon vordem abgebröckelt, jetzt aber drängten sie ordentlich in schwarzen und hellen Massen den Mittelgang hinunter zum Ausgang.

Nein, das war wirklich nicht der Augenblick, um von ernsten Dingen zu reden.

Es war gleichsam wie bei der Lösung einer komplizierten chemischen Verbindung: wenn so ein letzter Schuß Salpetersäure alles hinaustreibt, was irgendwie sich verflüchtigen kann, und nur ein paar schwerwiegende Grundelemente übrig bleiben, die beharrlich auch der stärksten Beschwörung spotten.

So blieben als Bodensatz jetzt nur noch die eigentlichen Urbestandteile, blieben in der einen Ecke die Ditopassabeln, blieben auf ihren Sesseln die langgestreckten Entmündigungsknaben mit Greti, Milli, Emmi, und blieben drüben die paar Tische mit den beiden Mädchen in der Mitte, um die sich mit der Zeit ein ganzer Kreis junger Leute gesammelt hatte.

Man kann nicht sagen, daß einer da wie der andere aussah. Im Gegenteil, der hatte sehr lange Haare und der sehr kurze. Der eine Stupsnase und der eine Hängenase, die trug sich violett und die moosgrün; jeder und jede war ganz und gar auf Persönlichkeit zugeschnitten. Und doch konnte man sie kaum unterscheiden und verwechselte sie sicher miteinander, wenn man sie das nächste Mal wiedersah.

Zwischen diesen Grundelementen dehnten sich nun die Öden weißer Stuhlreihen. Und es war plötzlich seltsam still geworden. Den Ahorn, der mitten im Hof seine Krone hob, hörte man leise rascheln und spürte, wie der Wind draußen in dem alten Rebengarten über dem Säulengang durch die runden Wipfel kam, als wollte er die Laubmassen mit weicher Hand glatt streichen. Der Mond – eine große rötliche Melonenscheibe, von jener Sorte, die wie mit Blut durchflossen erscheint – hing da oben melancholisch gerade zwischen zwei Steinvasen am nächtig leuchtenden Himmel, und ein paar einsame Sterne zuckten gleich sterbenden Leuchtkäfern hie und da über den Dächern auf, um sich sogleich wieder zu verschleiern und zu verlieren. Denn der Dunst der Straße und die Lichter, die auf den Terrassen hingen und die im Hofe gelbe verdämmernde Kreise gegen graue Wände warfen, waren ihnen feind.

Zu den Ditopassabeln hatte sich jetzt ein alter englischer Herr gesellt in dickwolligem Jackett, das genau die Farbe und die Struktur wie er selbst hatte, grau, morsch, abgetragen und immer wieder mühsam aufgebügelt. Er kam stets sehr spät, dieser Herr, da seine Schüler meist erst des Abends Zeit hatten. Er sprach ein schlechtes Deutsch, hatte es nie gelernt, weil er nur Englisch mit seinen Schülern sprach. Und er hatte das Englische fast verlernt, weil er immer nur Fehler hörte. Er war so langsam zu dem stillen, gleichmäßigen Stumpfsinn einer Schildkröte gekommen. Er führte aber auch das traurigste Dasein, das ersonnen werden kann: Sprachlehrer in einem fremden Land sein, nie Wurzel fassen können, abhängig sein von Menschen, denen man gleichgültig ist, und für die man trotzdem Interesse heucheln muß, wenn man sie auch verachtet, da man meint, sie ständen tief unter einem, – eben weil jedes beiderseitige Verstehen ausgeschlossen ist.

Doktor Herzfeld blätterte plötzlich eifrig, sehr eifrig in seinen Journalen und Kunstzeitschriften, denn es war ihm jedesmal schmerzlich, wenn er mit Mr. Young sprechen mußte, doppelt schmerzlich, weil der die Kümmerlichkeit und unabwendbare Armut seiner heimatlosen sechzig Jahre mit dem müden Lächeln des Gentleman ertrug. Er bot für ihn den traurigen Anblick eines alten zerfledderten Raubvogels, der mit beschnittenen Flügeln im Käfig auf seiner Stange hockt, mit dem allerletzten geheimen Glühen einer jähzornigen Sehnsucht in den trüben Augen.

Doktor Herzfeld senkte den Kopf tief über seine Kunstzeitschriften. Er hatte sie lange nicht angesehen, und er empfand nun staunend, was es da alles gab. Warum war doch die Welt nur angefüllt von Geschmacklosigkeiten?! Warum grinsten sie ihm überall in jedem Laden, in jeder Wohnung, an jeder Straßenecke entgegen, da es doch so schöne Spitzen und Schmuck mit großen Halbedelsteinen, Steingut wie wuchtige Granitschalen und Glas wie klingende Quallen, Teppiche in milden, ruhigen Farben, zierliche Landhäuser hinter Rasenflächen, bequeme Stühle und schwere Brokate und tausenderlei noch gab… eine ganze Unsumme von neuen Dingen, die hier Seite auf Seite mit ihren betörenden Lügen füllten, und denen man doch draußen im Leben nie begegnete, die nirgends in Erscheinung traten, oder, wo sie es taten, erdrückt wurden von all dem anderen?! Warum nur?! Und dann noch alle die gefälligen Abbilder von Landschaften in Sonne gebadet, von Flußläufen in träumerischen Windungen, von Schneeflächen unter dem sprühenden Kristall des Himmels, von Wiesen, die gleich kleinen smaragdgrünen Teichen mitten in Wäldern lagen, von nackten, badenden Frauen, schimmernd wie Perlmutter und mit jeder Faser ihrer weichen, lässigen Körper das Leben bejahend, von jagenden Pferden wie entfachten Stürmen, von Blumenvasen und Fruchtkörbchen, die dufteten und den durchsichtigen Glanz zarter Abendwolken hatten!… All das kam und verging, wurde zum Klang für einzelne wenige, drüben aber erstreckte sich wüstenweit die ganze andere Kümmerlichkeit des Seins, mit seinem Wirrwarr, seiner Bedrücktheit, seinem Mangel an Licht und Rhythmen, ohne Befreiung.

Doktor Herzfeld blätterte weiter, den Kopf tief gesenkt,und er hörte nicht,wie Hauptmann Grübenau den alten Mr. Young in die schwerste Verlegenheit brachte, ja gleichsam einen verwegnen Sturm auf die Spicherer Höhen seiner moralischen Grundsätze unternahm, indem er, unterstützt von seinen Dreibundfreunden Lang und Kleemann, mit der Offenheit eines alten Soldaten durchaus von jenem intime Einzelheiten über die Frauen und das Geschlechtsleben in England zu hören verlangte, die zu geben

Mr. Young wirklich außerstande war.

Hermann Gutzeit aber hatte sich von Goldschmidt in ein literarisches Gespräch hineinzerren lassen, indem sich Goldschmidt, dessen ganzes Wesen aus Anpassungsfähigkeit bestand, nicht ohne Geschick eben die Anschauungen Doktor Herzfelds zu eigen gemacht hatte und erklärte, daß die Klassiker der Verderb unseres Schrifttums wären. Klassiker wäre, wenn man sich langweilt, aber sich schämte, es einzugestehen. Bei aller Verehrung für Goethe: Balzac und Dickens wären für die Entwicklung wichtiger. Aber es würde noch mal eine Zeit kommen, da man wieder bodenständige Talente wie den alten Raabe schätzen werde, nicht in dem Maße, wie das etwa Hermann Gutzeit erwarte… aber immerhin.

Nun hätte ja Hermann Gutzeit erwidern können, daß doch Goldschmidt vor kurzem gerade das Gegenteil von dem gesagt hatte, aber das wäre gegen das stillschweigende Übereinkommen der Ditopassabeln gewesen, sich so zu nehmen, wie man war, und nicht an einander herumzudeuteln.

Doktor Herzfeld wiederum hörte, leicht und angenehm belustigt, mit einem Ohr hin und blinzelte mit kaum merkbarem Lächeln zu Hermann Gutzeit hinüber. Der jedoch hatte sich sofort fest in den hingeworfenen Köder verbissen und wunderte sich, warum Doktor Herzfeld nur um alles in der Welt das eine Auge so merkwürdig einkniff, – denn wie schon vermerkt, Hermann Gutzeit pflegte alle Dinge sehr ernst zu nehmen, und für die lustigen Humore des Lebens fehlte ihm ebenso der Sinn, wie für die grausigen.

Aber als Doktor Herzfeld dabei so mit dem Blick über den Rand des Blattes seiner Kunstzeitschrift streifte, bemerkte er, daß da oben, ganz in der Ecke ein paar Worte mit Bleistift hingeschrieben waren, in sehr kleinen, steifen Buchstaben, ein paar Worte, die er sonst gewiß übersehen hätte. Ach ja, er kannte diese kleinen steilen Buchstaben. Neulich hatte er noch ein ganzes Dutzend von Kärtchen in der Hand gehabt, die bis in den letzten Winkel mit ihnen bedeckt waren. Er kannte auch die Art, wie man das machte. Wenn man kein Geld hatte, kaum noch seinen Kaffee bezahlen konnte, aber Fremde am Tisch waren, dann schrieb man da oben hin ‹leih mir eine Mark› und schob es dem anderen zu, als wollte man ihm irgend ein Bild zeigen. Und der andere sagte dann irgend ein Wort, daß er diese neuen Kopenhagener Porzellane nicht so gut wie die alten fände, und streckte nachher heimlich die Hand unter dem Tisch aus. Ja, so wurde das gemacht, wenn man den Schein wahren wollte.

Doktor Herzfeld starrte auf diese Zeilen, auf diese ganz kleinen steilen Buchstaben, – die, wie Stehaufmännchen ihr Bleikügelchen, ihren kurzen schweren Druck unten am Fußende hatten, als müßten sie sich, wenn man sie anstieße oder umlege, immer wieder von selbst empor und gerade richten. Und der ganze Kummer ihres Seins stieg ihm aus diesen vier Worten auf, der tägliche Kampf mit der Armut, die dürftige Geschmacklosigkeit kleiner, einfenstriger Hofzimmer, in der sich der Teil jenes Lebens vollzog, der nicht in die Öffentlichkeit gehörte. Er sah Rehchen im Winter des Abends in die warmen, hellen Bibliotheksräume flüchten, nur um der kahlen und kalten Kümmerlichkeit zu entgehen. Die Angst sah er, mit der dieses Wesen sich um eine starkknochige, grobe Wirtin herumdrückte, wenn der Erste des Monats herannahte, und man bei allen Bekannten zusammenborgte, um nur wenigstens ein paar Mark von der Miete für sie aufzubringen. Und all das hatte doch nicht vermocht, ihr den zarten Schmelz von den Flügeln zu wischen, ebensowenig wie es ihr den Glauben genommen hatte, daß eigentlich nur die Dinge außerhalb dieses Alltags wert der Beachtung seien. Die Schönheit eines Verses, die Dämmerung eines Frühlingsabends oder der überraschende Zusammenklang zweier Farben.

Er erinnerte sich, daß ihn auch einmal ein paar Worte, die er zufällig gefunden, über die Maßen erregt hatten, damals als er noch sehr jung war und als es ihm sehr schlecht ging und er Hilfsarbeiter bei einer Volkszählung war. Richtig, was war das doch gewesen? Ja, auf der Zahlkarte einer alten Näherin hatten diese Worte gestanden, einfach als Antwort auf die Frage: ‹krank?› Was hatte da die Alte doch geschrieben? ‹Nein, – aber durch jahrelange Entbehrungen geschwächt.›

Ah bah, er würde das einfach übergehen, er brauchte die Worte ja überhaupt nicht gefunden zu haben. Und für ihn waren sie auch sicher nicht bestimmt gewesen, sondern für irgend so einen jungen Laffen da drüben. Nein, er hatte sie gar nicht gelesen.

Bloß keine Verstiegenheiten. Man soll keinem helfen, – denn es ist keinem zu helfen!

Hauptmann Grübenau war aufgestanden. Mr. Young hatte ihn schwer enttäuscht, und der kleine Lang war jetzt nach dem vierten Glas eben der Meinung wie sein Vorgesetzter und erhob sich mit Protest gegen diese an Unmoral grenzende Moralität. Man hörte plötzlich Milli, Emmi, Elli oder irgend eine andere Dame der Entmündigungsknaben sehr laut und sehr unfein durch den Garten lachen – mit einem Lachen, das einem Steckbrief gleichkam. Denn in vorgerückter Stunde begann langsam die Vornehmheit von ihnen abzufallen, und es war auch niemand mehr da, für den die Maske nötig gewesen wäre.

Drüben am Bohémetisch war man ziemlich still, sprach mit gedämpften Lauten nur sanft klingende Worte, um die goldene, absynthgrüne Stimmung der langsam verlärmenden Sommernacht nicht zu zerreißen.

Immerhin blieb man aus doppelseitig materiellen Gründen bei den drei Eiern im Glase statt zu dem giftschweren Trank des perversen westlichen Nachbarn zu greifen.

Hermann Gutzeit und Goldschmidt beherrschten weit eher den Hof mit ihrem Gespräch, denn wenn Hermann Gutzeit erst einmal bei einer Sache warm geworden war, ließ er keinen mehr zu Wort kommen; und wer weiß, wie viel Lebendige er noch mit wohlgefügten deutschen Perioden aus der lateinischen Grammatik tot und wie viele Tote er noch lebendig gemacht haben würde… wenn nicht Doktor Herzfeld sich erhoben hätte.

«Seltsam», sagte er, «bei uns hier kommt selbst in den Sommernächten, wenn man im Freien sitzt, doch immer mal der Augenblick, wo einen fröstelt und einem ein Schudder über den Rücken läuft.»

Damit ließ Doktor Herzfeld langsam Münze für Münze, die ihm der Kellner zurückgegeben, in das Portemonnaie gleiten.

«Wollen wir noch ein wenig gehen, lieber Freund? Man wird sonst kalt.»

Nein, Doktor Herzfeld hatte wirklich das kleine Goldstück nicht in der Hand behalten wollen. Er war der festen Absicht gewesen, es einzustecken, und er war auch der Meinung, er hatte es eingesteckt, und da drehte er es immer noch hin und her und wollte es tun und bekam doch die Finger nicht nach der Tasche hin.

Hermann Gutzeit aber konnte sich nicht so schnell losreißen. Er mußte noch erst den Satz zu Ende bringen. Und solch ein Satz bei Hermann Gutzeit war lang. Und dann konnte er doch nicht solchen armen Kerl, den er nur halb totgeschlagen, hier einfach auf dem Hof liegen lassen – nein, schon die Menschlichkeit forderte von ihm, daß er ihn ganz tot schlug. Auch Karl, der Kellner, hätte es als unbillig empfunden, wenn Hermann Gutzeit ohne zu zahlen fortgegangen wäre. Denn wenn die Ditopassabeln auch selten eine bedeutende Zeche machten, so hielten sie es doch für unter ihrer Würde, Kredit in Anspruch zu nehmen.

Doktor Herzfeld trat ungeduldig von einem Fuß auf den anderen. Warum kam denn Gutzeit nicht?!

«Ich hol Sie dann im Augenblick», sagte er und ging, ging wider seinen Willen zwischen den weißen Stuhlreihen hindurch, hinten zu dem Tisch, an dem die beiden Mädchen saßen, inmitten einer Corona bläßlicher seltsamer Menschenkinder, die als Geistesmenschen nicht plebejisch genug waren, um etwa frisch und gesund auszusehen, und die darauf stolz waren, daß es ihnen gelang, die schöne Unverwüstlichkeit ihrer jungen Jahre hinter einer müden Leidensmiene zu verbergen.

Aber je näher Doktor Herzfeld jenem Tisch kam, um so stockender wurde das Tempo seiner Schritte. Was sollte er denn da? Er würde sich lächerlich machen. Und schon hatte er den einen Fuß unschlüssig wieder zurückgewandt. Aber da sah ihn das Mädchen, stand kurz auf und schritt ihm entgegen. Ihren schönen, wiegenden, selbstbewußten Gang hatte sie also noch und die gute Kopfhaltung gleichfalls. Ja, und das Gesicht war nur etwas zarter, etwas schmaler geworden, aber es hatte dadurch nichts von seiner ernsten Schönheit verloren. Wirklich, es hatte sich eigentlich in den zwei Jahren mehr noch auf sich selbst besonnen, und es stand noch schärfer als früher, mit seinen braunen Augen, der leicht gebogenen Nase und dem starken Kinn unter dem großkrempigen Panamahut, im Rahmen der breiten, dunklen Haarflechten, die immer noch im Gegensatz zu der Blässe des Gesichts wirkten, als wären – wie man das im Süden liebt – Streifen eines tiefen, gebänderten Verantiko in kühlen, weißen

Marmorgrund eingelassen.

Doktor Herzfeld war stehen geblieben und blickte das Mädchen an, und im Augenblick zuckte in ihm eine Vorstellung auf, dämmerte ihm ein Verstehen, wie seltsam und rätselhaft lieblich und unheimlich zugleich doch alle Frauenschönheit war: ein nie eingelöstes Versprechen dem Manne, ein Vortäuschen verborgener Tiefen, an die wir glauben, und die uns stets von neuem narren, ein ewiges Versteckspielen, ein Plaudern von sinnlichen Dingen, die seelisch sind, und von seelischen Dingen, die sinnlich sind.

«Wie geht es Ihnen, Herr Doktor?» sagte das Mädchen freundlich und streckte ihm die lange schmale Hand der Malerin entgegen… sagte es mit einem Ton der Stimme, dem Doktor Herzfeld einst gern gelauscht hatte, was auch immer die Worte gewesen waren, die die Unterlage zu dieser Melodie gebildet hatten. Aber jetzt fühlte Doktor Herzfeld nur mit fast körperlichen Schmerzen, wie dabei ihre Blicke Zug für Zug sein Gesicht abtasteten, und er kam sich alt und müde vor. Ja. – Er hatte sich doch immer noch gegen das Altwerden gebäumt, und plötzlich unter diesen Blicken fühlte er nun, daß es schon längst nicht mehr vonnöten gewesen wäre.

«Wie es mir geht?» meinte er und lächelte und griff nach ihrer Hand. «Warum bringen Sie mich so in Verlegenheit, Sie liebes enfant terrible?»

«Wollen Sie sich nicht ein wenig zu uns setzen?»

«Ich kann nicht, der Herr da wartet. Aber wie geht es Ihnen denn, Fräulein Köllner?»

«Gehen?» sagte sie. «Aber ich bin doch trotz alledem gut vorwärts gekommen in München, wenn man hier auch mehr arbeitet. Ich habe neulich sogar schon ein paar Entwürfe für Kissen verkauft. Haben Sie denn in all der Zeit einmal an mich gedacht, Herr Doktor?»

«Seinen letzten Traum behält man noch geraume Zeit im Kopf, auch wenn man längst erwacht ist.»

«Ach Gott, mit Ihren letzten Träumen!» Fräulein Köllner lächelte, und sie wußte zu lächeln. Es war etwas von dem klingenden Zittern einer feingespannten Saite in diesem Lächeln. «Ach Gott, mit Ihren letzten Träumen, Herr Doktor! Ich fürchte, da wird es beinahe so wie mit unserem Schachspielen sein. Da spielten wir ja auch immer eine letzte Partie, eine *allerletzte*, dann die wirklich und unwiderruflich letzte und dann – noch eine. Wissen Sie noch?»

«J'y pense», sagte Doktor Herzfeld und nickte. O ja, er wußte es noch. Er hatte seitdem nie wieder an diesem Fensterplatz gespielt. Er hatte es ihr einmal zufällig an einem dämmrigblauen Winternachmittage gezeigt, und sie hatte es sofort begriffen. Ja, sicherlich, sie hatte Sinn für Schach gehabt; nicht gerade übermäßig viel – das haben Frauen niemals – immerhin, es war für ein weibliches Wesen schon überraschend. Sie spielte ganz wie sie selbst war, intuitiv, ohne lange Überlegung, mit Freude am Bluff, mit sinnlichem Elan des Angriffs. Sie hatte bald Figurenopfer gebracht, die überrumpelten, die *beinahe* korrekt waren, aber da sie nicht ganz korrekt waren, ihr zum Schluß meist doch die Niederlage brachten, die sie lächelnd und liebenswürdig zu ertragen wußte, – ganz wie im Leben. Feines, verstandesscharfes Spiel war ihr zuwider gewesen. Aber sie hatte Vergnügen an dem Witzigen und Künstlerischen des Schachs gefunden, das sie ebenso gefesselt hatte, wie irgend ein anderes buntes und kapriziöses Ding ihrer Umgebung. O ja – er wußte es noch!

Das Mädchen stand da, groß in ihrem strohfarbenen Seidenrock, den Kopf leicht gesenkt, und blickte Doktor Herzfeld an. Sie hätte gern gesprochen, ihm gesagt, daß sie eigentlich ihm gegenüber ein schlechtes Gewissen hätte, und daß es ihr leid täte, wenn er sich ihrer nicht im Guten erinnere.

«Ja», begann sie verlegen, und dann schwieg sie wieder. Hier war wirklich nicht der Ort.

«Spielen Sie noch Schach, Fräulein Köllner?» fragte Doktor Herzfeld nach einer Weile.

«Schach? Mit wem sollte ich wohl spielen? Seitdem habe ich keine Figur mehr angerührt.»

Doktor Herzfeld fühlte die kleine dünne Goldscheibe ganz heiß zwischen Daumen und Zeigefinger, und er sah, wie drüben Hermann Gutzeit sich erhob und seinen Mantel mit einem kurzen Ruck überwarf, daß ein weißer Stuhl, der ganz unbeteiligt war, den die Sache doch gar nichts anging, darüber ins Wanken geriet und nur durch das mannhafte Dazwischentreten Goldschmidts vor dem Sturze bewahrt wurde. Von dem Bohêmetisch aus beobachtete man sie ebenfalls, sah zu ihnen herüber und tuschelte. Doktor Herzfeld verwirrte das.

«Sehen Sie noch viel Kunst?» Er wollte zum Schluß kommen.

«O ja, Herr Doktor!» rief Fräulein Köllner laut und hastig. «Gewiß! Haben Sie denn auch noch all Ihre schönen Sachen, Ihre Farbenholzschnitte? Haben Sie viel Neues zubekommen? Ich schäme mich jetzt oft, wenn ich daran denke, wie wenig ich eigentlich damals davon verstanden habe.» Doktor Herzfeld nickte.

«Ich möchte sie doch mal wieder sehen – Ihre Sachen... Ich denke, heute würde ich mehr Freude daran haben. Erinnerst du dich noch, wie du an dem Nachmittag – ich mußte eigens kommen, solange es noch hell war – mir das neu erworbene, apfelgrüne chinesische Fläschchen zeigtest und es ganz behutsam und feierlich aus dem roten, seidenen Futteral nahmst, und ich *nur* sagte: das mache heute jeder Kunstgewerbeschüler besser. Ich sehe Sie noch, wie Sie es wortlos wieder zurücklegen und wegstellen. Ich weiß nicht, warum ich es damals gesagt habe. Ich wollte eigentlich wohl ganz etwas anderes sagen, aber ich *mußte* das sagen. Vielleicht hat es mich damals geärgert, daß du solche Dinge so lieb haben kannst. Ich meine schon, ich war eifersüchtig. Ich glaube, ich bin oft sehr schlecht zu Ihnen gewesen, und du warst dabei immer sehr gut zu mir, viel besser als ich es verdiente, viel besser als alle anderen.»

«Sie haben doch immer noch keine Menschenkenntnis, kleines Annchen», sagte Doktor Herzfeld wegwerfend, und nur er wußte, was er damit meinte. «Aber noch eins – deswegen kam ich: – hast du die Wachspuppen, die frechen und burlesken Wachspuppen in Kunst und Dekoration schon gesehen?!»

«Wachspuppen? Nein. – Die sind mir wirklich nicht aufgefallen!» sagte Fräulein Köllner, wurde aber erregt und bestürzt.

«Aber mir vorhin», sagte Doktor Herzfeld lachend und streckte ihr die Hand hin. «Adieu!» Und es war ihm nicht unangenehm, wie er schnell das Goldstück in ihre Hand drückte und ihre Finger fest darüber schloß, damit es nicht zu Boden fiele.

«Ach nicht», sagte sie ganz leise. «Ich möchte nichts von dir nehmen!»

«Dann gib es mir ein ander Mal wieder, Rehchen. Wir werden uns ja noch öfter sehen!»

Hermann Gutzeit stand jetzt am Ausgang, mürrisch und nachdenklich, mit seinem breiten Havelock ihn halbversperrend – wie ein Schiff, das sich in einem Kanal festgefahren hat und nun quer liegt –, und er sah fragend zu Doktor Herzfeld herüber, jener solle ihn wieder flott machen. Der kleine Goldschmidt war ihm *schon* irgendwie abhanden gekommen.

«Wollen Sie sich nicht doch noch etwas zu uns setzen, Herr Doktor?» sagte das Mädchen sehr freundlich, aber sie ließ dabei seine Hand nicht los, und man hörte ihrer Stimme an, wie sie sich bemühte, nur ja jetzt ‹Sie› zu sagen, damit sie sich nachher vor den anderen nicht verspräche – «Komm!»

«Nein, Rehchen, der Herr da wartet und deine Freunde da drüben gewiß auch. Sie sehen schon ganz neidisch zu mir herüber, daß ich dich so lange ihnen entführt habe. Da drüben gehörst du hin und nicht zu mir. Man soll die heilige Weltordnung nicht ändern wollen. Adieu, Rehchen!»

Und damit drehte sich Doktor Herzfeld um und ging zu Hermann Gutzeit, der immer noch – wie festgefahren – nachdenklich und mürrisch auf seinem Platze beharrte und wartete, daß man ihn abschleppte. Solange hatte Hermann Gutzeit sich ja ganz gut gehalten; hatte sich stets wieder der Gedanken und Stimmungen erwehrt, die da hinten, da unten am Horizont wie schwere Gewitterwolken lagerten. Nun aber war nichts mehr, gar nichts mehr, das sie fern hielt, und er fühlte, wie sie mit unheimlicher Geschwindigkeit dräuend und nachtschwarz auf ihn zutrieben, um ihn ganz zu umhüllen und ganz in die Gewalt zu bekommen. Und jetzt gab es kein Entrinnen mehr. Er mußte zu einem Entschluß gelangen. Er mußte so oder so ein Ende machen.

Auch Doktor Herzfeld kam nicht gerade freudig heran. Unsinn, – er hatte sich da nur lächerlich gemacht. Er hatte sich dem Mädchen aufgedrängt. Sie hatte doch gar nichts von ihm gewollt. Nun ja, freundlich war sie ja gewesen. Man ist eben leicht zu jemand freundlich, der einem gleichgültig ist, viel eher als zu jemand, der einem so oder so nicht gleichgültig ist. Weswegen hatte er denn das getan? Gar nicht des Mädchens wegen, sondern weil ihm der Gedanke unangenehm war, daß sie vielleicht hier heute nicht zahlen konnte… bei den anderen herumbetteln mußte. Nachher da mochte seinethalben geschehen, was wollte, – wenn er sie *nicht* sah. Und die Peinlichkeit dieses Gedankens hatte er sich eben abkaufen, ja einfach und plump abkaufen wollen. Und er hatte sie sich ja auch abgekauft. An sie hatte er dabei nicht gedacht. Das Mädchen ging ihn doch nichts mehr an! Nein, nicht wieder dran rühren. Gelitten hatte sie, das sah er. Aber weniger war sie nicht geworden, wirklich nicht! Die süßen Lügen ihrer lieben Fratze und ihrer Malerinnenhände und ihrer ganzen schlanken Gestalt waren eher noch feiner, noch betörender, noch geistvoller geworden. Nein wahrlich, Dutzendware war sie nun einmal nicht, und auch in ihrem Leichtsinn hatte Eigenart gesteckt. Rehchen! Rehchen!

«Was nun, alter Freund? Kommen Sie! Ich muß noch eine Zigarre lang spazieren gehen. Nur noch eine Zigarre lang! Kennen Sie das, wenn man sich so behaglich eine Zigarre ansteckt und sich sagt: wenn die in die Luft geblasen, bist du zu Hause, und mit dem letzten Zug schließt du deine Haustür auf. Oder wenn man es oben in seinen vier Pfählen vor Einsamkeit und Unruhe nicht aushält, wenn alle Gedanken eingerostet sind, wenn man festsitzt in seiner Arbeit, wenn einem beim Lesen die Zeilen vor den Augen schwimmen, dann schnell den Hut auf, und vier, sechs Straßen herunter, solange, wie die Zigarre brennt, und dann schnell, ganz schnell wieder nach oben. Und mit einem Male läuft die Maschine weiter, als ob sie nie gestockt hätte. Kennen Sie das nicht?!»

Hermann Gutzeit antwortete nicht, aber er schritt schwerfällig und wortlos neben Doktor Herzfeld her, den Kurfürstendamm entlang. Der Himmel hatte sich indessen aus irgend einer Ecke her bezogen. Eine große Wolke stand vor dem Mond und deckte den halben Horizont mit ihrer schwellenden Breite. Aber überall durch Risse und Spalten – gleichsam durch undichte Stellen des Gewebes – floß ein matter, grünlicher Schimmer, und nur der Fleck, an dem er selbst, der Mond, stand, war heller und mit einem gebräunten Goldreif umzogen. Ja, es war plötzlich ziemlich dunkel geworden da oben, und doch sah man alle Umrisse der Bäume, der Türme, der Häuser gegen die tiefe, warme, dämmerige

Finsternis. Ein Wind kam jetzt auf, sanft und kühl, man hörte ihn nicht, er bewegte kein Blatt, und doch machte er die Blumen in den Vorgärten leise zusammenschauern, erzittern, gleich einer Frauenschulter, die mit Küssen bedeckt wird. Aber eben in diesem Augenblick kam hoch oben Bewegung in die große, schwere Wolke, und sie löste ihre Dunkelheit in ein Meer kleiner, heller, schäumiger Wolkenwellen auf, durch die nun der Mond – groß und fast rund – wie ein Feuerschiff hindurchsegelte.

Es war schon ziemlich spät. Die Zeit war vergangen. Die Straßen waren ganz leer geworden, und die Autos jagten dahin, wie wenn sie dieser Einsamkeit entrinnen wollten, gerade als wäre Tod und Teufel hinter ihnen. Ein Händler mit Streichhölzchen wimmerte etwas. In einer Nebenstraße ratterte schon ein Milchkarren. Und eine große schlampige Frauengestalt schob einen uralten, mächtigen Kinderwagen aus Korbgeflecht auf knarrenden Rädern vor sich her. Vor einem Hause pfiff jemand, klatschte in die Hände und pfiff wieder; aber es regte sich nichts. Eine kleine Laterne stand neben einem offenen, rauschenden Gully am Boden, und ein Arbeiter in dunkler Wachstuchbluse schaute mit halbem Körper aus dem Einsteigerohr hervor wie ein unterirdischer Geist, der um sich späht, ob schon seine Stunde gekommen ist. Irgend ein stiernackiger Gentleman lehnte an einem Laternenpfahl und sah höchst interessiert die dämmrige Straße hinunter. Ein Mädchen mit hellem Federhut strich an den beiden vorüber und rief ihnen etwas zu; und ein Krüppel zog sich mit seinen Krücken wie ein kleines feistes Tier in langen taktmäßigen Sprüngen dahin, dem weißen Federhut nach.

«Seltsam», sagte Doktor Herzfeld, «immer die gleichen Nachtgestalten! Am Tag sieht man keine davon. Ich habe noch nie solchen Kinderwagen am hellichten Tage gesehen, aber des Nachts erkenne ich sie schon drei Straßen weit an ihrem Quietschen und weiß genau, da kommt wieder einer. Und haben Sie einmal bemerkt, daß nachts die Damen der Straße nur ganz junge oder schon recht angejahrte Herren ansprechen, aber besonders gern Krüppel, Leute, die hinken, die verwachsen sind, die irgend einen Fehler haben, die ein Feuermal haben oder eine große schwarze Brille tragen?! Sie sind feine Seelenkennerinnen, diese Damen! Sie wissen genau, die mittleren Jahre und die Gesunden bedürfen ihrer nicht. Die sind, – um das Wort aus dem ‹Kim› in anderm Sinne zu gebrauchen, – eingereiht in das große Spiel. Wissen Sie, daß ich tagelang unglücklich war, als mich zum ersten Mal wieder nach Jahrzehnten ein Straßenmädchen ansprach; denn ich sah daran, daß ich alt geworden war, besser, als es mir ein Spiegel sagen konnte. Ich habe nie etwas für Prostituierte übrig gehabt; ich verstehe sie nicht zu behandeln, nicht mit ihnen zu sprechen, kaum sie zu bemitleiden. Und doch weiß ich: keine Frau hat bisher die Literatur so interessiert wie die Grossistin der Liebe; und im Bilde der Nacht möchte ich keinesfalls ihre vorüberhuschenden Gestalten missen. Überhaupt das Bild der Nacht! Hermann Gutzeit: je älter ich werde, um so mehr liebe ich es. Sie hat für mich das Grauen verloren, die Nacht. Oft, wenn ich so allein durch die stillen Straßen gehe, dann fühle ich, wie jetzt da hinter diesen dunkeln Fensterhöhlen die großen Lebenskreise sich schließen, fühle, wie diese ganze Ruhe durchsetzt ist von letzter und geheimster Bewegung. Ich sehe die Sterbenden im letzten Atem ringen, die Frauen sehe ich mit gelösten Haaren und mit verzerrten Mienen in den Krämpfen des Gebärens; und von brünstigen Umfangungen zeugender Liebe klingt der schmerzvolle Seufzer der Luft, ganz fern, ganz leise und geheimnisvoll mir in die Ohren. Ich fühle dann oft, wie der Tod Straße auf, Straße ab schreitet und wie mit ihm, neben ihm das Leben ebenso Straße für Straße abschreitet; und manchmal scheinen mir beide dann nur *eine* Gestalt zu sein. Und alle die Träume der Menschen fühle ich an mir vorüberhuschen – ich denke immer, Träume sind eigentlich fremde Seelen, die uns besuchen von weither über Raum und Zeit.»

Hermann Gutzeit blieb an der Ecke, an der sie hätten abbiegen müssen, stehen, hielt gerade unter einer Laterne, so daß ihm das Licht in das zerfurchte und ernste Gesicht fiel.

«Nehmen Sie es mir übel, Herr Doktor, wenn ich jetzt hier entlang gehe?!» und er wies mit einer unbestimmten Handbewegung ins Weite.

«Übelnehmen?! Nein, – warum sollte ich das. Des Menschen Wille ist sein Himmelreich. Aber ich habe so ein unbestimmtes und untrügliches Gefühl, als wäre es heute besser: Sie begleiten mich.»

«Sie können mir auch nicht helfen! Was soll ich Sie mit meinen Sachen belästigen?! So etwas muß jeder mit sich abmachen. Ich bin nun am Ende. Ich möchte ganz still den Vorhang zuziehen. Was sagten Sie doch heute von König Eduard?!»

Doktor Herzfeld sah den andern an, der die blinzelnde Lichterreihe mit weitaufgerissenen Augen hinunterstarrte, als erblicke er dahinten endlich das, was er schon lange suche... sah ihn an mit einem ganz kurzen, schnellen Blick von unten her. Das waren keine Redensarten!

«Haben Sie große materielle Sorgen?» fragte Doktor Herzfeld teilnehmend, trotzdem er genau wußte, daß das nicht der Grund war, und setzte sich dabei wie absichtslos in Bewegung. Und richtig, Hermann Gutzeit folgte ihm. So, nun hatte er ihn doch wenigstens wieder mitgezogen.

«Ach, das würde mich nicht mehr besonders irritieren. Die bin ich gewohnt. Wer von uns, wenn er Frau und Kinder hat, und nur auf seine Arbeit angewiesen ist, hat denn keine materiellen Sorgen?! Wenn man weiß, für was man sie sich aufbürdet, erträgt man sie ja auch immer wieder. Gewiß, man wird müde, wissen Sie, verteufelt müde, wenn man seit zwanzig Jahren und länger allen blöden und lächerlichen Zufälligkeiten des Literatendaseins ausgesetzt ist; aber man wirft doch die Flinte nicht ins Korn. Ach – ich bin jetzt so mürbe, daß ich meine, das Fleisch fällt mir in Stücken von den Knochen. Früher habe ich immer wieder klein beigegeben, der Kinder wegen, durch Jahre. Ich habe nicht sehen *wollen.* Jetzt kann ich es nicht mehr! Und was gehen mich denn die Kinder an? Wer garantiert mir denn nach alledem, daß gerade *ich* ihr Vater bin! Und selbst wenn ich das bin, wenn sie wirklich irgendwelchen unglückseligen Zufällen vor acht, zwölf oder vierzehn Jahren ihre Entstehung verdanken – *heute* habe ich sie doch längst verloren. Nicht eins von meinen drei Kindern steht zu Hause auch nur mit einem Fuß auf meiner Seite. Nicht mal der Älteste, der doch nun bald vernünftig sein müßte. Sagen Sie nicht, daß Kinder in solchen Dingen gleichgültig sind, daß sie es noch nicht fühlen, was zu Hause vorgeht. – Oh, sie ergreifen Partei! Zu einem müssen sie, – nach rechts oder nach links. Eine Weile lassen sie sich so hin- und herzerren zwischen Vater und Mutter; aber die andern haben mehr Zeit. Sie haben nichts als diesen Kampf, – der ist ihr ganzes Leben. Während er für uns doch nur irgendein unangenehmer Bruchteil ist zwischen all den übrigen Mißhelligkeiten. – Nun… und da ziehen die andern sie eben ganz still, ganz allmählich herüber – die Kinder, Stück für Stück. Bis man plötzlich merkt, daß sie ordentlich zusammenschauern, wenn man ihnen einmal zufällig die Hand auf den Kopf legt. Dann tut man das nicht mehr. Man läßt sich hinreißen, sie einmal anzurühren, wenn sie schlechte Zensuren nach Hause bringen, wenn sie lügen oder böse Dinge machen; und man empfindet dann, wie sie einen insgeheim verachten. Ja, dann gibt man eben auch das auf und läßt die Dinge laufen wie sie wollen. Wenn man in ihr Zimmer tritt, hören sie auf zu reden oder beginnen von etwas anderem, Gleichgültigem – und man geht nicht mehr in ihre Zimmer. Sie wissen genau, daß es kein Ding in der Welt gibt, über das Vater und Mutter gleicher Meinung wären; jeder verachtet ja bei uns das, was der andere achtet. Sie werden nie mit einem Wort sich hineinmischen, nicht einmal untereinander scheinen sie darüber zu reden; aber sie werden mir *nie* recht geben: sie stehen nicht auf meiner Seite. Ich fühle das. Und was soll ich dann noch weiter um sie kämpfen?

Oh, man kann so angefüllt sein mit Haß und Ekel, nun durch Jahre und Jahre und Jahre! Sagten *Sie* das nicht neulich, daß Nietzsche diese Definition der Ehe vergessen hätte: Ehe nenne ich den Willen zu zweien, sich bitterer zu langweilen und tiefer zu vereinsamen als es jedem allein möglich wäre?! Sie trifft nur für die eine Seite zu. Glauben Sie mir, ein Mann kann *nie* so schlecht wie eine Frau sein. Eine Frau prostituiert oft mit einem Wort, mit einem Lachen ihre ganze Seele. In jeder Ehe, wissen Sie, gibt es Szenen, in denen sich der Mann zum Schluß vor sich selbst schämt; die Frau aber ist da in ihrem Element. Gewiß, ich *habe* nicht gut geheiratet. Irgend solch ein Mädchen, das man irgendwie kennen lernt als junger Mensch wie tausend andre auch. Literaten heiraten ja immer schlecht, weil sie die einzigen sind, die an die Frau glauben, und dafür müssen sie eben bestraft werden. Und weil sie ganz naiv an sich selbst glauben, an ihre Kraft glauben, aus einem Menschen etwas zu machen, ihn zu heben, zu bilden, zu ändern. Ach Gott, lieber Freund, eine Frau ist wie ein Stück Gummi. Es läßt sich so lang zerren wie man will, aber sowie man's losläßt, schnellt es wieder zurück. Tausendmal schnellt es wieder auf die gleiche Stelle, in die alte Lage zurück!»

«Das mag sein, Hermann Gutzeit», unterbrach Doktor Herzfeld, «aber in mir hat das bisher immer eher eine gewisse heimlich-bewundernde Scheu erregt. Jedenfalls hat es mir zu denken gegeben, und damit stehe ich nicht allein. Erinnern Sie sich, wie Goethe von der Vulpius sagt: ‹Wenn diese Person einmal nach all den Jahren mein Haus verlassen wird, wird sie genau so herausgehen, wie sie hineingekommen ist›, und das trotzte dem alten Herrn Achtung ab. Man kann es auch von *der* Seite sehen, Hermann Gutzeit. – Ach, ich fürchte, nichts macht zwei Menschen so ungerecht gegen einander wie der kleinliche Guerilla–Krieg der Ehe. Und auch die edelsten Pferde beißen sich eben zum Schluß an der leeren Krippe. Da ist nun einmal nichts zu machen!»

O nein, – der andere kam noch nicht mit der Sprache heraus. Das war nicht der eigentliche Grund seiner Verzweiflung. Doktor Herzfeld fühlte das ganz genau. Aber nur nicht fragen, dann würde er schon alles von selbst sich von der Seele reden.

Und richtig, da sprach Hermann Gutzeit schon wieder langsam, zäh, melancholisch in die Nacht hinein:

«Oh, was wissen Sie denn, was ahnen Sie denn von den Dingen! Sie sehen das von außen her, als Junggeselle, der sich mühsam da einfühlt. Wie können Sie denn begreifen, was das heißt, durch ein Jahrzehnt langsam zerstückelt und zerrieben zu werden, sich nicht losreißen zu können, alles zu sehen und zu allem die Augen zu schließen. Oh, man kann so müde werden, – so hoffnungslos verzweifelt, daß man zu nichts mehr den Mut hat: nicht zu bleiben, nicht sich zu trennen, nur noch den einen einzigen Mut und den einen einzigen Wunsch: ein Ende zu machen, weil man es satt hat. Satt bis hierhin! Weil man nicht mehr glaubt, daß es je besser werden kann. Selbst der Haß wird stumpf. Herrgott, Mann, was habe ich in den Jahren gelitten! Überdenke ich, was aus mir geworden ist, dann möchte ich weinen wie ein Kind, wenn ich nur noch die Kraft hätte, Tränen zu finden. Und all das in sich hineinfressen! Niemand auf der Welt haben, mit dem man einmal über die Dinge sprechen darf, wie sie sind; fühlen, wie man tropfenweise verblutet, wie man schwächer wird, sich zu jeder Arbeit aufpeitschen muß, wie man geistig und körperlich daran zugrunde geht – und nicht einen Deut daran ändern können!

Und dann immer wieder die ohnmächtige Wut, das Aufbäumen, das uns nur noch schlapper, noch müder, noch halt- und hoffnungsloser zurückläßt.»

«Ja», unterbrach Doktor Herzfeld, «jedes Jahrzehnt des Mannes sieht eben die Frau anders. Das als Göttin im jungen Morgenlicht. Das als Sklavin gebunden zu seinen Füßen. Das als Freundin sich zur Seite. Und wir, wir sind wohl jetzt in *dem* Alter, wo wir sie in Haß lieben müssen, in dem unsagbaren *Haß*, in dem nun einmal von Urbeginn an die Geschlechter einander zerfleischen. Aber kein Jahrzehnt – meine ich – sieht sie richtig. Es geht uns dabei immer wie meinem alten Freund Panchite. Hab ich Ihnen das eigentlich mal erzählt?! Bei uns zu Hause wohnten, als ich noch klein war, einmal Brasilianer uns gegenüber, und ich war mit dem kleinen Panchite Ramiros besonders befreundet, – ich kann noch spanisch fluchen seitdem – Caramba maledetto stanciero boej! – Und als es schneite – zum ersten Mal schneite, da nahm der kleine Panchite schnell die silberne Zuckerdose vom Büfett und lief hinunter, weil er meinte, es fiele Zucker vom Himmel, und den wollte er sich auffangen. Und nachher stand er da mit seiner Zuckerdose, – ich sehe den kleinen braunen Kerl noch auf dem Hof stehen – und weinte gottsjämmerlich, weil er nichts als ein paar elende, armselige Wassertropfen sich gefangen hatte. So geht's uns mit den Frauen im Leben. Wir meinen, es fällt Zucker vom Himmel, und nachher haben wir nichts, nichts als ein paar elende armselige Wassertropfen uns eingefangen. Und dann stellen wir uns hin und – flennen.»

Hermann Gutzeit blieb stehen und faßte Doktor Herzfeld an die Schulter. «In Haß lieben müssen», wiederholte er nachdenklich und biß auf die Lippen. «Ja, wenn es das nicht wäre, dann wäre ja alles viel leichter. Dann hätte ich schon längst einen Ausweg gefunden. Aber belogen, betrogen, mit Füßen getreten und bei alledem sich nicht losreißen können. Wissen Sie, es gibt wohl keinen Mann, dem es nicht mal in den Fingern zuckte, ein Weib zu erwürgen, einfach so mit den bloßen Händen zu erdrosseln.»

Doktor Herzfeld ging ruhig neben dem andern her mit spöttischem Lächeln. «Der Mann aus dem Tumurkilande», sagte er halblaut.

Aber Hermann Gutzeit hörte nicht.

«Glauben Sie mir», rief er erregt, «daß ich seit Jahren meine Frau nicht mehr frage, wo sie hingeht, wenn sie das Haus verläßt, weil ich keine Lügen hören will. Und daß ich sie nicht einmal frage, wo sie war, wenn sie einmal später oder gar nicht zu den Mahlzeiten kommt.»

«Werden Sie denn gefragt, lieber Freund?» warf Doktor Herzfeld ein.

Hermann Gutzeit schwieg.

«Ach was. Die Ehe ist nun mal ein Käfig, in dem die wilden Tiere an den Stäben rütteln. Und wenn die Stäbe etwa um einen Millimeter zu weit von einander sind, dann zwängen sie sich eben durch, dann brechen sie eben aus – die wilden Tiere. Aber – seltsam, – sie kommen zum Schluß doch immer wieder von selbst in den alten Käfig zurück. Das ist nun mal nicht anders. Ich habe nur von *einer* glücklichen Ehe gehört in meinem Leben, das war eine Amerikanerin, die mir sagte, sie wäre sehr, sehr glücklich, ungewöhnlich glücklich mit ihrem Manne verheiratet. So lange sie verheiratet sei, vom ersten Tage an, – er mochte sein, wo er wollte, auf Reisen, im Hotel, im Klub, – jeden Abend um Punkt neun Uhr riefe ihr Mann bei ihr an, und dann sprächen sie zusammen das Nachtgebet durch das Telephon.»

Hermann Gutzeit versuchte zu lachen, aber es wollte nicht recht gehen.

«Ja, und dann erzählte mir die kleine Mathis vom Operettentheater, – na, Sie wissen schon, die: je kleiner die Gage, desto größer der Sealmantel – daß sie jetzt ein Verhältnis mit einem sehr eleganten und sehr reichen Amerikaner hätte, der der merkwürdigste Mann wäre, der ihr je vorgekommen sei. Und sie hätte doch schon manche kennen gelernt. Man solle es nicht glauben: jeden Abend, wenn er bei ihr wäre, Punkt neun ginge er ans Telephon und bete mit seiner glücklichen Frau zusammen. – Das ist die einzige wahrhaft glückliche Ehe, von der ich bisher gehört habe.»

Hermann Gutzeit versuchte wieder zu lachen, aber es wollte nicht recht klingen.

«Vielleicht sollten Leute unseres Schlages überhaupt nicht heiraten, Hermann Gutzeit. Denn gerade wir brauchen Nächte unglücklich voll bis zum Rand, von schwerer, lautloser Einsamkeit, in denen wir brünstig uns nach einem Wesen sehnen; und gerade wir brauchen Nächte, in denen wir eben *nicht* einsam sind – voll bis zum Rand von Glück und Jubel! Und um beides, meine ich, betrügt uns die Ehe. Da liegt der Rechenfehler! Und deswegen, lieber Freund, ist es lächerlich zu lamentieren, wenn zum Schluß die Bilanz nicht stimmt. Bilanzen stimmen nie! Und unser Leben läuft darauf hinaus, mit mehr oder weniger Glück die Bilanz zu verschleiern. Und, wenn Ihnen das so lange geglückt ist, – warum soll es nicht weiter möglich sein?!»

Ein Mann ging mit klingenden, sicheren Schritten an den beiden vorüber, ein Mann, der mit einem Stock die Laternen löschte. Phüt hier, Phüt drüben, nur jede dritte und vierte ließ er brennen, irgendwo an den Ecken kreuz und quer. Und die Nacht, die grünliche Dämmerung der sommerlichen Mondnacht schlich hinter ihm her.

Aber Hermann Gutzeit ging immer noch schwer und stumm und tief verbissen in seine Gedanken, sprach nicht, wollte nicht sprechen.

«Wissen Sie denn, wie dunkel, wie schamlos all die Dinge sind?» fragte er nur.

»Wo, glauben Sie, alter Freund, daß diese dunklen und schamlosen Dinge nicht wären? Sehen Sie hier die Straße hinunter», und Doktor Herzfeld wies die lange Häuserreihe hinab, die bleich und doch schon blinkend, vom geheimen, allerersten Licht des fernen Morgens überstäubt, kahl und sauber mit all ihrem Putz und all ihrem Stuck sich langsam von dem matten fahlen Himmel darüber löste. «Sehen Sie hier hinunter, Hermann Gutzeit. Sie kommen doch kaum auf den Gedanken, daß dahinter noch etwas anderes liegt. Und um Himmels willen, wie wenig ist das da vorn doch, was Sie sehen! Doch nur ein ganz klein bißchen lackierte Fassade, doch nur ein bißchen Putz, Stuck und Anstrich, nur gerade die paar Fensterreihen, die eben nach vorn blicken. Denken Sie vielleicht daran, wenn Sie jetzt durch die Straße bummeln, daß dahinter auch noch ganze unbekannte, unentdeckte Straßenzüge liegen? Ganze Reihen von Höfen, von

Quergebäuden, von Rückgebäuden, von Gartenhäusern? Denken Sie daran, – wenn Sie hier vorn durch die Straßen gehen, daß da hinten Tausende von grauen Kästen sind, prunklos, notdürftig und langweilig… Tausende, die dicht gedrängt voll von halber Armut und Kümmerlichkeit sind? Ja? Daß da hinten Schreibmaschinen klappern, Schnellpressen in Druckereien stampfen, Männer ihre Frauen prügeln, und daß das Laster dort wartet wie die Spinne in ihrem Netz? Ja? Denken Sie an die Kranken, die sie mühselig in die Sonne da hinten auf die Balkons hinausschleppen, wie die meisen ihre Puppen? Ja? Denken Sie an den einsamen Baum, der da zwischen ein paar Brandmauern eingeklemmt ist, wie ein schwermütiger Gefangener, der sich nach Licht sehnt? Ja? Denken Sie an den Müllkasten oder an das Teppichklopfen?

Nein, Sie *sehen* all das nicht und *wollen* es nicht sehen. Und, im Vertrauen, Hermann Gutzeit, ist es denn irgendwo im Leben anders? Sehen Sie denn sonst irgendwie etwas bei Dingen und Menschen, als das bißchen Fassade, das nach der Straße herausliegt! Sehen Sie etwas anderes, als das *bißchen* Putz und Stuck und die paar blankgehaltenen Fensterreihen! Wandern Sie nicht immer dahin wie durch Potemkinsche Dörfer! Was wissen wir denn von den Labyrinthen, von den Höfen und Schluchten, voll enger, rauher, freudloser Gedrücktheit und halber Armut der Seelen und Geister, von all der Kümmerlichkeit und der Herzensnot, die dahinter liegt!? Sie, die doch weit größer, weit umfänglicher, weit seltsamer und verschränkter ist, weit mehr ineinandergeschachtelt, als das Stückchen mühselig aufgeschminkter Äußerlichkeit, das wir zu Gesicht bekamen. – Sie, von der wir nichts sehen wollen, der wir aus dem Wege gehen und die uns doch plötzlich anhaucht mit ihrem erkältenden Atem, wenn uns der Zufall einmal wie durch einen offenen Torweg in die Winkel der Herzen und Seelen hinabblicken läßt.

Sie reden immer über sich und Ihr Unglück, Mann! Was wissen Sie denn vielleicht von *mir*? Vielleicht habe ich *weit* tiefere Abgründe, vielleicht habe ich in meinem Leben weit schlimmere Dinge durchgemacht, als Sie je erfahren und ersinnen können!»

«Ja, aber Sie», meinte Hermann Gutzeit wie erwachend – er hatte sicher nur die letzten Worte gehört – «Sie haben doch bei alledem immer Lebenssicherheit gehabt; das Gefühl, daß Sie nicht aus der Kutsche fallen können. Und *wenn* das selbst geschehen wäre, Sie hätten nur für *sich* die Verantwortung gehabt. Aber über mir hat immer die Peitsche gehangen. Ich balanciere, solange ich zurückdenke, wie der Zirkusclown auf der rollenden Kugel, und ich habe dabei immer noch die Verantwortung für andere auf meinen Schultern. Und deshalb habe ich den Spott und das Gelächter und das Zischen und Pfeifen ertragen. Dieser Verantwortung wegen habe ich mich gedemütigt, geschwiegen, vor mir selbst geschämt bis zum Anspucken.»

«Glauben Sie wirklich», rief Doktor Herzfeld, «daß ich das bißchen Lebenssicherheit, um das Sie mich beneiden, schon immer gehabt habe? Oh, ich erinnere mich deutlich des Tages, als ich mich auf der Straße an die Stirn faßte – es war solch goldiger, melancholischer Herbstnachmittag; ich kann Ihnen die Stelle noch zeigen, wo es geschah – wie ich mich an die Stirn faßte und mir sagte, – ganz laut sagte: Mensch, du gehst ja spazieren! Seit achtzehn Jahren – achtzehn Jahre lang hatte ich nie einen Schritt gemacht ohne Ziel und Zweck, hatte nie eine Stunde mich verschnaufen können in meiner Hetzjagd hinter dem Zwanzigmarkstück. Und wenn Sie weiter sagen, daß ich doch nur Verantwortung für mich trage – hier – meine rechte Hand gäbe ich dafür, wenn ich es damit erkaufen könnte, daß es noch anders wäre... Was ist denn schon Großes bei Ihnen passiert, Hermann Gutzeit? – – Lassen Sie, ich will nichts davon wissen. – Nicht wahr, Ihnen sind ein paar Spielzeuge kaputt gemacht worden das heißt, halb haben Sie sie wohl selbst entzwei gemacht, weil Sie ungeschickt damit umgegangen sind, unachtsam, – weil Sie es über bekamen. Und nun stehen Sie davor und weinen. Trösten Sie sich nur: der da oben nimmt den großen Leimtopf und klebt es Ihnen wieder zusammen. In der ersten Zeit müssen Sie etwas vorsichtig damit umgehen, aber bald können Sie damit machen, was Sie wollen. Und wenn es erst mal gekittet ist, hält es auch weit länger als das ungekittete. Das ist überall und immer so; das ist in allen Ehen das gleiche. – Aber es kommt auch vor, daß der da oben einem einfach das Spielzeug wegnimmt und in seinen Schrank schließt. Und dann bekommt man es *nicht* wieder, Hermann Gutzeit. Und wem das einmal zugestoßen ist, wem das passiert ist, Hermann Gutzeit, – der kann es nicht recht mehr verstehen, warum die anderen schon gleich weinen, wenn sie wirklich einmal ihr Spielzeug haben auf die Erde fallen lassen, daß es ein paar Beulen und Sprünge bekommen hat.»

Hermann Gutzeit blieb stehen, nahm den Hut ab und fuhr sich mit den Fingern durch das Haar – das ja in drei Bahnen um seinen großen Kopf stand, starr und abstehend.

«Nun bin ich doch mit Ihnen mitgekommen», meinte er, – vergessen lächelnd und wie erstaunt. «Ich gehe nicht mehr zurück in meine Wohnung.»

«Ja, wo wollen Sie denn sonst hin?» fragte Doktor Herzfeld und blickte die langsam, langsam sich erhellende Straße hinunter, über deren Ende so ein erster matter Goldschimmer hing und in dessen sich belebender Weiße die paar Lichter der Laternen wie grünliche Steine saßen. Jaja, nun wurde es schon bald wieder Morgen, und es war wohl kaum zwei, drei Uhr. Merkwürdig, wie kurz solche Sommernacht ist. Man vergißt das so leicht... «Wo wollen Sie denn sonst hin?»

«Das weiß ich noch nicht – nirgends mehr – – ich weiß nur, wo ich *nicht* hin will.»

Doktor Herzfeld fühlte, wenn jener nur sprechen würde, wäre ja alles gut. Aber daß so jegliches Wort an ihm abprallte, daß er auch jetzt noch immer es nur in sich hineinfraß, daß ihn nichts aus seiner Reserve lockte! Ja, wenn er in Worten das einmal sich von der Seele geschwemmt hätte, – dann könnte man ihn ja gehen lassen. Aber so? – Weiß der Teufel, in was für eine Dummheit der Mann sich verbissen hatte. Und es ging doch wirklich nicht um ihn allein, sondern ebenso um diese Frau, die gewiß nicht schlechter war als andere, – und um eine ganze Pudelmütze von Kindern, die dann rettungslos ins Proletariat hinabgestoßen würden. Bei Gott, die Dinge lagen doch nicht so einfach, daß man einen dicken Strich drunter ziehen konnte! Selbst ein Jäger sieht es nicht gern, wenn irgend ein ungeschickter Kerl etwa die Alten vom Nest wegputzt.

«Na», sagte Doktor Herzfeld gleichgültig, «kommen Sie, Hermann Gutzeit, gehen wir mal da drüben noch rein. Das Café da hat immer die ganze Nacht auf. Bei Tageslicht sehen sich nachher die Dinge ganz anders an.»

Und damit wies Doktor Herzfeld nach drüben auf eine Konditorei mit kleinem Vorgärtchen, das nur mehr aus einem Holzvorbau, einem Zaun mit ein paar Geranienkästen und aus sechs, acht Tischen und zwanzig Stühlen bestand. Draußen saß niemand. Aber von drinnen hörte man noch Lärmen, Lachen, das Kreischen von Mädchen und grölendes Singen.

«Kommen Sie», sagte Doktor Herzfeld und blieb nachdenklich stehn. «Am Tage ist das hier eine ganz bürgerliche Konditorei, und die Leute laufen von weither zu ihr, um ihren Kuchen zu holen; denn der ist gut. Am Nachmittag und am Abend aber ziehen hier die Liebespärchen heran und forschen nach Winkeln, in denen es weniger auffällt, wenn sie etwas näher zusammenrücken und sich über den Tisch, über die Nußtörtchen fort in schweigendem Verstehen in die Augen blicken, während unter dem Tisch ihre Füße nach Worten suchen. Aber dann schwinden auch die braven bürgerlichen Liebespärchen, und so gegen Mitternacht – bis in die frühe Morgenstunde taucht so allerhand hier auf, was nicht recht Fisch noch Fleisch ist. Zuerst einmal sind da eine Anzahl von Bauernsöhnen und Bauernenkeln Stammgäste, deren Vätern und Großvätern einst hier der Grund und Boden gehört hat, und die nun doch nichts mit all dem Geld anfangen können, das sie dafür erhalten haben… gar nichts, als es in kleinlichem Stumpfsinn zu verbringen, auf daß die nächste Generation wieder von neuem anfange. Das ist hier die Lebewelt, die jeunesse dorée von Wilmersdorf. Dann kommen weiter ein paar stellungslose Kaufleute hinzu, und endlich noch eine Anzahl fraglicher Existenzen jeglicher Art, die sich an jene herangeworfen haben. Es sind auch wohl ein paar junge Leute dabei, die eben im Begriff stehen, Zuhälter zu werden. Man spielt etwas, aber bescheiden. Man prügelt sich etwas, aber erst zum Schluß.

Es ist eben alles hier fließend und im Übergang. Die Straßenmädchen zum Beispiel kommen durchaus nicht hinein! – keineswegs. Höchstens, daß sich einmal eine aus fernem Stadtteil auf einer Weinreise hierher verirrt. Aber alle Mädchen, die heute noch hier verkehren, können eben schon morgen Straßenmädchen sein. So ist es. Ihre Liebe ist gewiß nicht viel käuflicher, als es jede Liebe ist, wird jedoch – das ist wichtig – nicht mehr durch irgendwelche andere Lebenstätigkeit unterbrochen. Trotzdem bieten sie sich noch keineswegs aus. Sie heißen natürlich auch auf ‹i›, die Damen hier, haben natürlich auch keine Vatersnamen mehr. Aber – wenn sie auch ein wenig billiger, schäbiger, vorgestriger gekleidet sind als die Freundinnen der Entmündigungsknaben – so haben sich dafür ihre Namen schon mit einem Beiwort, einem Epitheton ornans geschmückt: die heißt zum Beispiel die ‹Goldemmi›, und das ist vielleicht die ‹Straußen-Milli›, und das ist die ‹Radaugrete›. Und diese Namen bleiben ihnen auch später.

Dann gibt es wieder so junge Wesen hier, die noch diesen Monat ins Geschäft, ins Bureau gehen oder noch bis zum Ersten zu Hause wohnen, aber schon den nächsten Monat es nicht mehr tun werden. Von unten kommt ständig neues Material nach; Generation auf Generation. Und von oben wird's überfällig und marschiert auf die Straße. Das geht ziemlich schnell. Und der Kriminalbeamte kommt auch mal so ab und zu hin, und er sieht nach, was für ihn reif ist. – Wirklich – es ist solche richtige Durchgangsstation, solch ein richtiger Knotenpunkt… dieses Lokal. Eigentlich ist ja durchaus nichts Besonderes da los, es ist ein gottverlassenes Nest – aber die Züge gehen eben von hier nach rechts und links, und sie halten deshalb alle: die Schnellzüge so gut wie die Eilzüge, und die Bummelzüge so gut wie die D-Züge. Die halten länger – die kürzer. Und die meisten haben auch das gleiche Stück Wegs hinter sich. – Ich finde, das ist amüsant genug, Hermann Gutzeit. Sehen wir da mal hinein. Auf eine Nacht mehr oder weniger, die man sich um die Ohren schlägt, kommt es nun wirklich in diesem Leben nicht mehr an. Und um nur mit Ihnen durch die Straßen zu laufen, dazu sind meine Beine nicht mehr jung genug. Nehmen wir also ruhig da drüben noch eine Tasse Kaffee.»

«Gewiß», meinte Hermann Gutzeit mit einem Anflug von Leichtfertigkeit, der bei ihm selten war, der ihn aber gut kleidete – «gewiß, das können wir noch tun. Es ist nämlich genau so gut wie alles, was wir sonst tun könnten.»

Aber seltsam – in diesem Augenblick begann es Doktor Herzfeld leid zu werden. Was hatte er denn eigentlich in dieser Stunde zwischen all dem Gesindel zu suchen? – Er hatte das Gefühl, als bereite sich da irgend etwas Unheimliches gegen ihn vor. Und er mußte plötzlich gähnen – ungewiß und nervös – ohne den Mund zu öffnen, nur hinten in den Kinnangeln. Und als er über den Damm schritt, mit Schritten, über die er sich keine Rechenschaft gab, schudderte es ihn kurz über den Rücken, und ihm schoß das Sprichwort durch den Kopf: Der Tod reitet über mein Grab… Aber um alles in der Welt, man kann doch den Mann jetzt nicht allein lassen!…

Wie seltsam der Unterschied zwischen dieser Kühle der weißlichen Morgenluft, die sich in mattem Silberfiligran um Häuser, Balkons und Bäume schmiegt, die nur von einem ersten, ganz fernen Hahnenschrei, einem zaghaften Aufzwitschern erwachender Drosseln und einem ganz fernen Wagenrasseln getrübt wird, in ihrer weißen lautlosen Klarheit, die, weil der Staub und Ruß des vergangenen Tages sich gesenkt hat, nunmehr für kurze Stunden noch ganz hell und durchsichtig ist wie Gletscherwasser, ja, in der alle Dinge, und selbst die Menschen in ihrer sinnlosen Unrast, zu ruhen scheinen wie im Kinderschlaf... wie seltsam der Unterschied zwischen der Kühle der weißlichen Morgenluft und dem schwülen, grauen, rauchigen Dunst, der um die Gaslampen wie wehende Schleier hing, und der mit seinem heißen, ätzenden Atem dem Eintretenden entgegenschlug. Und doch schien keiner hier drinnen Sehnsucht nach der silbernen Morgenkühle da draußen mit ihrem ersten Flöten der Drosseln auf den Dächern zu haben. Und alle schienen sich in Lärm und Dunst und Qualm und den Gerüchen von mancherlei Dingen geradezu unerhört wohl zu fühlen – sie schwammen darin wie die Fische im Wasser.

Sehr viel Menschen waren nicht mehr da. Aber keiner saß eigentlich allein. Es ging ein Kontakt von Tisch zu Tisch, von Zimmer zu Zimmer. Bis hinten zu dem Raum, aus dem das Klappern der Billardbälle kam, die willenlos und gehetzt über das grüne Tuch schossen; sich meidend, wenn sie sich begegnen und sich treffend, wenn sie sich meiden sollten.

Da drüben spielte man in einem Kreis von Menschen Karten, und ein paar Mädchen drängten sich ordentlich auf die Spielenden, lagen weit vorgebeugt, mit den halben Körpern auf ihnen, daß jene kaum die Arme rühren konnten. In einer anderen Ecke sangen drei Paare ein angenehmes Lied – halblaut, und schunkelten dazu auf dem Sofa und auf den Stühlen, eng umschlungen. Und nur den Refrain ließen sie in seiner schönen Eindeutigkeit deutlich verlautbaren, ohne damit doch gerade einige andere Paare zu stören, die hie und da auf den grünen Plüschsofas saßen und aneinandergeschmiegt mit kleinen, geröteten Augen wortlos und treu vor sich hindämmerten. Auch die Gruppe, die sich um einen jungen Menschen mit kurz geschnittenen Haaren gebildet hatte, der gewettet hatte, einen schmiedeeisernen Kleiderständer zwanzigmal mit steifen Armen zu strecken, und der nun in Hemdsärmeln im Schweiße seines Angesichts japsend sich abarbeitete… auch die Gruppe nahm gerade nur wenig Anteil an dem Gesang, da sie über den Clown der Gesellschaft, den Humoristen des Kreises lachen mußte, der jedesmal, wenn der mächtige eiserne Schirmständer sich von neuem bewegte, mit krebsrotem Gesicht, unter Gliederverrenkungen sich verbeugte und ‹Hußta, der Sohn der Pußta!› laut und blödsinnig durch das Lokal brüllte,… worauf die Mädchen sich bemüßigt fühlten, aufzuquietschen oder ‹Pfui, nicht doch!› zu rufen.

Und zwischen all denen trippelte der Wirt, ein kleiner, blasser, übernächtiger Mensch mit feinen Zügen, angstvoll hin und her… wie ein Huhn, das Enteneier ausgebrütet hat und nun das Gebaren dieser Wesen durchaus nicht verstehen kann. Er hatte stets ein seltsames Erstaunen auf dem Grunde seiner braunen Augen: wie es nur kam, daß gerade *er* dazu ausersehen war, von den Groschen dieser Menschen hier zu leben; er, der freiwillig niemals einen Schritt in diese Höhle gesetzt hätte!

Oh – da war der rotköpfige Kellner schon anders: klein, vif und frech, schoß er wie ein Wiesel mit seiner weißen Schürze von Tisch zu Tisch, war überall dabei, wo es etwas gab, entrierte mit den Stammgästen gemeinschaftliche Wetten auf Longchamps und Auteuil und erkannte genau, ob der Grad der Trunkenheit seines Opfers soweit war, daß er sich verrechnen durfte, oder gar schon soweit, daß er statt auf ein Fünfmarkstück auf ein Dreimarkstück herausgeben durfte. Und wenn wirklich der unterschätzte Gast noch dagegen protestierte, so zeigte der Kellner ihm mit bewundernswerter Fingerfertigkeit jenes Dreimarkstück, das er eigens für diesen Trick stets in seiner Westentasche mit sich führte, und verzieh dem Polterer gegen erhöhtes Trinkgeld gnädig seinen Irrtum – ‹das könne jedem einmal passieren›. Er nahm auch einen leichten Jagdhieb und einen kleinen Fußtritt ruhig mit in den Kauf, verbuchte ihn gleichsam auf das Geschäftsunkostenkonto und lebte in allem von den beaux restes der Gäste. Er trank ihren Sherry aus, nippte die Neigen ihres Likörs, schob beim Abräumen schnell einen Kuchenbrocken in den Mund und interessierte sich ausnehmend dafür, welches von den Mädchen etwa zum Schluß übrig blieb. Denn es kam doch vor, daß einer mit zweien hier eintrat und nur mit einer das Lokal verließ – die dann gleichsam als überzählig betrachtet werden durfte.

Hermann Gutzeit, der als erster eintrat, blieb, von all dem Lärm wie betäubt, einen Augenblick in der Tür stehen, und die Gäste sahen nach ihm hin mit ungewissen Blicken. Zu so später Stunde ist jeder verdächtig. Entweder Wild oder Jäger. Und auch der Wirt, der nicht recht wußte, was er aus dem großen Mann mit dem alten Havelock machen sollte, und der ewig um seine Konzession zitterte, lief ängstlich von den Singenden zu dem Kreis, der sich um den hemdsärmeligen Athleten gebildet hatte, und rief: «Meine Herren! Aber meine Herren!» Als er aber hinter der Breite Hermann Gutzeits das bekannte Gesicht des Doktor Herzfeld auftauchen sah, verbeugte er sich lächelnd, und die Gäste hörten sofort auf, von den beiden Notiz zu nehmen. Der junge Athlet war beim sechzehnten Mal, das war wichtiger. Und drei Verse – und was für besonders inhaltsschwere Verse! – waren auch noch ungesungen.

«Das ist das einzige, wo wir noch hineinkönnen», meinte Doktor Herzfeld entschuldigend, «überall anders wäre es noch schlimmer. Aber setzen wir uns da nebenan in die Ecke. Da sind wir ziemlich ungestört und sehen doch alles.»

Der Nebenraum ging nach dem Hofe hinaus, hatte braune, gepreßte Paneele, die hie und da das Haus stand schon zwei Jahre – sich wölbten und abplasterten, und darüber grüne, imitierte Seidentapeten; hatte kleine Marmortische und rosa Rosen auf grünen Vorhängen. An den Wänden aber prangten drei Gobelins in roten Plüschrahmen zwischen weißen Plakaten für Gefrorenes und Schlummerpunsch. Drei gewebte Gemälde waren es, von denen zwei lockere Szenen in holländischen Bauernkneipen darstellten, während zwischen ihnen Venedigs Markusplatz, vom alten Campanile überragt, sich als eine Illusion von rosenfarbigen und grünen Fäden auftat. Und das alles war ganz dunstig von Zigarettenrauch und doch überhell im grünen Licht der Gaskugeln. Ein paar Liebespärchen waren in die Ecken gesetzt; symmetrisch rechts und links – sonst war der Raum leer.

«So», sagte Doktor Herzfeld, «ich meine, da drüben ist es am besten.»

Und der Kellner schoß wie ein Wiesel heran und fragte diensteifrig, ehe sie noch die Sachen aufgehängt hatten, mit kurzen Verbeugungen, – von denen nur er überzeugt war, daß sie sehr komisch wirkten, – nach den Wünschen; während er schon aus dem Augenwinkel heraus mit einem Blick die neuen Gäste einschätzte und zu einem vernichtenden Endergebnis kam: Leute, die um diese Stunde noch geradezu schamlos nüchtern waren, hatten es bei ihm ein für alle Mal verspielt.

Hermann Gutzeit stützte die Ellbogen auf den Tisch, nahm den Kopf fest in die Hände und starrte auf die Mitte der Marmorplatte, als wolle und müsse er da ein Loch hineinsehen; während Doktor Herzfeld schräg zu der Gaskrone emporblickte. Mit ihren grünen Glocken und ihren blitzenden gebogenen Metallteilen schwebte sie scheußlich und blank mitten im Raum, umschnurrt von ein paar Fliegen, die – wie die Gäste hier – nicht Nachtruhe halten konnten, sondern unausgesetzt ab und zu flogen.

«Sehen Sie einmal da oben, Hermann Gutzeit», meinte Doktor Herzfeld nach einer Pause nachdenklich, «beobachten Sie mal, wie die Fliegen da um den blanken Knopf schwirren. Sie scheinen wirklich an unsichtbaren Gummischnüren zu pendeln; ganz gleich, wo sie hinfliegen – für Minuten, für Viertelstunden, – sie müssen immer zu diesem Knopf zurück, und sie umschwirren ihn auch mit Hingebung… ohne Pause – ohne Ruhe – immerfort. So finde ich, Hermann Gutzeit, hängt nun einmal in der Mitte unserer Empfindungskammer als blitzende Krone das Sexuelle, das Erotische; der Komplex von Beziehungen zu dem anderen Geschlecht, das Liebesproblem. Und unsere Gedanken schwirren gleich Fliegen an unsichtbaren Gummischnüren um diesen einen Punkt. Sie mögen sich noch so weit entfernen zum Ofen, zum Tisch, zu den Büchern, zum Konversationslexikon da drüben mit all seiner Weisheit; zu den Bildern an der Wand; ja, sie mögen sich selbst an den Scheiben, die sie von der Außenwelt trennen, den Kopf stoßen – sie kehren doch immer wieder mit nie täuschender Sicherheit zu diesem Knopf der Krone, zu diesem ureigentlichen Mittelpunkt unserer Empfindungskammer zurück. Wenn wir uns einmal darüber klar sind, so werden wir bei uns und anderen manches entschuldigen, was wir ehedem kaum verstehen konnten.»

Ein dünnbeiniger Rehpinscher, der drüben am Tisch Wache gehalten, trippelte heran, da er neue Eßbarkeiten ahnte, setzte sich vor Doktor Herzfeld in Positur und sah stumm und braun mit seinen großen gewölbten Augen zu ihm auf.

«Was willst du, Hund?» meinte Doktor Herzfeld und beugte sich zu dem Tier hinab, das ihm leise knurrend den Kopf entgegenstreckte und die Augen statt aller Antwort nur noch weiter aufriß, als wollte es sagen: ‹Wie kann ich das wissen, Mensch? – Weißt du denn, was *du* willst?›

Aber Doktor Herzfeld muschelte den kleinen braunen Kopf weich und wohlgefällig in der Hand hin und her; es tat ihm gut, sowas Hübsches, Warmes, Lebendes in den Nerven seiner Finger zu fühlen.

«Wissen Sie, Hermann Gutzeit», sagte er. «Es gibt Zeiten, da man das Weib dem Hund vorzieht – später, glaube ich, ist es umgekehrt.»

Hermann Gutzeit merkte nicht, daß der andere ihn nur reizte, nur herauslockte.

«Leider nicht», sagte er ernst und traurig. «Aber ich wünschte, es wäre so.»

Im Nebenraum erhob sich plötzlich ein ziemlicher Lärm, denn der Verlierende in der Wette hatte behauptet, daß die Sache nicht ganz sauber zugegangen wäre: der andere hätte mit den Armen gewechselt, und das hätte er eigentlich doch nicht gedurft.

Immerhin bewegte sich der Streit mehr in den Grenzen eines lauten humoristischen Wortgefechtes; denn, wenn jemand zwanzigmal einen schmiedeeisernen Kleiderständer streckt, pflegt er von seinen Tischgenossen nur selten unhöflich behandelt zu werden.

«Ich würde es an Ihrer Stelle nicht tun – wirklich», meinte Doktor Herzfeld so obenhin, als man wieder sein eigenes Wort hören konnte. «Wie lange sind Sie eigentlich schon verheiratet, Hermann Gutzeit?»

«Fünfzehn Jahre», sagte er – «fünfzehn Jahre! Das spricht man so leicht aus. Aber wissen Sie, was das heißt, was das für eine Summe…»

«Da haben Sie auch nicht besonders früh geheiratet, Hermann Gutzeit», unterbrach Doktor Herzfeld plötzlich. «Ich ja noch später… ich würde jetzt – warten Sie mal – ich würde zum Oktober zehn Jahr verheiratet sein.»

«Sie waren verheiratet?» rief Hermann Gutzeit und erschrak selbst, wie laut er das sprach. Und er bemühte sich deshalb, die nächsten Worte ganz leise zu sagen. «Ja davon aber – aber davon wußte ich ja gar nichts?!»

«Oh», sagte Doktor Herzfeld lächelnd, «das ist ja auch eine durchaus private Abmachung gewesen.»

«Aber Sie haben sich dann von Ihrer Frau getrennt? Denn ich glaube nicht, daß ein Mensch wie Sie…»

«Sie haben recht», meinte Doktor Herzfeld sehr ruhig, nur mit der kleinen, steilen Falte über dem rechten Auge. «Ich habe mich – wenn Sie es so nennen wollen von meiner Frau getrennt. Aber nicht freiwillig.»

«Sie ist also von Ihnen fortgegangen?»

«So ist es, Hermann Gutzeit. Das heißt… fortgegangen ist wohl nicht das richtige Wort… ich bin Witwer. Ich war nur ein Jahr verheiratet und habe nur drei Tage in meinem Leben ein Kind besessen.»

«Oh, das ist aber sehr traurig», meinte Hermann Gutzeit.

«Traurig?» entgegnete Doktor Herzfeld und zog die Falte über dem rechten Auge noch etwas tiefer, – «traurig? – hm –ja – das ist wohl nicht ganz das richtige Wort. Wissen Sie, man kann einen Regenwurm mitten durchschneiden, und dann leben beide Hälften weiter.»

«Und doch», meinte Hermann Gutzeit nach einer peinlichen Pause, – «und doch habe ich das Gefühl – es mag brutal klingen – als ob Sie dadurch vielen Dingen entgangen sind, die es besser ist, nicht kennen zu lernen. Erinnern Sie sich, Herr Doktor, an die kleine Geschichte, die man sich in Thüringen erzählt? – Da hatte eine Missionsstation in Ostafrika einen großen Auftrag in

Messern und Gabeln für einen eben bekehrten Negerstamm gegeben. Und kaum wird er in Angriff genommen, da kommt auch schon eine Depesche angeflogen: man sehe sich leider genötigt, den Auftrag zu annullieren, – die Neger äßen schon wieder mit den Fingern. Wissen Sie, ich meine, die Frauen gehören alle durch die Bank diesem Negerstamm an, und wir mögen uns noch so viel Mühe geben, sie zu missionarisieren, – es ist unmöglich: sie essen doch bald wieder mit den Fingern. Und das wäre *Ihnen* auch nicht erspart geblieben.»

«Ich weiß wirklich nicht, lieber Freund», rief Doktor Herzfeld, «ob Messer und Gabel die rechten Kennzeichen sind. Sie kommen dann vielleicht zum Schluß auf den Standpunkt einer alten Freundin von mir, die, wenn jemand ein rechter Esel und rechter Lump ist, sicher sagt, es wäre ein Vergnügen, ihm zuzusehen, wenn er Fisch ißt. Eigentlich liegt der Wert der Frau doch in ihrem Dasein schlechthin, und wir dürfen sie nicht mit unseren Maßen messen. Wir...»

«Verstehen Sie mich denn nicht», unterbrach Hermann Gutzeit, und er legte seine große Hand über den Marmortisch fort auf die des Doktor Herzfeld, die darunter ganz verschwand, «Sie essen dicke Suppen gern – Ihre Frau dünne Suppen. Nach einem halben Jahr gibt es *nie* mehr bei Ihnen dicke Suppen, aber es ist möglich, daß Sie sie sich bis dahin so übergegessen haben, daß Sie sie nicht mehr riechen können. Von Ihrem ersten Buch wird sich Ihre Frau eine Abschrift machen, – bei Ihrem dritten Buch kauft sie Ihren Kindern mit Freude Trompeten, wenn Sie gerade am Schluß arbeiten. Jeder Schritt, den Sie rechts gehen, wird mit einem Schritt links beantwortet. Und doch –je mehr man sich äußerlich entfremdet, desto mehr beschäftigt man sich innerlich mit einander. Und dann – man kann nicht sein Lebtag nur *einen* Schriftsteller lesen, trotzdem ein mittelmäßig begabter Schriftsteller immer noch interessanter ist als eine Frau. – All das und tausend Dinge haben Sie nicht kennen gelernt! Nein, Doktor, Ihre Ehe war zu kurz, um nicht glücklich zu sein. Und selbst wenn so die ersten leisen Schatten schon hineingefallen wären – sie endete zu traurig, als daß Sie es heute noch wissen würden. Ich glaube nicht, daß Ihre Ehe viel anders geworden wäre als die meine; vielleicht hätte sich bei Ihnen alles etwas ruhiger vollzogen – denn Geld ist ein wundervolles Narkotikum – alle Dinge wickeln sich unter seinem Einfluß lautloser, weicher, friedfertiger ab; sie prallen nicht so aufeinander. Die Menschen sind nicht gezwungen, so Leib an Leib miteinander zu kämpfen, – es bleibt immer so ein gewisser Zwischenraum von der Dicke eines Bündels von Tausendmarkscheinen. – Aber endlich kann das doch nur die Erscheinung der Krankheit etwas mildern; die Krankheit selbst beseitigen kann es auch nicht. Nein – Leute unseres Schlages sollten nicht heiraten – es geht nicht gut aus.»

«Da haben Sie recht», meinte Doktor Herzfeld, und er sagte das mehr zu sich als zu dem andern – «es geht nicht gut aus. Ich hätte auch nicht heiraten sollen. Aber die Ärzte meinten doch, daß ich es tun könnte.»

Hermann Gutzeit hob erschrocken seine Hand und sah Doktor Herzfeld mit einem kurzen Blick an. Jetzt verstand er… «Oh», sagte er, «verzeihen Sie, – wie konnte ich denn das wissen – ich wollte nicht daran rühren.»

«Ja», meinte Doktor Herzfeld, «ich war heute schon einmal drauf und dran, Ihnen zu sagen, daß man besser daran tut, im Hause des Gehenkten nicht vom Strick zu sprechen.»

Im Nebenzimmer begannen die drei Paare von neuem zu singen. Sie sangen mit Quietschen, Schnörkeln und Koloraturen irgend ein letztes Lied von den Tanzböden her, dessen Verse in ihrer vollen Schönheit nur den Eingeweihten bekannt waren. Und auch am Spieltisch waren Meinungsverschiedenheiten entbrannt: jemand forderte mit rotem Kopf ‹Rewansche›, ‹Rewansche› und wieder ‹Rewansche›! Und die anderen rieten ihm, doch endlich aufzuhören; aber davon wollte er nichts wissen, sondern er zerrte nur immer an seiner Krawatte und schrie, er wäre im Verlust und er hätte zu bestimmen. Das wäre unter ‹Gentelmenns› Spielregel.

«Seltsam», meinte Doktor Herzfeld, «daß wir gerade hier in dieser brutalen Umgebung davon sprechen müssen! Wissen Sie – manchmal meine ich, ich habe das alles nur geträumt. Und ich kann es auch nicht glauben. Es ist nun neun Jahre schon her. Oh, ich bin damals von Pontius zu Pilatus gelaufen, und alle haben mir gesagt, es wäre nicht der Fall, es wäre nicht möglich ich hätte damit gar nichts zu tun; ich redete mir da etwas ein. Aber Sie werden sich hüten, mir eine andere Auskunft zu geben…»

Hermann Gutzeit blickte Doktor Herzfeld, dem der Schweiß in kleinen Perlen auf der hohen, kahlen Stirn stand, halb ängstlich, halb fragend an: was redete der da nur? –

«Sie hatte eben überhaupt kein Kind bekommen dürfen – sie wäre zu klein, zu zierlich, zu schwach gewesen, es auszutragen – und ihr Herz wäre auch sicher nicht ganz gut gewesen. Ja, wenn zu mir einer käme, und *ich* wäre Arzt, würde ich natürlich genau das gleiche sagen. Das sagt man immer nach», Doktor Herzfeld strich sich mit der Hand über die Stirn und richtete sich im Stuhl grade: – «reden wir von etwas anderem.»

Im Nebenraum brüllte der Humorist nach ‹Kognack›. ‹Kognack!› Er hätte schon zwanzigmal bestellt, aber keinen bekommen!

«Ja richtig, Hermann Gutzeit – ich meine, wenn Sie es fünfzehn Jahre durchgehalten haben, wird es den Rest auch noch gehen. Sie sind ungefähr so alt wie ich, nicht wahr? Wie lange lebt unsereiner denn noch? Auf zehn Jahre können wir wohl noch mit Sicherheit rechnen, aber was darüber ist, ist schon geschenkt! Sie haben schwer zu arbeiten, können nichts für sich tun, und all das wird Sie von Jahr zu Jahr mehr mitnehmen, lieber Freund. Und wir sind eben nicht mehr so jung, daß wir von unseren Zinsen leben – wir haben schon längst angefangen, vom Kapital zu zehren. Und, passen Sie mal auf: ehe man's glaubt, werden die Schecks nicht mehr honoriert, und der Beamte am Schalter zuckt die Achseln: er bedaure, das Konto wäre überzogen, und neue Einzahlungen wären in letzter Zeit nicht mehr erfolgt. Und dann pumpt man noch ein bißchen herum, und dann klappt die Sache zusammen. Passen Sie mal auf, so kommt es, ehe man sich versieht. Quieta non movere! Nicht dran rühren, solange es geht. Lieber beide Augen zumachen – es kommt schon die Zeit, wo Sie sie wieder aufmachen können. In drei Monaten fragt schon kein Mensch mehr danach. Sie brauchen Ihr bißchen Lebensruhe.»

Bei dem Wort ‹Lebensruhe› lachte Hermann Gutzeit kurz auf. Aber Doktor Herzfeld fuhr unbeirrt fort:

«Ja, die brauchen Sie – und mag sie noch so kümmerlich sein. So gut, wie es auch für Ihre Kinder nötig ist, daß Sie sie behalten, bis sie einigermaßen flügge geworden sind. Und Ihre Frau hat, soweit ich hörte, Ihnen sehr zur Seite gestanden, als es Ihnen schlecht ging, und sie hat dann sehr im Hintergrund gestanden, als es Ihnen gut ging, – das dürfen Sie nicht vergessen!»

Hermann Gutzeit zuckte zusammen. «Sie wissen nicht, was vorangegangen war», sagte er.

Aber Doktor Herzfeld fuhr unbeirrt fort: «Und vielleicht hat das Haus und die Kinder und all das, was auf ihr lastete, zuviel von ihr weggefressen, als daß da noch sehr viel für Sie übrig bleiben konnte. – Das müssen Sie bedenken. Sie ist, soweit sie es verstand, gut zu den Kindern, stets gut gewesen. Denn *Sie* konnten sich doch nicht viel um sie kümmern. Ja – sie war es,… auch *wenn* Sie mit dem Kopfschütteln! Das beweisen mir Ihre Jungen – nur wenn ich sie über den Hof gehen sehe. Schon wie sie angezogen sind, sagen sie mir das.»

Hermann Gutzeit fuhr auf. «In letzter Zeit…»

«Nun, da war vielleicht anderes, was sie *mehr* beschäftigte. Aber ich glaube trotzdem nicht, daß sie die Kinder vernachlässigt hat. – Denken Sie doch, Mann – fünfzehn Jahr immer rundherum laufen in derselben Tretmühle – wie ein blinder Pudel! Bei Ihnen ist es doch nur ein *Teil* der Welt – bei der Frau soll und muß es *alles* sein die *ganze* Welt! Sie haben doch noch das weite Draußen, und es schlägt und treibt seine Wellen, selbst wenn Sie es nicht aufsuchen würden, bis an Ihren Schreibtisch, bis in Ihren Kopf– bis in Ihre Feder. *Sie* fühlen täglich, daß es anderes gibt, das Wert hat – durch Ihren Beruf, durch Ihr ganzes Dasein nach außen hin. Die Frau fühlt es nicht. Und können Sie nicht begreifen, daß sie da manchmal einen Heißhunger nach der Welt bekommt und daß sie nicht so stückweise gleichsam bei lebendigem Leibe alt werden will? Daß sie nach ihrer eigenen Jugend sich sehnt und ausgeht, sie zu suchen? Daß sie einmal, nur einmal nicht eingekettet in tausend Sorgen sein will, *nicht* Gattin, *nicht* Mutter, – sondern – und wenn es auch nur für Stunden ist – ein Mensch, der das Leben umklammert und sich ihm schrankenlos hingibt?! – Daß das ein Kolonialwarenhändler nicht begreift, glaube ich – aber Leute unseres Schlages sollten es eigentlich wenigstens verstehen.»

Hermann Gutzeit schüttelte nur traurig den Kopf.

«Ja, das sollten wir, – da wir doch für uns nun einmal – und soweit ich weiß, machen Sie ja davon auch keine Ausnahme – das gleiche Recht auf Verständnis gern in Anspruch nehmen.»

«Gewiß», meinte Hermann Gutzeit – «aber ich habe nie darüber vergessen, was ich den Meinen schuldete.»

«Ja – und was wollen Sie tun, Hermann Gutzeit? Wollen Sie zum Richter laufen, der Ihren Fall mit einem Dutzend anderer zusammen erledigt nach dem und dem Paragraphen – wie eine Fleischhackmaschine, die einfach kurz und klein schneidet, was man in sie hineinwirft? Es ist möglich, daß das brutale Recht Ihnen gestattet, Ihre Frau demnächst vor die Tür zu setzen. Es ist ebenso möglich, daß es es nicht gestattet. Das hängt von kosmischen Einflüssen ab, die sich der menschlichen Berechnung entziehen. Und wenn Sie, wie es heißt, ‹Ihr Recht› bekommen… meinen Sie, daß Sie dadurch einen Strich unter fünfzehn Jahre machen können? Meinen Sie, daß Sie dadurch – denn das Leben schmiedet zusammen sich so einfach eine Zuneigung aus dem Herzen reißen können?»

Im Nebenraum erhob sich bei den Spielern eine kleine Unstimmigkeit. Denn der junge Herr, der schon im Verlust war, hatte weiter verloren und behauptete nun, man betrüge ihn, und bekräftigte diese Behauptung, – an der doch eigentlich keiner ernstlich gezweifelt hatte – indem er nicht mehr nur an seiner Krawatte zerrte, sondern in Wut kurzerhand den Marmortisch umwarf, daß er mit einem schweren, dumpfen Krach auf den Boden schlug, während die fallenden Tassen heller schepperten und die Nickeltabletts ganz hell und hoch erklirrten; am höchsten aber kreischten die Mädchen. Die kleinen Zuckernäpfchen endlich konnten sich gar nicht beruhigen, und sie hüpften und sprangen über den Boden, bis sie in den Ecken ein Asyl fanden. Und auch die Karten, die herabgeflattert waren, brauchten eine ganze Weile, bis sie sich so in hübschen bunten Mustern über den Fußboden verstreut hatten. Die Gegenpartei, der weniger am Lärm als am Geld lag, verhielt sich ziemlich still. Der Wirt und der kleine rotblonde Kellner hingegen riefen, daß sie so etwas nicht duldeten; hielten sich jedoch in einiger Entfernung. Etwelche drängten sich hinzu; etwelche zogen sich angstvoll zurück. Der junge Athlet kam auch heran, den Kopf zwischen den Schultern, und erbat gleichsam mit den Blicken vom Wirt die Erlaubnis, hier Ordnung schaffen zu dürfen.

Aber der Störenfried rief durch das Lokal mit bedeutender Lungenkraft, daß er sich ‹solche Jungens merke›, und er werde ihnen schon ‹ihre Reinigung geben›. Er träfe sie noch. Und dann hieb er ein hartes Fünfmarkstück auf den schnell wieder aufgerichteten Marmortisch, brüllte: «Zahlen!» warf Geld auf die Platte und verließ unbehindert das Lokal, während die Gruppen sich wieder zu alter Ordnung zusammenfügten.

Immerhin… es war seiner ganzen Handlungsweise eine gewisse angenehme Entschlossenheit nicht abzusprechen. Und wie aus den Reden hervorging, hatte er auch die Sympathien durchaus auf seiner Seite, während die anderen beiden nunmehr von feindlichen Blicken und Worten umschwirrt waren. Vor allem der junge Athlet, der schon bedauerte, bei dem einen nicht auf seine Rechnung gekommen zu sein, hätte sich doch zu gern irgendwie betätigt. Und da das doch nicht so einfach ging, so erklärte erjedenfalls sach- und fachgemäß dem Humoristen, was er an Stelle des Mannes getan hätte: wie er dem einen einen Doppelhieb versetzt hätte und den anderen mit einem Kopfstoß vor den Magen fast zu gleicher Zeit niedergemacht hätte.

Oben im Rahmen der Tür, über den paar Stufen der Treppe, die zum Billardraum emporführte, waren auch Leute aufgetaucht, die nun noch einen Augenblick erweilten, um zu sehen, ob sich der Konflikt wirklich friedlich löste. Zwei ganz junge Burschen waren es – sehr gut gekleidet, der eine blond und der andere schwarz… das heißt, sein Kopf war über und über mit frischen Schmissen tätowiert und so verpflastert und bandagiert, daß man diese Temperamentsfarbe seines Wesens mehr aus dem Gesamthabitus erriet, als mit den Sinnen feststellte. Und man roch schon Jodoform, wenn man ihn nur von fern sah. Es waren reiche Jungen, – gut drei Klassen höher als all das übrige hier – gewiß hatten sie sich nur zufällig in diese Höhle verirrt. Doch wenn die anderen hier an besagter Stelle in etwas primitiver Form von dem Wert der eigenen Person überzeugt waren, wie der junge Athlet, so sah man ihnen schon an, daß sie von jetzt an bis in alle Zukunft nur mit der ersinnbar größten Hochachtung an sich selbst zu denken wagten und wagen würden… Und trotzdem waren sie – so ist die Jugend! – einer solennen Holzerei mit den Philistern keineswegs abgeneigt und hatten zu diesem

Behufe schon die Billardqueues in der Hand behalten.

Mitten zwischen diesen beiden aber stand, gleichfalls mit dem Queue in der Rechten, hellblau gekleidet und silberbebändert, eine sehr umfängliche Person mit strohblonder Lockenfrisur und einem riesigen türkisblauen Hut, der von einem ganzen Staket von Reiherbüschen umhegt war – einem Monstrum von einem Hut, groß wie ein Sonnensegel – einem Hut, der die beiden streitbaren Jünglinge fast völlig beschattete. Und sie hatten recht gehabt, daß sie sich *beide* zu ihr gesellt hatten; denn an Alter nahm es die Dame mit den zweien zusammen sicherlich auf – und an Gewicht wohl auch. Man kann nun keineswegs sagen, daß sie deshalb häßlich war, die Person, im Gegenteil, es war eine stolze, hochbusige Schönheit; etwas von einer weißen Negerin hatte sie, mit sinnlichen Nüstern und klugen Augen, mit riesigen Armen und fettem Hals. Ganz gut gekleidet war sie, ganz gut gemalt. Die Hände waren voll von Ringen, die Gelenke von Goldbändern. Man ahnte mehr, daß unter all dem ein alternder, müder, verbrauchter Körper steckte, als daß man es sah. Auch sie gehörte nicht hierher, hatte sich nur irgendwie aus Bar oder Ballsaal hierher verirrt; vielleicht auch hatte sie ein Verhältnis mit irgend einem alten reichen Knaben, der sie großzügig aushielt, und den sie nun als Gegenleistung mit diesen Jungen betrog. Und damit sie nicht gesehen wurde, – denn wer verliert gern eine Sinekure! – war sie mit ihnen in diese Einöde geflohen. ja, so mochte es wohl sein.

Hermann Gutzeit hatte sich schwerfällig schon wieder gesetzt. Doktor Herzfeld aber war wie erstarrt stehen geblieben und faßte nach dem Tischrand mit kalten, nervösen Fingern. Er kam nicht los von den dreien da in der Tür.

Wer war denn das? – Um Himmels willen, wer denn nur? – Wo kannte er die her? – Ganz unten in seinem Gedächtnis stieg etwas auf, aber es war wie eine Blase, die nicht ganz zur Oberfläche gelangt… Nein, nein – das war ja unmöglich! Das wäre ja zu seltsam! – – Natürlich kannte er sie; – er kannte sie. Aber er verwechselte sie gewiß mit irgend einer anderen. Es gehen ja im Laufe des Lebens soviel Pflugschare durch den Acker unseres Herzens… wer kann die alle merken! – Aber sonst pflegte er doch zu diesen Kreisen wirklich keine Beziehungen zu unterhalten…

Und wieder stieg diese Blase da in seinem Gedächtnis auf und nun kam sie fast bis zur Oberfläche… Und daß er gerade *heute* sie treffen mußte! Gerade heute! Achtzehn Jahre – achtzehn Jahre hatte er sie nicht gesehen, – achtzehnJahre sich gefürchtet, sie wiederzusehen… Aber sie war es ja nicht – sie konnte es nicht sein – sie durfte es nicht sein! Wer weiß, wo sie hingekommen, wer weiß, wo sie geendet! Irgend eine entfernte Ähnlichkeit täuschte ihn… Sie war doch brünett gewesen? – Schwarz und schlank gewesen? – Mit Augenbrauen wie dunkle, breite Sammetbänder? – Und nun stand da eine große, blonde Person, schwammig mit Augenbrauen… ja, ja, richtig: mit Augenbrauen wie dunkle, breite Sammetbänder… Aber vielleicht sah er das nur, weil er ja heute mehr als sonst an sie gedacht hatte! –Ach, er dachte ja stets an sie – sie hatte sich genugsam in sein Gedächtnis eingebrannt, wenn sie ihm auch längst entschwunden war im Weltgetümmel – fort wie eine Schwalbe, die über das Korn hinschießt… Oh nein, – sie war es sicher nicht!…

«Leibfuchs!» krähte der Blonde laut und näselnd, «du bist, wenn ich nicht irre, am dransten mit deiner Serie von einem – halt also ’s Spiel nich auf: Eins, zwei – drei – ist eine böse Z-a-h…»

Und zugleich faßte er, der Blonde, auch die hellblaue Dame um die Taille, soweit es ihm eben möglich war, und schwenkte sie herum, daß die weißen Federn nur so flatterten. Und die Hellblaue drückte sich lachend an ihn. «Und auch du folge mir, edle Tochter Priams!» rief der Blonde und schluckte bedenklich; denn er hätte sich geschämt, wenn er um diese Stunde, und es hätte auch allem Komment widersprochen – um diese Stunde nicht zum mindesten im ersten Stadium leichter Trunkenheit sich befunden hätte. «Folge mir, Rose der Ackerstraße!»

Aber Doktor Herzfeld fiel fast auf den Stuhl zurück wirklich – und wenn es nur wie der Schatten eines Schattens vorübergehuscht war – er hatte es doch bestimmt gesehen – hinten am Hals, da, wo er aus den Schultern herauswuchs, das dunkle Mal, nicht größer als eine Bohne. Oh – wie er das kannte! Wie er das geliebt, wie er das gehaßt hatte! – Sie mußte es sein… Ja, ja, wenn ihm nur der andere nichts anmerkte!

«Haben Sie sich erschrocken?» meinte Hermann Gutzeit, dem Doktor Herzfeld plötzlich noch blasser als sonst erschien.

«Erschrocken?» entgegnete Doktor Herzfeld. Es sollte leicht klingen, aber das Zittern der Stimme verriet ihn. «Ich verstehe doch Spaß…»

Gewiß, sie war es. Alles an ihm flog. Er fühlte einen starken, stechenden Schmerz links oben an den Rippen, und ein Ziehen in allen Gliedern – vor allem in den Handgelenken… Nein, nein –wie hatte er denn das sehen können! Dazu war ja die Zeit zu kurz gewesen! – Und dann draußen wurde es ja schon hell. Das ungewisse Licht – im Hofe lag so ein grüner Schimmer und auf der Straße in den Bäumen auch, und das mischte sich seltsam mit den Gasflammen nein, nein: dabei konnte man ja so etwas gar nicht erkennen… Man sprach ja auch von anderen Dingen vorher… Richtig! Ach richtig! –

«Ja, Hermann Gutzeit, und wenn Sie selbst siegen würden… was hat die Frau denn Ihren Kindern getan, daß man sie von ihnen losreißt; und was haben die Kinder verbrochen, daß man ihnen die Mutter nimmt, an der sie schon deshalb hängen, weil sie keinen sonst haben? – Ihre Klage richtet sich doch nur gegen die Frau, aber nicht gegen die Mutter und nicht gegen die Kinder. Man kann die treueste Frau und die schlechteste Mutter, und die untreuste Frau und die vorzüglichste Mutter sein. Das sind doch nicht Dinge, die in der gleichen Kiste liegen.

Ich weiß ja ebenso wie Sie, Hermann Gutzeit, – Ehescheidungen sind geradezu eine köstliche Institution: wie Automobile und alter Burgunder. Sie müssen nicht glauben, daß ich Ihnen etwas mißgönne – sie sind ein entzückendes Gesellschaftsspiel – aber… sie sind doch nicht für jedermann da? – Nein, die Ehescheidungen, alter Freund, sind nur etwas für reiche Leute und ganz Arme – der Mittelstand kann es sich nicht leisten – genau wie beim Kranksein. Und dann sind sie leider auch nicht in allen Fällen zu brauchen, die Ehescheidungen: es gibt eben auch Leute, für die alter Burgunder der Tod wäre, und die bei der ersten Automobilfahrt verunglücken. Wenn man jung ist– höchstens, allerhöchstens fünf Jahre verheiratet – wenn keine Sorgen und keine Kinder da sind, und man sich einbildet, absolut nicht mit einander auszukommen – wenn der schon hüben und der drüben ausbricht – dann, wissen Sie, ist so eine kleine Ehescheidung direkt erfrischend, wie Eiswasser im Hochsommer; denn eigentlich war man ja auch gar nicht verheiratet, man hat nur solch bißchen Verheiratetsein miteinander gespielt. Und der eine geht links, und der andere geht rechts. Und man atmet auf und freut sich, wie nett es doch ist, daß die ganze Welt voll von Frauen und die ganze Welt voll von Männern ist. In Heringsdorf so gut wie in Nizza oder in Sankt Moritz, das Vorher war eben eine Episode: man legt's zu dem übrigen und wartet auf die neue Episode. Ich könnte mir für alle Beteiligten nichts Schöneres wünschen.

Aber sowie man nicht recht mehr weiß, was aus dem einen oder dem andern werden soll, kommt schon ein leiser Mißklang, ein verdächtiger Mollton in die reine Harmonie. Ja – «Doktor Herzfeld hielt einen Augenblick inne: – ‹natürlich, sie war es nicht›… «Ja – und die eitle Freude selbst der Gegenseite ist dann getrübt: denn eigentlich will man doch niemand wehtun. – Doch wenn man sich gerade so materiell durchwindet, dann kompliziert sich die Erfreulichkeit der Scheidung selbst nach kurzer Ehezeit schon bedeutend. Und das wird immer schwieriger, wächst gleichsam im Quadrat der Entfernung. Und wenn zum Schluß weder der eine noch der andere mit dem Rest seines Lebens was Ordentliches mehr anfangen kann, dann soll man es besser unterlassen. Die Sache mit der Ehescheidung ist wie mit den Hochtouren: für junge Menschen etwas Wundervolles und Befreiendes; aber bei Leuten in unserm Alter ist das Herz nicht mehr gut genug dazu – die lassen besser die Finger davon. Selbst wenn sie nicht abstürzen – sie sind der Sache nicht mehr gewachsen und machen nur eine lächerliche Figur. – Aber wenn nun gar Kinder da sind, die zwischen die Puffer kommen würden, wie bei Ihnen, wissen Sie, dann sollte es von vornherein nicht in Frage kommen. Bei Ihnen, Hermann Gutzeit, ist also wirklich – so sehr ich es für Sie bedauere – keine der Vorbedingungen für eine glückliche Scheidung erfüllt: Sie sind nicht mehr jung genug dazu, Sie sind nicht wohlhabend genug dazu, nicht arm genug dazu – viel zu lange schon verheiratet, haben viel zu viel Kinder… Ganz gleich, was es ist; hören Sie auf mich: beißen Sie die Zähne aufeinander und halten Sie es durch! Es ist für alle das Beste… Und dann Hermann Gutzeit: wer von uns – und Sie doch auch, das weiß ich – ist bei einem dreieckigen Verhältnis nicht schon einmal die zweite Kathete gewesen? Und es war nicht uninteressant und für alle Teile erträglich. – Also warum nehmen Sie es so übel auf, wenn Sie meinen, daß Sie dieses Mal die erste Kathete und nicht die andere sind? Es liegt doch eigentlich im Charakter der Hypothenuse, und gerade das ist das Witzige an ihr sonst wäre es doch nur eine ganz langweilige grade Linie!»

Doktor Herzfeld schwieg und lächelte. Er hatte Freude an dem Spiel seiner Worte gehabt, und das hatte ihm für Augenblicke die geheime Angst genommen, die ihn durchzitterte. Auch Hermann Gutzeit lächelte – seit langer Zeit zum ersten Mal; denn er hatte ebenso, indem er dem bunten Schiller der Worte gefolgt war, vergessen.

Draußen war es langsam heller geworden – ohne Sonne, doch taghell. Rötlich und weiß füllte das Licht hinten den Hof und drang vorn rötlich und weiß durch die Vorhänge vor den großen Spiegelscheiben. Die und jene waren gegangen – Liebespaare waren müde und mit heißen Augen hinausgewankt in den beginnenden Tag hinein. Und die da geblieben, sahen blaß, angetrunken und übernächtig aus. Sie lärmten auch nicht mehr. Die Mädchen lehnten sich an ihre Nachbarn, und etwelche schliefen beinahe mitten im Satz ein. Der kleine Kellner hüpfte umher und versuchte einzukassieren – er wollte Schluß machen.

«Ja – Sie haben recht», sagte Hermann Gutzeit langsam, wieder in die alten Vorstellungen sich einspinnend – «Sie haben recht: die Ehe ist die unangenehmste Verquickung von sexuellen und sozialen Problemen. Aber Sie wissen nicht, was vorgefallen ist. Sie sprachen nur von Feuerwerk – glauben Sie nicht, daß mir aller Sinn dafür fehlte –, aber Sie sprachen nicht vom Feuer. Ich sagte schon einmal, daß bei mir das Haus brennt und daß es schon so gut wie niedergebrannt ist. Und ich bin nicht versichert… Aber ich wünsche auch nicht mehr, daß ich es wäre; denn ich *mag* es nicht wieder aufbauen.»

Doktor Herzfeld sah vor sich hin. Was ging ihn denn das alles an! Wozu brauchte er denn da Vorsehung zu spielen? War denn nicht vor seiner Tür genug zu kehren? – Achtzehn Jahre – achtzehn lange Jahre immer unter Druck! Kaum eine freie Stunde seitdem… Angst und Qual und Hoffnungslosigkeit und Vorwürfe… Nein, nein, – er war wohl nicht daran schuld. Gott, wie kümmerlich und brutal sein Leben durch all das geworden war!

Mühselig zusammengeleimt aus ein paar Illusionen; nur damit man der Wahrheit nicht ins Gesicht zu sehen braucht.

«Und, wenn ich selbst den zur Rechenschaft ziehen wollte, der mir das Haus überm Kopf angezündet, – wenn ich den Haß und die Wut dazu aufbringen würde – aber ich glaube nicht, daß ich es könnte, Doktor; und ich bin nicht primitiv genug, mir einzureden, daß es irgend etwas gibt, was geschehene Dinge ungeschehen macht und gerade dazu ist es ja nötig, daß man an sich selbst glaubt – selbst dann würde ich nur in eine Nebelwand schlagen. Der Mann ist tot. Und die Briefe würden eben nur an mich selbst zurückkommen: Adressat verstorben…»

Doktor Herzfeld blickte auf. «Ja – daran dachte ich nicht», sagte er. «Richtig, – man sprach ja heute davon.»

«Wissen Sie, daß meine Frau die letzte Woche, – kaum, daß sie die Nachtstunden zu Hause war – daß sie jede freie Minute bei Stüber verbracht hat? – Sie hat es mir gesagt, hat es mir heute gesagt – aus freien Stücken…» Hermann Gutzeit wollte sich beherrschen, wurde aber rot und bekam kaum Luft vor Erregung.

«Ein leckes Schiff verlassen sonst die Ratten», meinte Doktor Herzfeld ruhig. «Das würde also durchaus nicht gegen sie sprechen… Stüber hatte doch wohl niemand und lag zum Schluß da wie ein kranker Hund? – Und er war doch eigentlich eine armselige Existenz, die einem leid tat – ein Mensch, der weder mit seinen Gaben noch mit seinem Leben etwas zu beginnen wußte… Gewiß, er war ein Blender, – aber Frauen lieben das. Männer haben einen natürlichen Abscheu davor. Vielleicht wegen der Geschäftsschädigung. Ich kann das nicht gar so verdammenswert finden.»

Oben im Billardraum regte es sich. Das Licht über dem Billard wurde gelöscht – man hörte das Hinstellen der Queues und irgend so etwas wie einen Disput mit dem Kellner, der eine Viertelstunde zu viel rechnen wollte.

«Seltsam, er war doch nicht jünger als wir, nicht besonders ansehnlich, hatte mehr Schulden als Haare auf dem Kopf, hatte in letzter Zeit gewiß oft kaum sein Abendbrot bezahlen können – und dem faulen Kerl sind die Weiber nachgelaufen. Er hat sie ordentlich gegeneinander ausgespielt, – und sie haben ihm das hingeworfen, was wir ihnen mit aller Mühe nicht entreißen können. Und er hat mit Füßen darauf getreten – ich weiß es. Denn er ist bis vor einem halben Jahr viel zu mir ins Haus gekommen. Ich kannte all diese Geschichten von ihm. Er hat mich morgens oft in die Stadt begleitet und sie mir erzählt. Und sie waren mir stets widerlich. Und wer hat jetzt bei ihm das bezahlt? – Er hat doch gewiß nichts gehabt! – – Meinen Sie, ich schreibe mir dazu die Finger krumm, daß meine Frau heimlich das Geld zu ihrem Liebhaber hinträgt? –» Der Zorn übermannte Hermann Gutzeit, und er schlug auf die Marmorplatte, daß die Löffel klirrten.

«Ich nehme an, daß das Vermutungen von Ihnen sind», sagte Doktor Herzfeld.

Oben in der Tür erschien jetzt die Hellblaue, die silberbebänderte, umfängliche Person mit dem Riesenhut aus türkisfarbenem Stroh, von dem die beiden Federn in Büscheln emporstarrten. Sie trug nunmehr um den Hals eine lange, kostbare, graue Pelzboa, in deren Enden sich ihre Begleiter… der Blonde und der Dunkle mit den Schmissen, die rechts und links sie flankierten; ja, die – wohl aus statischen Gründen – gemeinsam rechts und links die Arme um ihre Taille gelegt hatten in deren Enden sich ihre Begleiter gleichfalls verwickelt hatten. Und Doktor Herzfeld mußte im Augenblick lächelnd an die Laokoongruppe denken – richtig, das war ihr Aufbau! – Ach sie war es wohl nicht? Er hatte sich getäuscht! – Nein, das halbe Tageslicht stand ihr durchaus nicht: der Puder war verweht, die Schminke war verlaufen, und darunter kam nun das arme, alte, große, fette Kind kümmerlich genug zum Vorschein. Es war gerade umgekehrt wie bei einem antiken Schrank: wenn man da nur ein bißchen reibt, geht die Patina der Jahrhunderte herunter, kommt das neue, frische, quellende Holz zum Vorschein. Nein – hier war das Neue fortgegangen und das Alte vorgekommen.

«Leibfuchs!» krähte der Blonde, während er die lachende blonde Person die Treppe herunterzog– «schleife ein Auto herbei, damit dieser Jungfrau zierliche Seidenschuh nicht etwa fürder…»

«Menschenkind, halt doch die Luft an», sagte die blaue Dame halb belustigt, halb ärgerlich, aber jedenfalls in einem Ton, dem man deutlich anhörte, daß sie solchen Situationen und noch weit anderen durchaus gewachsen war. «Du weißt doch, Erich – solche Zicken kannste mit mir…» Und dann schwieg die Himmelblaue und blickte mit einem leichten, wie freudigen Schrecken zu dem Tische hinüber, zu der Ecke, in der Hermann Gutzeit und Doktor Herzfeld saßen.

Doktor Herzfeld sah sie nicht an, hatte den Kopf gesenkt, und doch entging ihm nicht eine ihrer Bewegungen – nicht ein Zucken ihres Mundes. Jetzt wußte er, daß er sich nicht geirrt hatte. Wirklich – es war also doch Lene Held! – Und wenn sich alles an ihr geändert – wenn von dem ganzen ranken, seltsam, fast exotisch schönen Menschentier von einst bald nichts geblieben: jener ihr eigene Doppelklang der Stimme, das samtige, helldunkle, venetianische Rot des Tons war unangetastet… Und wenn wir alles vergessen von einem Menschen – wenn alles an ihm verblaßt und verloren ist: jene unwägbaren Schwingungen seiner Sprache bleiben haften. Es ist gleichsam wie die Tafel, daß hier ‹der und der berühmte Mann einmal gewohnt hat›… Das Haus wird umgebaut– es bleibt fast kein Stein auf dem anderen; es wird abgerissen; ein neues wird an seiner Stelle errichtet aber die Tafel, die Tafel bleibt unverändert, – wird immer wieder an die Fassade gemacht.

Hermann Gutzeit war zu sehr mit sich beschäftigt, um von der Erregung des anderen etwas zu spüren.

Doktor Herzfeld aber war es, als stürze er von einer großen Höhe und durchjage wie im Fluge Tausende von Bildern ferner Erinnerung, während die Luft wie ein starker Sturm seine Stirn streifte. Er fühlte nicht mit Worten, nur mit Gesichten: kurz, undeutlich und doch scharf. Er sah sich auf der lärmenden Straße… im Herbst – am Abend, bei treibendem Nebel, vor einem Blumenladen mit heller, zarter Buntheit hinter leicht beschlagenen Fenstern. Und an ihm streifte ein Mädchen vorüber – schlank, gertenhaft, jung, seltsam – wie eine Orchidee da hinter den Scheiben. Er spürte sie, während er abgewandt stand; gerade wie er sie jetzt wieder spürte, da er doch vermied, sie anzusehen. Und dann hatte er das Bild von Armen und Schultern, die leicht gebräunt waren wie bei einer Südländerin und aus weißen Kissen emporwuchsen… sah geschlossene Augen mit langen, seidigen Wimpern… und das Ganze war überspielt von einem sehr zarten Duft, wie von blühenden Geranien, einem Duft, der ihm unvergeßlich geblieben war und den er nie wieder bei einer Frau gefunden. Oh – sie war schön und falsch wie ein Panther gewesen! Und dann Szenen! Oh – was hatte es für Szenen zwischen ihnen gegeben! – Er sah sich auf und nieder laufen in einem Zimmer mit roten Plüschmöbeln. Und sie saß da auf einem Sessel ohne Lehne; die Arme im Nacken verknotet und lachte – und lachte – bis er sie hochriß und auf den Diwan warf. Er hatte ihr die Stiefel fortgenommen und sie eingeschlossen, wenn er fortging, damit sie nicht aus dem Hause könnte. Und eines schönen Tages fand er – er sah ihn wieder – einen großen grauen Pappkasten unter dem Bett, bis zum Rand voll mit Lackschuhen und Goldlederstiefeln und Atlasschuhen. – Und sie saß auf dem Sessel, hatte die Arme unter dem Nacken verknotet und lachte – und lachte… Und wenn er ihr die alle wieder einschlösse – das mache gar nichts: in acht Tagen hätte sie ebenso viel. Sie ließe sich immer neue Schuhe mitbringen, von all ihren Freunden… Und dann sah er sich durch die Straßen laufen, abends bei Schnee und Wind Schnee, der von rechts und links um die Laternen schüttete, in wehenden Schleiern mit peitschenden Enden – und hörte sich laut vor sich hin reden. Er war nicht nach Hause gegangen vom Arzt aus. Wie viel Nachtstunden hatte er so durchgeirrt! – Und immer die Angst – das atemberaubende Erschrecken, das Ziehen in den Füßen, wenn ihm irgend eine Frau entgegenkam: sie wäre es… Denn seltsam – nie hatte er in seinem Leben so den Fuß einer Frau auf seinem Nacken gespürt wie damals; trotzdem er doch damals noch so jung gegen heute war und sich als Sieger fühlte in dem Ringen mit dem Tier mit den langen Haaren… Nie war er so vor der Schönheit einer Frau erzittert, wie vor diesem Kind, das nackt und bloß, verschmutzt und verprügelt in die Welt gesprungen war mit beiden Beinen, voller Laster und Leben – eine exotische, dunkle Pantherkatze, die mit einem Prankenhieb ein Dasein zerschlug, und die dabei ein Lächeln hatte in den Augen, das zu erkaufen man seinen Kopf auf den Block gelegt hätte, – und die einen Sammetschimmer über den Wangen hatte – einen pfirsichweichen Sammetschimmer – oh!

Und all dieser Reiz und all diese lebensreichen Köstlichkeiten – Tage und Nächte und all seine Liebe – waren vom Erdball gelöscht, lebten nur noch in flüchtigen, unwägbar vorüberhuschenden Bildern des Erinnerns. Und geblieben war sein tiefer Haß und sein verpfuschtes Leben und eine schwammige, aufgedonnerte Person, die mit ein paar Jungen herumzog, die sie heimlich verlachten.

Die Hellblaue, die umfängliche Dame mit dem türkisfarbenen Hut war an Doktor Herzfeld vorübergerauscht. Und nun hörte er, wie die Tür sich bewegte.

«Ich meine, wir gehen nun auch bald», sagte er und erhob sich langsam. «Sonst wischen sie uns mit auf.»

Aber da bewegte sich die Tür von neuem, und die Hellblaue, die umfängliche Person – er hörte es am Rauschen der Röcke – kam zurück. Und dann stand sie urplötzlich vor Doktor Herzfeld.

«Ich wollte Ihnen guten Tag sagen – Sie erinnern sich wohl meiner nicht?» meinte sie schnell und im Tone liebenswürdiger Konversation, so daß Hermann Gutzeit ganz erstaunt die Augen aufriß: das war doch eine ganz feine Dame?!

«O ja», sagte Doktor Herzfeld, und seiner Stimme konnte man den Schrecken anhören über diese Begegnung. «Gewiß erinnere ich mich an Lene Held.» Und ihm schoß dabei ein Wort des Mephisto durch den Kopf: ‹ein schönes Fräulein nahm sich seiner an…›

«Das freut mich aber wirklich, daß ich Sie mal wiedersehe – ich habe dich schon vorhin erkannt und habe mich die ganze Zeit gefragt: ist er's nun oder ist er's nicht?» Man hörte es ihren Worten an, daß sie sich aufrichtig freute, und daß sie durchaus keinen Grund sah, gerade hier mit ihrer Zuneigung zu geizen… Nein – wo soviel auf dem Tisch stand, konnte ruhig ein alter Freund nochmal mitessen; – so kleinlich war sie nicht.

Doktor Herzfeld wußte nicht recht, was er sprechen sollte. Aber er brauchte gar nicht zu reden. Und die hellblaue Person merkte auch gar nicht, daß er es eigentlich *nicht* tat. Sie hatte ja so furchtbar viel zu erzählen und so gar keine Zeit, denn ihre Kavaliere warteten: «Mir geht es ja vorzüglich! Ich habe jetzt eine eigene Wohnung, eine ganze Beletage in der Mauerstraße – Puppe, mein Mäuschen, sage ich dir nur! Weißt du noch damals das Zimmer bei der Nicklas in der Steinmetzstraße…?» Und sie schüttelte sich – «Aber hübsch war's da doch! – Mein

Verhältnis gibt mir zwei braune Lappen im Monat fest, und dabei ist der Fürst doch höchstens zehn Wochen im Jahr in Berlin. – Na, nach Monte im Winter da muß ich auch mit schon seit fünf Jahren…»

Doktor Herzfeld lächelte. Mit welch einer wundervollen Selbstverständlichkeit sie doch immer noch lügen konnte! Unter Fürsten und Prinzen hatte sie es nie getan. Gewiß war sie jetzt durch ganz Europa durch, – war die Geliebte sämtlicher regierenden Häuser, vom ältesten Onkel bis zum jüngsten Enkel von fünf Jahren gewesen. Weiß der Teufel, woher das Mädchen schon damals den ganzen Gotha auswendig konnte! Sie mußte mal in frühester Jugend irgend etwas mit einem Lakaien gehabt haben. Und das war ihr nun so bis in ihr Alter geblieben.

«Ja – jetzt ist er natürlich mit der Fürstin auf seinem Schloß bei Dresden. Sonst könnte ich ja mit den beiden Jungens gar nicht ausgehen. Weißt du, ich soll 'n bißchen auf sie achtgeben, damit sie nicht in schlechte Hände kommen. Der eine ist der Schatz von meiner Freundin Klara, – und die ist doch jetzt in Karlsbad mit ihrem Verhältnis – und den andern habe ich neulich im ‹Palais› kennen gelernt…»

Doktor Herzfeld wollte etwas einwerfen, aber er kam gar nicht dazu, den Mund aufzumachen.

«Ach Gott», sagte sie, «ich hätte dir ja soviel zu erzählen! *Da* müßtest du mal einen Roman schreiben – den würden die Leute lesen…»

«Ich schreibe keine…» begann Doktor Herzfeld. Es war nutzlos.

«Komm doch mal nachmittags zum Tee zu mir – um fünf Uhr! Zwischen vier und fünf bin ich immer am besten zu treffen. Weißt du – vorher nicht und nachher nicht. Kanonierstraße 14. Du brauchst nur nach Amélie de Botang – merk dir: Amélie de Botang fragen… Na der Fürst wollte doch, daß ich mich so nenne – er hat den Namen selber für mich ausgesucht!»

Doktor Herzfeld lachte. «Na ja», sagte er, «ich komme dann nächstens. Ich…» Weiter kam er nicht.

«Ja – aber du mußt auch! – Aber nu entschuldige mich –wirklich, ich hätte gern noch 'n bißchen weiter mit dir jeplaudert. Aber Erich wart schon mit'n Auto! – Ich hab mich sooo jefreut, dich mal wiederzusehen! Aber sehr verändert hab ich mich doch seitdem nich? Das sagen mir all meine alten Bekannten!»

Doktor Herzfeld sah etwas zweifelnd nach der Haarfarbe.

Aber Amélie de Beautemps verstand sich auf Blicke jeder Art: «Ich schwöre dir», sagte sie schnell und überzeugend – «rotblond ist jetzt wieder das Letzte. Und so – so überschlank so nur Knochen» – sie schaute an sich herunter, soweit das gelang – «das will heute auch keiner mehr haben, das war vor drei Jahren modern…»

Hier lachte sogar Hermann Gutzeit.

Die beiden Jünglinge waren indessen im Halblicht der Tür erschienen. Der eine blond und schlank, der andere schwarz, klein, verpflastert und verrissen und riechend nach Jodoform wie eine Rettungswache. Ja, sein Jodoformgeruch überschrie selbst den Geruch von Pinaud, von Schwarzlose und Roger & Galet, mit dem doch wahrlich Amélie de Beautemps nicht zu geizen pflegte. Sie wußten nicht recht, was sie angemessen und entsprechend tun sollten, die jungen Herren; denn für diesen Fall gab der Komment keine Handhabe. Das waren friedliche alte Männer, die weder für Satisfaktion noch für eine Holzerei in Betracht kamen. Und Amélie hatte ihnen auch gesagt, daß der eine von ihnen ein alter Verehrer von ihr wäre, den sie an fünf Jahre weiter rückwärts ging ihre Zeitrechnung vor der Öffentlichkeit nie – an fünf und ein halb jahr nicht gesehen hätte. jedenfalls begnügten sich die beiden, die alten Knaben ostentativ zu fixieren – das könnte nie etwas schaden und evenwell die Sachlage klären.

Aber schon gab Amélie de Beautemps dem Doktor Herzfeld die Hand und sagte sehr laut, daß sie sich «riesig gefreut hätte» – und sofort danach sehr leise, – daß es selbst Hermann Gutzeit, der doch daneben stand, kaum vernahm – sie hatte eine vorzügliche Technik in diesem gleichsam bühnenmäßigen Beiseitesprechen –: «Also heute um vier… den Namen haben Sie doch behalten? – Und vierzehn ist es!» Und ohne Übergang fiel sie sofort in die alte Lauthöhe: Ja – und sie hätte auch gleich gewußt, daß ihr heute etwas Angenehmes begegnen werde, – das rechte Auge hätte sie immerzu gejuckt. Aber nu könne sie, so leid es ihr täte, ihre Kavaliere nicht länger warten lassen!

Und ehe Amélie de Beautemps kehrt machte, grüßte sie noch

Hermann Gutzeit mit einem wundervollen, herablassenden Nicken des Kopfes und einem ganz leichten Neigen der Wirbelsäule, als wollte sie sagen: Da sehen Sie, was Ihr Freund für vornehme Bekanntschaften hat! – Und dann wurde sie von ihren beiden rechtmäßigen Besitzern in Empfang genommen und durch die Glastür im Triumph zum Auto geleitet, das gelb und pustend am Bürgersteig hielt. Und der Schwarze mit den frischen Schmissen, der so nach Jodoform roch, hatte noch nicht den rechten Fuß im Wagen, da ratterte und schnarrte schon heidi! das Auto los…

«Niemand entgeht seinem Schicksal», sagte Doktor Herzfeld, der sich noch einmal gesetzt hatte. «Aber nun verschwinden wir wohl – wir sind die letzten.»

Und der kleine rotköpfige Kellner schoß wie ein Wiesel heran, – hurtig, vif und frech zu jeder Tages – und Nachtzeit. Und als er sah, daß die beiden sehr ernst und wortlos – denn man redet nicht in Gegenwart des Kellners – scheinbar bekümmert dasaßen, überlegte er, ob er das Manöver mit dem Dreimarkstück, das er heute erst einmal mit Erfolg angewandt hatte, auch hier versuchen sollte. Und siehe da – der Große legte gerade ein schönes, rundes, blankes Fünfmarkstück auf den Marmortisch, und es zuckte dem roten Kellner doch in den Fingern nach der Westentasche hin. Bei dem Großen allein hätte er es wohl gewagt, aber dem Kleinen mißtraute er: sowas paßt auf! Aber dieses Mal hatte ihn doch seine Menschenkenntnis betrogen. Denn wirklich – Doktor Herzfeld paßte gar nicht auf. Er war weit weg, fernab in Raum und Zeit, zog da ganz unten im Schrank die Schubfächer seiner Erinnerungen auf, und die sprangen so leicht auf, eines nach dem andern, wie sie gewiß nicht aufgesprungen wären, wenn sie allzu lang verschlossen gewesen wären. – Und Hermann Gutzeit strich das Geld ein, von der Marmorfläche weg, mit dem Handteller in einer Bewegung, ohne nachzuzählen, und stupfte nur instinktiv ein Geldstück zurück, das der Kellner flink verschwinden ließ, ohne durch ein Zucken der Miene oder durch eine tiefere Neigung des Kopfes zu verraten, daß es mehr war, als er erwartet hatte; mehr als die ganze Zeche. Denn der Gast konnte sich ja geirrt haben und später seinen Irrtum zu korrigieren streben. Und es wäre durchaus fraglich, ob er nicht genötigt gewesen wäre, dem nachzugeben. Als aber auch bei Doktor Herzfeld sein Obulus um ein Bedeutendes, ja um ein Unverständliches die Norm überstieg, da setzte sich doch in dem rotköpfigen Kellner die Meinung fest, daß diese beiden etwas Besonderes, entweder ganz schwere Schieber, oder aber sogar wirklich vornehme Leute sein müßten. Von der ersten Sorte hatte er schon eine Menge kennen gelernt, – die waren eigentlich besser angezogen aber bei den anderen kannte er sich noch nicht recht aus. Und er sagte den beiden nochmals in der Tür mit seinen kurzen Verbeugungen: Guten Morgen und bat sie, ganz gegen seine sonstige Art, ihn bald wieder zu beehren. Denn solche Gäste mußte man sich warmhalten. Und dann begann er, mit dem Fräulein an der Kasse sich wegen der Abrechnung herumzustreiten.

Doktor Herzfeld und Hermann Gutzeit standen draußen in dem hellen Tag. Nein, es war gewiß noch nicht vier Uhr, und nirgends gab es Heimlichkeiten mehr. Alles war klar und licht. Die Straße lag da, lang und grade wie eine Meßstange. Die grünen Knöpfchen der Laternen waren erloschen wie die Leuchtkäfer vor dem Morgenrot, und die Dachfirste, – die roten, die braunen, die grauen – waren schon alle schön mit einem rosigen Sonnenlicht gefirnißt. Und der Himmel war darüber so reinblau, wie er es sonst nur über richtigen Felsschluchten zu sein pflegt – der selbe Himmel, der wenige Stunden später ganz bleichsüchtig vor Dunst und Staub und ganz hypochondrisch vor Rauch und Qualm sein soll… Ganz oben flatterte aber ein weißes, zartes Etwas, ein Stück löchriges Gewebe, der Schatten eines Schleiers nur, am hellen jungfräulichen Sommerhimmel, immer noch er, der alte Mond. Das Licht hatte ihn gleichsam mitte in seiner Sünden Maienblüte ertappt, und er war vor Schrecken und Scham, weil er sich nicht mehr verkriechen konnte, plötzlich ganz blaß geworden. Und wie alle Nachtschmetterlinge, die husch! purr!… herumgeschossen waren, weiß und braun und klein und feist, mit bepelzten Köpfen, um Laternen und Bogenlampen, und die wie zitternde Fetzen Seidenpapiers mattgrau und hellgrün im Halbdunkel der Vorgärten geflattert waren, wie alle Nachtschmetterlinge verschwunden, unsichtbar geworden waren, in stille Winkel sich geduckt hatten, an Zäune und Häuserecken, in Astwinkel sich gequetscht hatten vor dem ganz verhaßten Licht – so waren auch die anderen Nachtfalter plötzlich alle verschwunden – weiß der Teufel, wo sie hingekommen?! Die Straßen waren ganz rein und frei von ihnen. Nur ein herrenloser, zerraufter weißlicher Hund unbestimmbarer Provenienz, den die Sonne bei seinen Liebesgängen überrascht hatte, trottete bescheiden nach Hause, als letzter Überrest des Nachtlebens. Aber auch er versuchte sich das Ansehen eines friedlichen Bürgers zu geben, der mit dem ersten Morgenzug zwar etwas ermüdet von der Reise heimkam, – immerhin doch sich freute, daß er die Seinen so unverhofft überraschen würde…

Es war wundervoll ruhig. Die Straßenbahnen gingen noch nicht, und höchstens ein Milchwagen klapperte irgendwo über den Asphalt. Oder ein Gemüsewagen, der von der Markthalle kam. Ganz fern draußen schoß ein Auto dahin. In den Häusern schlief noch alles. Und die Spatzen und die Drosseln und ein paar Finken, die auf Besuch waren, hatten die Oberhand. Die Luft war still und kühl.

«Donnerwetter!» rief Doktor Herzfeld und warf beide Arme breit zurück – «was ist doch manchmal diese verdammte Welt niederträchtig schön! Man sollte gar nicht glauben, daß sie dabei einen so hundsgemein behandeln kann!»

«Kein Wunder», meinte Hermann Gutzeit, «es heißt ja *die* Welt!»

«*Frau* Welt!» rief Doktor Herzfeld und lachte, lachte gezwungen, wie er eben schon erzwungen gelärmt hatte.

«Was war das eigentlich da für eine Dame eben?» meinte Hermann Gutzeit nach einer Weile, nicht gerade neugierig, denn er war zu sehr mit sich beschäftigt, um ernstlich an Dingen und Menschen Anteil zu nehmen. «Sie treffen auch überall Freundinnen, Doktor. Ich glaube, wenn Sie mit Shackleton den Südpol entdecken würden, stände da schon gerade auf dem Messingknopf der Erdachse eine alte Freundin von Ihnen und wartete auf Sie.»

«Möglich», sagte Doktor Herzfeld mit vielsagendem Lächeln; denn der Ruf eines ganz verfluchten Kerls und Schwerenöters erhöht stets das Selbstgefühl, und man setzt alles daran, ihn sich zu erhalten, selbst wenn er ungerechtfertigt ist. «Möglich! Aber Sie müssen gedenken, daß ich vierzehn Jahre länger Junggeselle bin als Sie. Und was wollen Sie? Der Junggeselle lebt nun einmal vom Straßenraub – oder er ist darauf angewiesen, in Warenhäusern zu kaufen. Wissen Sie, wie lange ich dieses Mädchen nicht gesehen habe, Hermann Gutzeit? –Achtzehn Jahre! Jetzt zum zwölften Februar waren es achtzehn Jahre, daß ich sie nicht mehr gesehen habe.»

«Haben Sie Ihren Liebeskalender immer so gut im Kopf?» meinte Hermann Gutzeit spöttisch und so, als spräche er von einer Sache, die eigentlich sehr unterwertig wäre.

«Leider nicht!» rief Doktor Herzfeld, und er fühlte, wie seine Stimme gleichsam einen Riß machte durch die sonnige, frische Morgenstille, in der nur erst die Vögel das Wort bekommen hatten. «Leider nicht! Man sollte ihn zwar nicht so vor– und rückwärts aufsagen können, den Liebeskalender, wie das weiland der Monsieur Retif konnte, aber man sollte doch eigentlich noch viel besser darin Bescheid wissen, als man es in Wahrheit weiß, da man endlich allzu leicht die Jahre, Monate und Tage durcheinander wirft, und – was noch schlimmer ist – die Geschehnisse und die Frauen selbst verwirrt, so daß zum Schluß es sich ereignen kann, daß durch unsere Erinnerung ein Wesen spukt mit der Seele der einen, dem Körper der andern und dem Kopf der dritten. So machen wir wohl in uns die Legende wahr:

> Wasser holen geht die reine
> Schöne Frau des hohen Bramen.

Ja, man sollte besser darin Bescheid wissen, denn eigentlich verblaßt doch zum Schluß alles, alles andere, und nur das bleibt als die paar herausleuchtenden, rot gedruckten Lebenstage im Kalender, der sonst nur mit so eklig schwarzen oder so traurig grauen Buchstaben gesetzt ist.»

«Nun», sagte Hermann Gutzeit und schlug den Mantel so weit zurück, wie es nur anging denn er behinderte ihn, und er hatte Sehnsucht, der Luft näher zu sein, als es durch all die Schichten der Kleidung möglich war… er hätte sich wie der Lear die Sachen vom Leibe reißen müssen – «nun, dieses Mal scheint Sie ja Ihr Gedächtnis nicht im Stich gelassen zu haben, Herr Doktor.»

«Ich weiß nicht, wie es das sollte?! – Kennen Sie, Hermann Gutzeit, den Stempel ‹t. f.›, travail force, der den Sträflingen früher in Frankreich mit heißen Eisen in die Schulter gebrannt wurde? – Meinen Sie, daß je einer diese Stunde vergessen hat?»

Hermann Gutzeit schüttelte seinen großen Kopf, daß die Haare herüber und hinüber flogen – er trug den Hut in der Hand.

«Ich verstehe Sie nicht, Doktor», sagte er ungewiß und leicht erschrocken.

«Wissen Sie auch, Hermann Gutzeit, daß es einer der seltsamsten und erregendsten Zufälle meines Lebens ist, daß ich gerade heute Lene Held – sie heißt Lene Held, nicht anders! wieder treffen mußte, – gerade heute?!»

«Ach Gott, Doktor, ich glaube nicht an seltsame Zufälle; sie sind zum Schluß alle so beleidigend natürlich.»

«Dann nennen Sie es, wie Sie wollen.»

«Ja, was soll daran wunderbar sein? – Die Welt ist eben weit – die Fäden laufen auseinander: irgendmal müssen sie wieder zusammenkommen – oder auch nicht… eins ist so wenig merkwürdig wie das andere.»

«Ja, wir hatten, Hermann Gutzeit, gerade in dem Augenblick, in *der* Minute eigentlich von ihr gesprochen, und ich hatte seit zehn Jahren vor keiner Menschenseele jemals mehr ihrer auch nur die leiseste Erwähnung getan. Ich wußte gar nicht, ob sie noch lebte, wo sie lebte, was aus ihr geworden; ob sie Karriere gemacht oder ganz verkommen… ich *wollte* es auch nicht wissen… Und ganz urplötzlich stand sie vor mir! Und nun habe ich gesehen: sie hat dasselbe getan wie wir alle, wie die meisten, die wir kennen! – weder das eine noch das andere, weder Karriere gemacht, noch ist sie verkommen. Sie hat sich genau so wie wir eben alle durch dieses Dasein manifestiert, nur immer kümmerlicher, immer armseliger.»

Jetzt schüttelte Hermann Gutzeit den Kopf nicht mehr. Nun begriff er. Das Thema war ihm nicht angenehm.

«Aber sie sah doch noch ganz gut aus», meinte er obenhin.

«Ach Gott, Hermann Gutzeit, was wissen Sie denn?! Damals vor achtzehn Jahren war das Mädchen wie eine Naturgewalt; so skrupellos und wild. Sie war geschmeidig wie eine Liane und ebenso seltsam und ebenso schön und blühend. Jeder Zug von ihr, jede Bewegung versprach tausend Dinge, die sie nie besaß, spiegelte Schönheiten und Absonderlichkeiten der Seele, die ihr vollends fern lagen, ja die ihr kleines Hirn nie begriffen hätte. Sie hatte eine Weichheit um die Wangen, die zu fühlen man nie müde wurde, und einen Sehnsuchtsklang in den dunklen überbuschten Augen und in der Stimme, die einen müde und wunschlos machte. Ihr Haar war blauschwarz, ganz blauschwarz… wie man es sich ersinnt, wenn man an die Frauen in Birma denkt, die wohl die schönsten von allen sein sollen.»

Hermann Gutzeit lachte laut und dröhnend in den jungen Tag hinein. Aber Doktor Herzfeld fuhr unbeirrt fort:

«Sie war wirklich damals wie ein schöner Kunstgegenstand – nicht wie so einer, der in einem Museum hängt, und um den sich die Leute drängen, sondern wie das Lieblingsstück eines feinen alten Sammlers, das er nicht einmal gern dem profanen Besuch zeigt, weil ihn ein plumpes Wort darüber verletzen könnte, und das er nur aus dem seidenen Tuch nimmt, für Freunde und Gleichgestimmte, die dann die Erinnerung an die Köstlichkeit der Linien, die Erlesenheit des Materials und der Glasuren heimtragen sollen als ein Etwas, an das sie denken können, wenn sie mal unglücklich werden. Und sowenig, wie dieser Kunstgegenstand von dem weiß, was wir in ihn hineinträumen, so wenig wußte sie es. Sie war ganz und gar nutz- und wertlos, – eine schöne wilde Giftblume.»

Hermann Gutzeit lachte immer noch still vor sich hin.

«Ich begreife, Hermann Gutzeit», sagte Doktor Herzfeld nicht ganz ohne Bitterkeit, «ich begreife, daß Sie das *nicht* verstehen und nicht fühlen, was für eine Macht darin liegen kann. Sie sind darin vielleicht besser daran als ich: Sie würden niemals Ihre ganze Seele an eine Frau nur deswegen hängen, weil ihre Augenbrauen sich berühren oder weil ihr Hals um weniges länger ist, als man es sonst sieht, und sie ihren Kopf darauf mit der schwerfälligen Grazie trägt, mit der sich eine Tulpe auf ihrem Stengel wiegt; oder weil in ihrem Haar manchmal gegen Abend – manchmal, nur manchmal – ein leises Gold aufflimmert. Nein, alter Freund, Sie ließen sich *dadurch* nicht bestechen, – das weiß ich. Dazu sind Sie viel zu gebildet und viel zu vernünftig. Sie fordern von einer Frau vorerst, wenn ich nicht irre, seelische Eigenschaften: Wahrheitsliebe, Herzensbildung und was sonst noch alles. Und es ist Ihnen noch nie, nach bald fünfzig Jahren, klar geworden, daß wir bei all dem hungern, und daß wir unser Herz nur an die geheimnisvollen, uneinlösbaren Versprechungen der Schönheit hängen!»

«Nein, Doktor», rief Hermann Gutzeit, «nein! Wenn ich auch ein alter Ehekrüppel bin, der es fast verlernt hat, was es heißt, sein Herz auf die Weide zu schicken, so gibt das Ihnen noch immer kein Recht, mich deshalb dermaßen niedrig einzuschätzen. Sie haben mein Lachen falsch gedeutet. Ich mußte über Ihren Hymnus lachen, weil er so gar nicht auf die Gefeierte passen wollte, die, wenn ich mich nicht getäuscht habe, gelb wie ein Kanarienvogel und dick wie eine Haremsdame war. Immerhin – das will ich zugeben – war sie noch eine ganz ansehnliche Person. Was ist sie denn eigentlich gewesen damals?»

«Was soll sie denn gewesen sein?» entgegnete Doktor Herzfeld in einem Ton, als verstände er diese Frage überhaupt nicht, als fände er sie höchst unangebracht und überflüssig. «Was soll solch Mädchen wie Lene Held wohl in dieser Welt sein oder werden?! –Wenn ich nicht irre, ist sie ein oder zwei Jahre in eine Nähstube gegangen, – aber es braucht auch kein Wort dran wahr zu sein – und dann ist sie eben das geworden, wofür sie von vornherein bestimmt war. Schade, schade um das Mädchen! Ich dachte, es würde was aus ihr werden. Sie hat eigentlich kein rechtes Glück gehabt. Es ist doch der schwerste Beruf, den es in der Welt gibt, und er verlangt, wenn man es in ihm zu etwas bringen will, eine Lebenstüchtigkeit, wie sie nur die Allerwenigsten haben.»

«Aber sie erzählte doch sogar, daß sie zweitausend Mark monatlich bekäme», meinte Hermann Gutzeit.

«Ja ja», sagte Doktor Herzfeld tief in Gedanken, «sie konnte immer, schon damals, geradezu wundervoll lügen. Sie *mußte* lügen. Sie wußte gar nicht, daß sie es tat. Seltsam: wir Männer lügen doch nur, wenn es für uns einen Zweck hat, aber die Frauen lügen ohne Ziel und Sinn, einfach rein künstlerisch, aus Freude an der Unwahrheit.»

«Immerhin – es ist doch nicht unmöglich», warf Hermann Gutzeit ein, «gekleidet war sie doch sehr gut? Warum –»

«Nein», unterbrach Doktor Herzfeld, «das konnte ich eben *nicht* finden. Es war alles auffallend, billig und schlecht, was sie trug; war einfach Abzahlungsstil. Gewiß, ich weiß, solange das noch möglich ist, hält sie sich ja einigermaßen. Aber, wenn auch das nicht mehr geht, dann hört es ganz auf. Dann geht sie ganz kaputt, rettungslos unter. Taucht noch ein, zweimal für Sekunden auf, und dann wird sie vom Strom weggetrieben. Und so etwas kann ganz plötzlich kommen; gleichsam über Nacht. Wissen Sie, es ist doch eigentlich das Traurigste, was es gibt, solche alte Kokotte. Es tut einem weh, wenn man es sieht.»

Aber Hermann Gutzeit war voller Widerspruch heute: «Ich verstehe es nicht, warum das gerade peinlicher sein soll, als irgend ein anderer ausrangierter Mensch!»

«Das sollten *wir* eigentlich *doch* verstehen, alter Freund. Denn ich kenne nur noch etwas auf der Welt, das ebenso traurig ist. Und wenn wir es recht überlegen, genau dasselbe Schicksal und dieselben Lebensbedingungen hat. Sie können sich denken, was ich meine… Wirklich nicht, Hermann Gutzeit? Es liegt doch so nahe: ein alter Literat. Nur daß…»

«Der Vergleich hinkt, wie alle Vergleiche», rief Hermann Gutzeit mit Überzeugung, denn er fühlte sich plötzlich in seinen vitalsten Interessen bedroht.

«Ich wünschte, es wäre so», sagte Doktor Herzfeld fast schmerzlich. «Aber ich fürchte, daß es kaum einen Vergleich gibt, der so frisch und gesund auf seinen Beinen ist.»

«Sie sind paradox», unterbrach Hermann Gutzeit.

«Möglich», entgegnete Doktor Herzfeld. «Jedenfalls kenne ich nur noch einen Beruf, in dem der verbrauchte Mensch eine ähnliche Figur macht wie solch eine alte Prostituierte – mit seiner Ratlosigkeit, mit seinem Haß und seiner verständnislosen Angst vor der Jugend, und mit dem armseligen, geschminkten Lächeln um Beifall. Und beide, finde ich, verkaufen ja auch Dinge, die eigentlich um nichts in der Welt käuflich sein sollten. Und beide wollen sich zum Schluß um keinen Preis eingestehen, daß sie alt und verbraucht und überlebt sind, und daß man auf der Straße schon hinter ihnen her lacht, daß sie nur noch jämmerliche Parodien ihrer selbst sind, als ihre eigene Karikatur durchs Leben laufen.»

«Und Heine und Goethe, die wie guter Wein mit jedem Jahr köstlicher wurden?» rief Hermann Gutzeit – er fuhr sein schwerstes Geschütz auf – denn das wollte er doch nicht auf sich und seinem Stand sitzen lassen.

«Die kann man wohl kaum noch zu den Literaten rechnen, alter Freund. Und selbst wenn man es wollte, so ist die Tatsache, daß es ein paar weiße Raben gibt, noch nie ein Beweis dagegen gewesen, daß die Raben schwarz sind.»

Aber Hermann Gutzeit schüttelte den großen Kopf: das ging ihm zu weit. Und endlich, was hatte er denn auch damit zu tun? Ihn beschäftigten doch weiß Gott andere Dinge!

Doktor Herzfeld lenkte ein. Er fühlte, daß er den andern, ohne es zu wollen, verletzt hatte. «Ich mag ja unrecht haben», sagte er kleinlaut. «Gewiß, darauf kommt es auch gar nicht an. Ich dachte bloß, daß gerade unsereiner leichter Verständnis aufbringt für so ein altes, verbrauchtes Menschenwesen, das sich zwingen muß, jung zu sein. Sehen Sie – ich könnte doch gewiß gegen sie ungerecht sein – denn ohne sie wäre ich heute ein ganz anderer… und ich dachte, ich *würde* es sein… ich habe mich jahrelang vor dieser Begegnung gefürchtet, wie vor einer Katastrophe, die einmal kommen mußte. Ich habe jahrelang einen Haß in mich hineingefressen, an dem ich fast zugrunde gegangen bin, an dem ich fast erstickt bin, Hermann Gutzeit! Und jetzt, jetzt habe ich bloß so ein wundes, schmerzliches Gefühl da herum. Sonst nichts.»

Hermann Gutzeit hatte die Hände auf dem Rücken und den Kopf gesenkt und trabte langsam und mechanisch in den wundervollen jungen Morgen hinein, der da oben mit einem rosigen Dunst um die goldenen Gitterchen der Balkons spielte, und der blau und hell um die kleinen Bäumchen hing, die an den Bordschwellen in ihren eisernen Körben wie grüne Besen standen.

Hermann Gutzeit war schon wieder tief drin in seinen Dingen. Er starrte gleichsam geistig nur auf einen einzigen Punkt, sah sonst nichts. Was da eigentlich sich befand, war ihm nicht ersichtlich, aber er fühlte: wenn er nur immer unausgesetzt dahin starrte, so würde sich das schon formen, schon klären; so würde es ihm schon sagen, was er tun und lassen müsse. Er hatte die Empfindung angestrengten Denkens, ohne daß sich ihm doch nur ein einziger Gedanke in Worte umsetzte.

Auch Doktor Herzfeld war verstummt, so sehr es ihn auch drängte, zu reden, um all das nur nicht so still in sich hineinzufressen. Ach, er schämte sich plötzlich. Wie er nur darauf hatte verfallen können, dem andern von seinen letzten, geheimsten Leiden zu erzählen! Er hatte das Gefühl, als ob er sich damit ganz in seine Hand gegeben hätte. Aber bei Gott! Wie hätte er denn schweigen können?... Wie ihn das Licht quälte, der ungetrübte, blauweiß flimmernde Himmel da oben! Und die Fußgelenke taten ihm so weh, als wenn sie mit Spicknadeln durchstochen würden. – Aber er wußte schon – er kannte sich –: nun war an Ruhe nicht mehr zu denken – Richtig, da waren sie ja bald daheim. Da lag schon ihre Straße. Wie schnell das zugewachsen war! Alles vierstöckige Häuser hinter ihren kleinen, hastig und spärlich begrünten Vorgärten. Nur da drüben saß noch vor einem Bauzaun der Wächter und spielte mit einem grauen Hund. Er wartete, daß die ersten Arbeiter kämen, damit er gehen könnte. Wie gut es solch Mann hatte! Der würde jetzt sicher zu Hause sich hinwerfen und schlafen – schlafen wie ein Stein, ohne auch nur zu träumen. *Er* konnte es gar nicht anders, als träumen, das wirrste Zeug. Aber das war ja noch nicht halb so schlimm wie das Wachliegen... Und wie alles noch unbewegt war im Licht! Die Blumen selbst in ihren langen Reihen auf den Balkons, die Hängegeranien senkten ihre roten Köpfe, als wären sie noch nicht aufgewacht. Denn die Stadt schläft ja so lange. Der Zigarrenladen mit seinen roten Schildern hatte noch verhängt, und der Grünkramladen geradeüber mit seinen blauen auch. Die Litfaßsäule an der Ecke stand da, abgerissen all die bunten Zettel, wie ein Bettler in Fetzen. Selbst die zwei Droschken, die da hinten Tag und Nacht sonst an der Haltestelle dösten, waren nach Hause gezuckelt. Noch kein Briefträger ließ sich sehen, keine Frühstücksausträgerin, keine Zeitungsfrau. Und doch war schon wunderschöner, hellster Tag.

Wie er die drei, vier Häuser da drüben kannte, in jeder ihrer Scheußlichkeiten. Zwei davon waren grau wie Mäuse, eines gelb wie ein Rapsfeld und eines bunt wie ein kalkuttischer Hahn. Eines hatte einen spitzigen Kirchengiebel, eines ein geschweiftes Schloßdach mit einem grünen und roten Löwenrachen als Bodenfenster, und eines war über und über mit Türmchen besteckt, wie ein Hasenrücken mit Speckstückchen. Nein, wirklich, die Straße war gar nichts Besonderes; zweite Nebenstraße; kitschig und dökrig; keine Müllschlucker und keine Plättstuben. Und die

Kommoditäten noch durchaus nicht in der Anzahl, wie es zu einer Kulturwohnung gehört. Dunkle Sagen raunten, daß selbst unter den Vorderwohnungen etwelche sich nicht schämten, simple alte Öfen zu haben. Und wie rote Blumen belebten überall die Mietszettel die Scheiben der Portale, und die Wirte freuten sich, wenn sie ihre Häuser auch nur zu zwei Dritteln gefüllt hatten. Und doch wurde immer weiter gebaut; ein Haus neben das andere – immer wieder eine neue Straße herangeschoben. Ach Gott, die Wirte, die waren wohl auch kaum mehr als die Strohmänner der Bodengesellschaften und der Großunternehmer; Portiers ohne Livree.

Das war seine Welt! –Jedes von diesen Untieren hatte er heranwachsen sehen, eins nach dem andern, von Tag zu Tag, von Woche zu Woche, wie eine Saat, die aus Drachenzähnen emporschoß. Und er hatte nichts – gar nichts dagegen tun können.

Und da drüben – richtig! Da war ja schon ihr Haus. Da hing sogar der Kasten der beiden Malfräulein. Er erkannte die Landschaft: den märkischen See, von Birken umstanden, im Sonnenuntergang am Brahmaputra. Sie leuchtete bis zu ihm, während die beiden Teller nur erst runde graue Scheiben waren, ohne Mohn und Schwertlilien. Alle sonst nahmen über Nacht ihre Schaukästen hinein – selbst der Papierhändler drüben mit seinen lumpigen Ansichtskarten, auf denen so viel geküßt und nur geküßt wurde; mit und ohne Uniform, in jeglicher Variation – aber die beiden Malfräulein schienen gar keine Angst zu haben, man könnte sie bestehlen. Wahrhaftig! Diese ganze Straße, sie erinnerte ihn an irgend jemand, der gern vornehm tat und dabei falsch sprach, der Kleider im Abzahlungsstil trug, der mit der Jugend mitlief– ah bah! Wozu denn das wieder?! –

«Nun möchte ich mich von Ihnen verabschieden, Herr Doktor. Ich sagte Ihnen ja schon, daß ich nicht wieder in meine Wohnung zurückkehre. Sie hören bald von mir.»

Hermann Gutzeit war stehen geblieben, breit und fest in seinem Havelock, und streckte Doktor Herzfeld die Hand hin. Aber Doktor Herzfeld nahm sie nicht.

«Sie sind doch ein wunderlicher Heiliger!» rief er fast ängstlich. «Erst schleppen Sie mich die ganze Nacht mit herum… man redet und erlebt dies und jenes… und dann sagen Sie urplötzlich:

Adieu, leben Sie wohl! – Sie müssen Schiffstaue statt Nerven haben. Meinen Sie denn, daß ich jetzt noch ein Auge zumache? Meinen Sie, daß ich mir jetzt so einfach ein Buch aus dem Regal nehme und lese, als ob gar nichts geschehen ist? – Jetzt ist es vier Uhr. Jetzt kann ich dann bis acht oben in meiner Wohnung herumlaufen, wie ein Tier im Käfig, bis mir wieder irgend ein Mensch in die Quere kommt, zu dem ich ein Wort sagen kann. – Und wo wollen Sie denn jetzt hin?»

«Irgendwo hin!» meinte Hermann Gutzeit und strich sich über die Stirn. «Nach dem Tiergarten oder nach dem Grunewald solange,… wo mich gerade meine Füße hintragen. Nachher suche ich mir dann in Charlottenburg ein Zimmer und schreibe nach Hause, was man mir schicken soll. So werde ich es machen. Das ist wohl vorerst das einfachste.»

«Das müssen *Sie* wissen», sagte Doktor Herzfeld. «Und ich will Sie gewiß daran nicht hindern. Aber ehe Sie da allein herumirren, und ehe ich da oben allein herumsitze, gehen Sie solange noch zu mir herauf. Wenigstens bis die Aufwartefrau kommt. Vor neun, zehn können Sie sich ja doch kein Zimmer suchen.»

Hermann Gutzeit war doch nicht so sehr mit sich selbst beschäftigt, um nicht aus dem Ton des andern einen Doppelklang herauszuhören, um nicht die geheime Angst zu spüren, die unter seiner scheinbaren Gleichgültigkeit zitterte. Er verstand plötzlich, warum Doktor Herzfeld jetzt nicht da oben allein sein wollte. Wirklich, er hatte es ganz vergessen: der Mann hatte ja auch seinen Packen zu tragen.

«Schön!» sagte er freundlich und nachgiebig. «Gewiß. Wir können es ja auch so machen, Herr Doktor: ich leiste Ihnen noch etwas Gesellschaft und verschwinde dann, wenn es Ihnen recht ist, sobald es irgend geht.»

«Ich bin ganz Ihrer Meinung», sagte Doktor Herzfeld und schritt über den Damm. «Eigentlich kann Ihnen doch kein Mensch raten und helfen, und man soll immer das tun, was man für das beste hält. Zu verantworten hat man es ja nachher doch allein.»

Und damit schloß Doktor Herzfeld die Gittertür auf – denn die Straße hatte Vorgärten mit kleinen umzäunten Rasenflecken und Büschen, die sich gegen die Hauswand drückten, und winzigen Lauben, deren Dürftigkeit selbst in den besten Zeiten der wilde Wein nicht ganz zu decken vermochte. Etwelche hatten richtige Bäume, drei Kugelakazien mit Fiederblättern, rund geschnitten wie Kohlkopfe. Oder gar drei Rotdornbäume, die ihre gleichfalls rund geschnittenen Kronen auf fingerdicken Stämmen trugen. Und wenn der Rotdorn blühte, duckten sich auch in das schwächliche Grün ein paar rötliche Blütentropfen. In anderen Vorgärten wurde sogar Ackerbau getrieben und Landwirtschaft und Blumenzucht: mit einem Stiefmütterchenbeet, mit viel Bindfaden und mit einem Dutzend bunter Bohnen, einem Päckchen Radieschensamen und einem Geranientopf mit zahlreichen Blättern und wenigen Blüten. Und alle Monate einmal kniete der Portier auf der Erde und schnitt mit einer kleinen Sichel das Gras. Zwei Tage brauchte er dazu. Denn alles, was er machte, machte er langsam, aber gewissenhaft.

So üppig jedoch war der Vorgarten des Doktor Herzfeld beileibe nicht! Dafür war aber auch sein Zaun der höchste in der ganzen Straße und so mit Zacken, Dornen und Widerhaken versehen, als gälte es, die Uneinnehmbarkeit einer Festung zu sichern. Nein, er bestand nur rechts wie links aus einem Fleckchen grünen Rasens, der von einem Weg umzogen wurde, nicht viel breiter als eine Hand. Und in der Mitte stand ein runder Kegel von Taxus, irgend etwas, das Sommer wie Winter grün war, und in dessen Zweigen sich Sommer wie Winter die gesamten Spatzen der Umgebung morgens und abends einfanden und ihre Meinungsverschiedenheiten zum Austrag brachten.

Eines aber schätzte Doktor Herzfeld an dem Garten – ja, er liebte es sogar, und er ging nie vorüber, ohne es mit den Blicken zu grüßen. Am Rande des Weges nämlich lag – weiß Gott, wie sie dort hingekommen – die Schale einer Riesenschnecke aus dem Indischen Ozean, eines weißen, rosigen Tigerkopfs, mit seinen dicken Lippen und seinen hellen Buckeln, die wie grimmige Zähne in dem feurigen Fleisch saßen. Sie lag da – Sommer und Winter – ganz vergessen. Niemand kannte sie, wußte ihren Namen, wo sie herstammte. Vielleicht war sie uralt, schon vor hundert Jahren nach Deutschland gekommen, – hatte einmal ganz unten auf einer Etagere gelegen oder auf einem Trumeau in der guten Stube früher schätzte man so etwas –, drei Besitzer waren gestorben, und dann hatte sie niemand mehr haben wollen, und der Trödler hatte sie für ein paar Pfennige verkauft. Vielleicht hatte sie ein Matrose mitgebracht und beim Kneipwirt für ein Glas Bier in Zahlung gegeben. Genug – jetzt lag sie hier am Rand des Grases, und der Regen trommelte auf ihren gewölbten Rücken; und der Schnee legte sich im Winter wie ein Wattebausch um sie. Sie sah etwas schmutzig und heruntergekommen aus und war doch voller Erinnerungen an das Schönste, was es auf dieser Erde gibt: an die tropischen Blumengärten auf dem Grunde des saphirblauen Meeres.

«Wissen Sie eigentlich, Hermann Gutzeit, was das da für eine große Schnecke ist?»

Hermann Gutzeit blickte erstaunt hin. «Die habe ich noch nie bemerkt», sagte er.

Doktor Herzfeld nickte. Das wollte er hören. «Ich glaube, sie heißt Tigerkopf», sagte er, als nenne er auf einer Exkursion Schülern den Namen einer Pflanze, «sie kommt aus der Südsee» – und ging weiter, um die Tür aufzuschließen.

Merkwürdig, wie unerhört still doch das helle Haus lag, als sich nun die Tür wieder geschlossen hatte. In einer lichten Morgendämmerung lag es, die die ganzen Räume, Treppen, Höfe und Wohnungen von unten bis oben erfüllte. Alles, was Leben, Bewegung, Unrast und Sorge, war nun wie mit einem Zauberschlag hinter ihnen, – da draußen, ganz da draußen – konnte keinem mehr etwas anhaben. Und drinnen und hier schien es in der starren Einförmigkeit, die es nun schon Jahre bewahrt hatte, auf die beiden Heimkehrenden zu warten, schien noch halb im Traum zu flüstern: ‹Nun – kommt ihr endlich? – Draußen seid ihr doch nur eine Zahl, seid Wesen ohne Sinn und Seele, Passagiere, Gäste an eben der Stelle, wo auch ein anderer sitzen könnte, verlorene Spaziergänger... Und hier, in diesem einsamen, schlafenden Haus, zwischen diesen vier Ecken, die euch jetzt so trotzig von der Welt abschließen, liegt euer ganzes wirkliches Besitztum. Da warten oben die Bücher und die alten kastanienbraunen Möbel und die hellen, vergilbten, von der Farbe guten Rheinweins. Und ein paar Dinge warten, an denen du Freude hast, – zusammengetragen aus aller Welt. Und dein Schreibtisch steht da unten hinter der Gardine gleich am Fenster. Und die Kinder liegen in den

Betten und schlafen so ruhig und lebensentrückt, und doch so lebenatmend, wie eben nur Kinder schlafen können…

Doktor Herzfeld ging sehr leise über den Hof, als könne er mit seinen Tritten die Worte übertönen, die im Morgenlicht das schlummernde Haus halb im Traum zu ihm flüsterte.

Und auch Hermann Gutzeit mit seinem Havelock, den Hut in der Hand, tappte zage und wortlos zwischen den paar kümmerlichen Büschen und Rasenfleckchen, die wie verwahrloste Inseln inmitten der Fliesenwege schwammen, hindurch, hinter ihm her. Er hatte sich das so einfach gedacht, wegzugehen von hier. Gewiß, – er war hier gequält worden und hatte Hunderte von bösen Stunden gehabt. Und nun gab es da doch so allerhand, was ihm die Tränen in die Augenwinkel trieb und ihn plötzlich schlucken machte – da hinter den Vorhängen, hinter den Scheiben… Und die Kinder kamen doch jeden Morgen an sein Bett, Adieu sagen, ehe sie in die Schule stürzten – noch die letzten Kaffeebrocken am Mund. – Und seltsam: auch an die Frau vermochte er plötzlich nicht mehr so zu denken, wie sein Verstand ihm das zu denken befahl…

Ganz ruhig lag der Hof. Irgendwo streckte ein rotes Bettstück die Zunge zum Fenster heraus, und eine schöne, wohl acht Pfund schwere Kalbskeule hing an einem Küchenhaken, von einem weißen Bogen überdeckt, der sich wie ein Sommerkleid im leichten Morgenhauch taktmäßig hob und senkte. Das Institut für orthopädisches Turnen hatte selbst des Nachts die Fenster geöffnet, und im Halblicht sah man die ganze Folterkammer, mit allerhand blanken Apparaten, Stricken, Leitern, Riegeln und Rädern. Die Malschule darüber hatte ihre geräuschlose Tätigkeit noch keineswegs aufgenommen. Und bei Edith Meyer, dem mausgrauen Wesen, stümperte noch in keinem einzigen Zimmer geräuschvoll und jämmerlich eine rosige Kinderpatsche: ‹eine – zweie – dreie –viere›.

Die Loreley, nur im Mantel ihrer Goldhaare, und der Trompeter von Säckingen, in Stulpenstiefeln und Husarendolman, hielten auf den bunten Fenstern im Gartenhaus Wache; an jedem Stock einer. Und ganz oben stand sogar Bismarck und hämmerte als Schmied auf einen winzigen Amboß, daß die roten Funken wie ganze Bündel von Blitzen stoben. Denn wenn hinten auch nur

Leute wohnten, – vorne wohnten die *Herrschaften* – so sollten doch auch sie einen Anteil bekommen an den Ewigkeitswerten der Kunst – gerade sie!

«Sie sind ein Kind in meinen Augen», sagte Doktor Herzfeld und stieß die Tür zu seiner Wohnung auf, daß von drinnen – denn die Fenster waren geöffnet – ein scharfer Zugwind ihnen entgegenfuhr. «Wie lange wohnen Sie hier? – Anderthalb Jahr? – Als ich vor drei Jahren hier einzog, lief noch das Wasser von den Wänden; aber eine Aussicht hatte man bis weit nach dem Grunewald rüber. Und gerade drüben war ein großer Tennisplatz mit wohl dreißig Feldern. Und man konnte so nett den ganzen Nachmittag auf dem Balkon sitzen und sehen, wie da unten im rosigen Licht die weißen Tennisjünglinge mit ihren noch weißeren Tennisdamen herumhupften und ‹Play!› und ‹Out!› schrieen. – Sie haben für Tennis nichts übrig, Hermann Gutzeit?»

Hermann Gutzeit knurrte irgend etwas.

«Ja ja, richtig – es ist ja auch das Rayon der Sportidioten und nicht der Feuilletons! –Aber, was ich sagen wollte: eines schönen Tages, – es war gerade Turnier und sehr spannend – da kommen unten ein paar ganz harmlose Bretterwagen angerattert, und man begann sofort Erde auszuschachten. Na – und ehe noch das Turnier aus war, hatten sie mir schon, wie mit einer Karnevalsschere, 'ne hohe graue Brandmauer direkt vor die Nase geschoben, und ich konnte grade noch, wenn ich mich über das Balkongitter lehnte, so eine letzte,jämmerliche Ecke vom Tennisplatz erwischen, zwischen zwei Hauswänden, wie durch eine Bergschlucht. Aber die haben sie mir dann auch noch zugebaut. Gott, was habe ich hier für Mieter kommen und gehen sehen – in Scharen, jedes Frühjahr und jeden Herbst, und außer der Zeit, wie die Zugvögel. Sie waren noch einer der seßhaftesten und nun wollen Sie mir auch davonfliegen?»

«So wird es wohl sein», sagte Hermann Gutzeit, aber keineswegs mehr mit der schönen Entschlossenheit von vorhin, hing Hut und Mantel an den Riegel und folgte Doktor Herzfeld, der durch ein Zimmer gegangen und einen Augenblick auf den Balkon hinausgetreten war. Rundbauchig wie ein Eierkorb, mit einem schwarzen Eisengitter, in dessen Rand eine Reihe von Blumentöpfen stand, schwebte der Balkon da ganz hoch oben an der geraden Hauswand zwischen Himmel und Erde. Man sah von ihm aus in ein Labyrinth von Höfen hinüber und hinab und blickte über viele Dächer fort, flache, kiesbestreute, grün bewachsene und andere mit roten oder grauen Ziegeln bedeckt. Und vergoldete Kuppeln tauchten aus dem Wirrwarr empor, und Türme, rund und hoch wie Sternwarten; und mächtige Figuren hockten da oben neben Wappenschildern, irgendwo auf Dachrändern; nackt, groß und plump, mit ausladenden Formen. Und alles das war überwölbt von einem ganz blauen Himmel und hell und rosig von der Sonne beschienen, die erst vor kurzem ihren steilen Weg begonnen hatte. Aber die Höfe waren noch mit Schatten gefüllt bis zum Rand fast.

«Sie haben es hübsch frei hier», sagte Hermann Gutzeit. «Man sollte auch ganz oben wohnen und nicht da unten.»

«Ja, ja», erwiderte Doktor Herzfeld, «es spart mir geradezu eine Schweizerreise. Viel anders ist nämlich der berühmte Sonnenaufgang auf dem Rigi auch nicht: die Gipfel werden zuerst hell, und die Täler bleiben noch eine ganze Weile dunkel; und in einer halben Stunde ist alles gleich. Aber Sie können sich ja jetzt so hoch einlogieren, wie Sie wollen.»

«Ja», sagte Hermann Gutzeit wie einer, der sich Mut zuspricht, «ich dachte auch eben daran: so ganz hoch oben, so über dem Straßenlärm – meinethalben nach dem Hof heraus – ein nettes, einfaches, ruhiges Zimmer… Verwöhnt bin ich ja nicht. Wissen Sie – ich sehe es ja selbst: ich babe in den letzten Jahren nichts Ordentliches mehr zusammengebracht. Nicht wahr, immer diese elende Artikelschmiererei! Ein paar Sachen habe ich ja so für mich angefangen. Aber sagen Sie selbst… wie sollte ich denn unter den Umständen die Ruhe – vor allem die innere Ruhe finden, etwas fertig zu machen? Ich bin der Meinung, daß eine Frau uns immer irritiert, und ein Schriftsteller, der Familie hat, ist von vornherein im Nachteil. Schon bei zweien fängt doch eigentlich die Herde an. Aber jetzt wird das anders werden.»

«Sind Sie dessen so sicher, lieber Freund?» rief Doktor Herzfeld und sah in seine Blumen hinein: tiefblaue, dunkle und fuchsige Zeneralien, die ganz hübsch voll Blüten waren und doch so unerhört verloren mit ihren irdenen Töpfen in dem schwarzen Eisengitter steckten, inmitten dieser weißen und bizarren Steinwelt– «so ganz sicher? Ach Gott, ich fürchte, Sie werden nach ein paar Tagen sich grauen, in Ihr Zimmer hinaufzugehen, wenn Sie am Nachmittag heimkommen. Sie werden das Gefühl haben, daß ein Gefangenenwärter die Tür hinter Ihnen verriegelt hat, sowie sie ins Schloß fällt, und Sie werden wie ein Sträfling zwischen den vier Wänden herumlaufen, aus denen Sie nicht herauskönnen; denn alles sonst in der Wohnung ist Ihnen ja tabu. Die Ruhe – zuerst wundervoll! – wird Sie bald lähmen und bedrücken. Sie werden allerhand Geräusche im Haus hören, auf die Sie vorher nie geachtet haben. Selbst die Möbel werden hinter Ihrem Rücken lachen und kichern und sich über Sie lustig machen – wenn sie nicht gar Ihnen drohen. Denn es sind ja nicht Ihre Möbel, sondern nur fremde, physiognomielose, tückische Söldner. Sie werden unter ihnen leben, wie der Europäer unter den Asiaten: zwanzig Jahre können Sie mit ihnen zusammen sein, und sie werden Ihnen so fremd bleiben wie in der ersten Stunde. Und nach wenigen Tagen werden Sie mehr als je auf die Straße laufen, und Sie werden mit gleichgültigen Menschen, wie ich es bin, die halben Nächte im Café herumsitzen, nur um nicht da wieder hinauf zu brauchen in das nette, einfache, ruhige Zimmer. – Glauben Sie mir, Hermann Gutzeit, ich kenne das, ich bin ein alter Praktiker in ‹netten, einfachen, ruhigen Zimmern›, aus denen der Dunst von all den unsauberen Geschichten, die sich in ihnen abgespielt, nie herausgeht, und wenn man Tag und Nacht die Fenster aufläßt.»

«Sie raten mir also ab?» meinte Hermann Gutzeit kleinlaut.

«Nein, durchaus nicht – wie kann ich das beurteilen! Sie werden schon das Richtige tun. Ich bezweifelte nur den Nutzen für Ihre Arbeit. Bisher konnten Sie arbeiten, wann Sie wollten, und sich stören lassen und andere Dinge tun, wann es Ihnen behagte. Und das balancierte die Waage immer wieder aus. Von jetzt an wird das nicht mehr der… Ach, kommen Sie, – gehen wir hinein.» Und damit hob Doktor Herzfeld seinen Kopf. «Diese Zenerалien mögen ja sehr hübsch in den Farben und sehr dankbar sein – Pflanzen sind die einzig dankbaren Gottesgeschöpfe – aber sie sind mir zu lebhaft; es sind die lebhaftesten Blumen, die mir mein Tag begegnet sind. Wirklich, wenn ich die Zucht von Blattläusen wegen des Studiums der Parthenogenesis zu meiner Lebensaufgabe gemacht hätte, wäre es zweifelhaft, ob ich bessere Erfolge erzielen könnte. – Ich weiß, Hermann Gutzeit, Sie werden mit dem Briefkastenonkel sagen, daß man Tabakslauge, Pottasche und kohlensauren Kalk – gewiß, man kann damit auch Stockflecke aus Marmortischen entfernen und wegbringen – aber sie kommen leider beide immer wieder.»

«Lassen Sie doch den Kammerjäger kommen», meinte Hermann Gutzeit und lachte.

«Ach was», sagte Doktor Herzfeld – «ein guter Kammerjäger, aber ein schlechter Kaufmann, der das Ungeziefer mit der Brut vertilgt. Und wer will heutzutage ein schlechter Kaufmann sein!»

Und damit ging Doktor Herzfeld hinein und setzte sich müde und doch überwach vor seinen breiten Schreibtisch.

«Sie haben es eigentlich gut», sagte Hermann Gutzeit, der ihm gefolgt war, und blickte sich in dem mahagoni-braunen Zimmer um, blickte durch die Tür in ein anderes Zimmer und sah hinter dem sich ein drittes Zimmer öffnen. «Sie haben es gut. Das ist natürlich etwas anderes als so eine armselige Chambregarnistenbude. So läßt es sich schon leben. – Haben Sie lange an all den Sachen gesammelt?»

«Gott ja», sagte Doktor Herzfeld und lehnte sich in den breiten, bequemen Sessel zurück und wandte Hermann Gutzeit mit einer halben Drehung den Kopf zu «Gott ja – ich hatte erst zufällig so ein paar alte Möbel geerbt, von irgend einem halb verwebbten Großonkel – das heißt, sie sollten grade verkauft werden an den Trödler – zusammen für acht Taler. Der Schreibschrank da drüben, der kleine Tisch mit dem Delphinfuß und mein Schreibtischsessel hier, in dem ich sitze. Und plötzlich sagte ich mir, – es war wie eine Eingebung – warum kann ich die nicht ebensogut für den Preis nehmen? – Sie haben so etwas von einer guten alten Kinderfrau, auf die man sich verlassen kann und die im Haus bleibt, auch wenn sie mal keinen Lohn kriegt. So habe ich sie mir einfach behalten. Na – und dann bin ich so ganz langsam und allmählich auf den Geschmack gekommen, habe ein paar Mal tüchtig Lehrgeld bezahlt und habe mit der Zeit Stück für Stück alles andere hinausgeworfen. Und als die andern mit den Sachen erst recht anfingen, da habe ich eigentlich schon wieder aufgehört. Aber, wissen Sie, Sammler bin ich nie gewesen – niemals. Ich habe immer nur für meine Wohnung gekauft. Und dann habe ich doch bloß die eine Vorliebe für schweres, einfaches spätes Empire, wie es hier im Norden war – und vielleicht noch für die Choserien jener Zeit, die so luftig und so grazil und oft dabei kaum hübsch sind. Ich habe die kleinen Dinge gern, weil sie scharmant und zugleich vernünftig sind und so köstlich naiv dabei. Und die Möbel habe ich gern, sowie ich lieber mit einem Menschen verkehre, der aus guter Familie ist, Manieren hat, anständig, aber unauffällig gekleidet ist, nicht zu laut und nicht zu leise spricht– lieber als mit irgend solchem Knoten von vorgestern.

Wirklich sammeln, mit der Habgier immer wieder nach neuen Stücken, mit dem Heißhunger, sie zu besitzen, sie zu streicheln, mein eigen zu nennen, anzuhäufen, mich mit ihnen zu umgeben, Fehlendes langsam nachzuschaffen – sammeln würde ich ganz etwas anderes. Aber dazu dürfte man kein Sechserrentier sein, wie ich es doch eben bin. Ganz etwas anderes, das nicht charmant und nicht nüchtern-vernünftig und keineswegs naiv ist, sondern bei scheinbarer Einfachheit geradezu unerhört raffiniert und köstlich ist – nächst Blumen und Schmetterlingen und Halbedelsteinen vielleicht das Köstlichste, was es gibt – schier undenkbar und so unglaublich und überraschend, daß man meint, es wären vielleicht Blumen und Schmetterlinge und Steine, die auf irgend einem anderen Stern entstanden wären. Japonaiserie for ever! Das heißt nicht bloß Japonaiserie – überhaupt asiatische Dinge: Teppiche, Lacke, Bronzen, Schwertzierate, Poterien, Porzellane, Jadeschalen und Farbenholzschnitte und alte persische metallische Töpfe und indische Miniaturen aus den Liebesromanen, über die man weinen könnte – so zart sind sie. Es gibt da Dinge, die eine Nacht nur zu besitzen, man wie Heines Ritter Olaf gern und freudig sein Leben geben würde. –Wissen Sie, wenn ich eins verstehe, so ist es die Stelle aus Goncourts Tagebüchern: ‹Hunderttausend Francs habe ich dieses Jahr für Japansachen ausgegeben und kann beim besten Willen nicht fünfzig Franken aufbringen für eine Uhr aus Aluminium, die ich nötig brauche.› Leider verstehe ich sie nur, diese Stelle. Nachmachen kann ich es nicht. Ich habe nur so ein paar Fetzen davon für mich erwischt, wie jemand, der halb geblendet, nach dem spinnwebenzarten, blitzenden Schleier einer Fee greift und dem davon durch einen glücklichen Zufall ein paar Endchen zwischen den Fingern bleiben, während der Schleier selbst entflattert. Aber ich kann mir doch nun immer vorstellen, wie wundervoll dieser ganze Schleier sein muß.»

Hermann Gutzeit, der schon drüben bei den Büchern stand – denn alles Gedruckte zog ihn mit magnetischer Gewalt an, und er wurde dessen nie müde… kam, was da wollte; wenn er Bücher sah, mußte er darin herumwühlen und herumplätschern; für ihn war die Buchdruckerkunst älter und wichtiger als die Erde – Hermann Gutzeit wandte sich um, ein kleines, sehr zierliches Bändchen in den sehr großen, gar nicht zierlichen Händen.

«Ich weiß nicht», sagte er und sah mit einem halben Blick in das Nebenzimmer durch die geöffnete Tür, in deren Ausschnitt gerade eine helle Kirschholz-Servante stand, mit allerhand weißen und elfenbeinfarbenen, gelben und blauen, rötlichen und grünen Schalen, Vasen und Flaschen, die in der ersten Morgensonne aufblühten, während dazu ringsum an der Wand Japanblätter, Mädchenköpfe mit hohen, geschmückten, glanzschwarzen Frisuren, hier einzeln auf schlanken, blütenweißen Hälsen, dort zu zweien und zweien sich zueinander neigend – während die in ihren schmalen, hellen Leisten ringsum ganz still und zag in den großen rötlichen Sonnenflecken an der Wand träumten… «Ich weiß nicht in einem Museum sehe ich so etwas sehr gern» – da log er, denn niemals hatte er noch in einem Museum so etwas gesehen… das war nicht sein Rayon, und alles, was Kunst hieß, lag außerhalb seiner Welt… «da gehört es meiner Meinung nach auch hin. Aber es zu besitzen, würde mich nicht reizen. – Ihre Bibliothek hingegen das verstehe ich; die möchte ich schon haben. Ich sage, wie jener alte Franzose: ‹Gute Bücher und Trüffeln rieche ich schon von ferne.›»

«Da bin ich durchaus nicht Ihrer Ansicht, Hermann Gutzeit. Ich meine, der einzige Ort, wo diese Dinge *nicht* zur Geltung kommen, wo sie eigentlich nichts zu suchen haben, ist ein Museum. Eine vornehme Dame gehört in einen Salon und nicht in einen öffentlichen Ballsaal. Ich finde gern so ein paar schöne Stücke beim Händler oder lieber noch beim Sammler, da ich sie leider wohl nie dort sehen werde, wo man sie eigentlich sehen müßte: nämlich im Lande selbst. Bilder können ruhig überall hängen – man muß sie nur mit den Augen sehen; solch Stück aber muß man mit den Augen und mit den Fingern sehen. Das darf nicht mit hundert anderen zusammen in einer Vitrine schlafen. Das muß man für Minuten still in der Hand haben können, muß es fühlen, sehen und abtasten zugleich. Man muß es ganz von allem andern auf der Welt isolieren können, mit ihm allein sein können; und man muß es zugleich besitzen, um es völlig kennen zu lernen. Dann wird es zum Schluß wie ein guter Freund, der zwar nicht *immer* um einen ist, der einen aber so alle vierzehn Tage, alle drei Wochen einmal besucht, einem stets neue Dinge erzählt, und von dem man immer wieder überrascht wird, als begegne man ihm eben zum ersten Mal. Ich glaube, man kann ein großer Rembrandt–Kenner sein, ohne auch nur einen Pinselstrich von ihm zu besitzen. Aber man wird niemals in die Seele dieser asiatischen Dinge eindringen, wenn man nicht zum mindesten so ein ganz klein wenig selbst sie sammelt.»

Bei den letzten Worten setzte Doktor Herzfeld die spannenlange, vierkantige, apfelgrüne Flasche mit den graden, kurzen Henkeln, die er die ganze Zeit, während er sprach, zwischen den Fingern hin und her gedreht und von allen Seiten betrachtet hatte, als läse er die Worte aus den geheimnisvollen Rissen und Sprüngen der Glasur ab, ganz vorsichtig auf den schwarzen Untersatz zurück. In Wahrheit war ihm aber *hinter* seinen Worten und Blicken so ganz dämmrig und halbbewußt die Erinnerung an irgend ein Wesen aufgestiegen, das irgendwie mit dieser Flasche in Beziehung stand. Und diese Erinnerung oder dieser Komplex unbestimmter Erinnerungen tat ihm im Augenblick wohl, wie ein leiser Hauch von Parfüm uns wohltut, den man nicht riecht, sondern nur zu riechen glaubt.

Hermann Gutzeit hatte schon längst das kleine Buch mit seinen großen Händen an seine kurzsichtigen Augen gezogen und huschte mit schnellen Pupillen über die Seiten, während er dabei – denn die lange Redaktionstätigkeit hatte ihn gelehrt, zwei, drei Sachen auf einmal zu tun – mit einem Ohr hingehört hatte und gerade genug aufgefaßt hatte, um anderer Meinung zu sein.

«Ich weiß nicht», sagte er kaum aufblickend – «vielleicht

fehlt mir dafür das Organ. Das verbietet sich ja auch von selbst bei mir, daß ich solche Vorlieben haben dürfte. Aber ich muß dabei immer an meine Quartanerzeit denken, wo ich durchaus die blaue, dreieckige Cap haben wollte, weil sie im Schaubeck einen Stern hatte. Und eigentlich war sie doch nur ein Fetzen schlecht bedruckten Papiers, wie alle anderen. Zum Schluß, fürchte ich, kommt jedes solches Sammeln nur auf die dreieckige Cap hinaus, die man deswegen haben muß, weil sie im Schaubeck einen Stern hat. – Diese Dinge da drin, Herr Doktor, mögen ja entzückend für zehn Minuten sein… auf die Dauer, fürchte ich, wären sie mir zu geistlos. Sie haben etwas von der Putennatur der Frau: schön und dumm. Ich muß für mein Teil bekennen: wenn ich mir selbst so etwas kaufen könnte, – was wohl nie der Fall sein wird – ich halte mich doch lieber an das hier.» Und damit hob Hermann Gutzeit das Buch, das er vor seinen Augen hielt, hoch in die Luft und schwenkte es wie eine Standarte hin und her. «Aber Sie scheinen dem ja auch nicht böse zu sein, Doktor, wie diese Wand da zeigt. Ihre Bibliothek – um die beneide ich Sie! Wenn wir teilen – wissen Sie, nach den nächsten Wahlen, wenn wir den Zukunftsstaat proklamieren – dann nehme *ich* sie; Sie können das andere da behalten.»

«Ja», sagte Doktor Herzfeld – sein Blick war immer noch bei der apfelgrünen Flasche «wenn wir soweit sind, sprechen Sie wieder bei mir vor. Sie sollen sie kriegen. Ich mache mir nicht mehr viel draus. Ich finde, das Hübscheste an den Büchern ist das Aufschneiden. Wissen Sie – man nimmt das Elfenbeinmesser hier, lehnt sich in den Sessel zurück und beginnt so ganz langsam und gemächlich Seite für Seite aufzutrennen… vor allem muß es ein gutes, rauhes Papier sein, daß so kleine Fusseln am Rand stehen bleiben. Und dann liest man mal hier eine halbe Seite und mal da eine oder zwei, wird gelangweilt, interessiert, entzückt oder angewidert… aber man hat doch den vollen Duft des Ganzen. Das ist wundervoll…! Erwähnten Sie nicht vorhin den Vergleich mit der Trüffel? – Nun, ein richtiger Gourmet weiß, daß das Schönste bei der Trüffel der Augenblick ist, in dem er die Serviette öffnet und ihm der Geruch entgegenschlägt – dann vielleicht noch die Zeit, da er sie schält. Aber sicher nicht die Minute, da er sie ißt. Unter uns, Hermann Gutzeit: *gelesen* habe ich wohl die Bücher nicht alle – aber aufgeschnitten und den Duft eingesogen – das habe ich von den meisten.»

«Goldschmidt soll auch eine gute Bibliothek haben», warf Hermann Gutzeit unbestimmt ein, als gäbe er eine unverbürgte Zeitungsnachricht weiter.

«Ich kenn' sie», sagte Doktor Herzfeld, «er ist literarisch nachtblind. Er hat nur die Sachen, die man haben muß. Er hat bei seiner universellen Unbildung immer die Bücher gekauft, die Erfolg hatten. Und der Erfolg wird bekanntlich bei uns von Frauen gemacht – aber die literarische Wertung gottlob noch manchmal von Männern. Unter meinen allerbesten Büchern, die selbst *ich* stets wieder lese, sind viele, die verramscht wurden, und die auch dann noch nicht gingen. Vielleicht bin ich alt geworden. Wissen Sie, vor fünfzehn Jahren, da schien es mir, als ob man wüßte, wo das Steuer hintreibt; aber man hat es wieder vergessen. Die, welche einst etwas gaben im Taumel der Jugend, sind vielfach klein und unsicher geworden, und das Schiff scheint mir von neuem das gleiche willenlose Wrack zu sein, wie es vordem war. Auf einen Moment der Besinnung, der Hellsichtigkeit Jahre blinden Tappens. Und dabei immer das Fieber der Nervosität: das Morgen soll das Heute übertrumpfen, und jedes hat nur Wert im Verhältnis zum Vorangegangenen; nicht in sich selbst. Wohin aber diese Leiter führen soll, weiß niemand. Ich bin von der Überschätzung des Gedruckten sehr zurückgekommen, und sowie wir mit dem Zukunftsstaat so weit sind und es an das Teilen geht – erinnern Sie mich daran, Hermann Gutzeit dann sollen Sie alle meine Bücher haben. Nur ein paar will ich mir zurückbehalten – sie wären doch nichts für Sie. Aber sonst sind im ganzen Bücher für mich eine Sache, die ich leicht satt bekomme.»

«*Ich* könnte sie *nicht* entbehren», warf Hermann Gutzeit ein und fühlte sich überlegen: er war vom Handwerk, aber der andere war doch heute eigentlich nur noch ein Bönhase.

«Ja», sagte Doktor Herzfeld sehr langsam und nachdenklich, «vielleicht nehme ich doch Lyrik aus, weil sie schön und sinnlos ist, weil sie meist den Sinn der Schönheit opfert, opfern muß. Alle gute Lyrik hat einen unlösbaren Bodensatz von Wahnsinn. Ich habe zum Beispiel eine zärtliche Vorliebe für Sonette. Sie sind wie das Leben: sie erzeugen Erwartungen, wecken Hoffnungen, geben seltsame Verwicklungen und klingen zum Schluß doch wider Erwarten schnell und schwermütig aus. – Aber auch die Verse sollen Sie mitbekommen, wenn es an die Teilung geht. Im ganzen hänge ich doch mehr an der sichtbaren als an der schreibbaren Welt.»

«Können wir nicht bald mit der Teilung anfangen?» sagte Hermann Gutzeit lächelnd und blickte dabei doch mit sehr verliebten Augen die langen Bücherreihen entlang.

Aber Doktor Herzfeld hatte nicht hingehört. Ihn übermannten die Empfindungen. «Maler möchte ich sein!» rief er plötzlich, wider seine Art fast hart und zornig, «oder mit geschwärztem Gesicht schöne Farben aus einer Ofenglut locken. Oder schlafende Formen aus dem Stein erwecken. Und da ich das nicht kann, halte ich mich eben an meinen paar Dingen hier schadlos. Ich will Ihnen mal eine kleine, sehr einfache und ganz alltägliche Fabel erzählen. Ein Mann wollte eine Lampe anzünden. Er strich ein Zündholz an, hob den Zylinder, und der Docht flammte auf. Erfreut darüber wollte er das Zündholz auspusten; aber er blies die Lampe aus und verbrannte sich am Zündholz die Finger… der Mann bin *ich. Sie* aber, Hermann Gutzeit, haben Frau und Kinder. Für Sie *können* auch Bücher genug sein. Es sind gleichsam geistige Nährsalze für Sie. Sie würden nicht gerade verkümmern ohne sie, aber sie sind doch für den gesamten Organismus sehr nützlich. Aber *ich* habe *weder* Frau noch Kind, Hermann Gutzeit – ich habe keine Seele auf der Welt, – und ich brauche etwas, an das sich meine Sinne klammern können. Für mich bedeutet der Reiz der stummen Dinge hier um mich mehr. All ihre Sonderlichkeiten sind *mehr* als die Stunde Anregung, Zerstreuung oder Freude oder Begeisterung, die Sie aus Ihrer Literatur sich holen; ja, ich möchte fast sagen: es ist gar nicht damit zu vergleichen, wird gerade auf der Gegenseite des Daseins verbucht. Es ist etwas rein und durchaus Sinnliches; schön, beseligend und schmerzvoll zugleich – eben weil bei allen Entzückungen, die sich bis zur Leidenschaft steigern können, man zum Schluß doch empfindet, daß es nur ein Surrogat ist für die feinsten lebendigen Beziehungen von Mensch zu Mensch, für die letzte Beseligung, die darin liegt, zu wissen: dir gehört ein Mensch, zu wissen, es gibt Wesen – noch jung, seidenweich und lebenserfüllter, als du

– an denen du deswegen mit deinem ganzen Fühlen hängst, weil sie ein Stück von dir sind. – Und wenn wir uns auch oft vortäuschen wollen: wir hätten Besseres eingetauscht, Reineres und Köstlicheres, das uns nicht trügen wird, so vergessen wir doch darüber nie, daß es eigentlich nur ein kümmerlicher Ersatz ist für das, was wir vom Leben erträumt haben und was es uns eben versagt hat.»

Hermann Gutzeit hatte das Buch sinken lassen und aufmerksam und sehr ernst gelauscht. «Ja», meinte er, die Zähne auf den Lippen. «Sie haben recht. Ich *habe* Frau und Kinder. Aber bald werde ich...»

«Ich weiß nicht, ob Sie van Gogh kennen?»

Hermann Gutzeit nickte mit jenem beistimmenden und bejahenden Nicken, das deutlich sagt: ‹selbstverständlich kenne ich ihn – niemals habe ich bisher in meinem Leben auch nur ein Wort von diesem Menschen gehört!›

«Ich empfehle Ihnen seine Gemälde», fuhr Doktor Herzfeld mit ganz leiser Ironie fort, «sie würden die humorvollsten Erlebnisse Ihres Daseins werden, alter Freund, sie wären eine Quelle ungetrübtester Heiterkeit für Sie, etwas, woran Sie denken können, wenn Sie mißgestimmt sind – und gleich werden Sie vergnügt werden. Aber – der van Gogh hat auch Briefe geschrieben – meist an seinen Bruder – die sind weniger komisch; eher langweilig. Es wird da unangenehm viel über Malerei gefachsimpelt, und man entdeckt, daß er seine komischen Sachen ganz ernst gemeint hat. Aber eine Stelle darin, die ist gar nicht so übel. Da sagt er mal – warten Sie; vielleicht bringe ich es zusammen...: ‹Gott ja›, schreibt er an seinen Bruder, der Kunsthändler war, ‹mir wird es mehr und mehr klar, daß die Menschen die Wurzel alles Lebens sind... und wenn es auch ein melancholisches Gefühl bleibt, nicht im richtigen Leben zu stehen› – und jetzt kommt eine entzückende Klammer, eine Parenthese, einfach zum Küssen! die habe ich genau behalten: ‹insofern, als es richtiger wäre, in lebendigem Fleische, als in Farbe oder Ton zu arbeiten, insofern man lieber Kinder machen als Kunst oder Kunsthandel treiben sollte‹... Hier schließt die Klammer. Und nun der sanft schmerzliche, versöhnende Ausklang: – ‹so empfindet man doch wenigstens, daß man lebt, wenn man bedenkt, daß man Freunde unter solchen hat, die auch nicht im wirklichen Leben stehen.› »

«Das ist aber wundervoll!» rief Hermann Gutzeit erstaunt.

«Ja», sagte Doktor Herzfeld – «es ist wirklich nicht schlecht. Und das Merkwürdigste: es enthält sogar eine Wahrheit. Es gibt wahrhaftig eine Art von Geheimbund unter uns. Wie die Freimaurer sich untereinander am Klopfen und am Händedruck erkennen, so erkennen wir den andern, der auch nichts mit dem Leben anzufangen weiß und deshalb die Kunst liebt, daran, wie er ein Stück in die Hand nimmt. Es kommen manchmal Leute zu mir, um sich meine paar Dinge anzusehen, die Interesse daran haben oder aus Neugier oder Liebenswürdigkeit vorgeben, es zu haben: denen gebe ich irgend ein zweitklassiges Stück in die Hand. Und nur, wie sie es anfassen, daran sehe ich schon, ob sie Mitglieder unseres Geheimbundes sind oder nicht. Und wir haben unser eigenes Rotwelsch – wir verstehen uns oft durch *ein* Wort, durch *eine* Handbewegung, durch einen Blick.»

«Nun», sagte Hermann Gutzeit nachdenklich, «es ist ja, wie die Dinge heute liegen, nicht ganz unmöglich, daß ich auch noch mal in Ihren Geheimbund eintrete.»

«Nein, Hermann Gutzeit», sagte Doktor Herzfeld lächelnd und taktierte dabei mit dem elfenbeinernen Falzbein, «man wird *aufgenommen*, man kann nicht eintreten.»

«Ich habe mich noch nicht gemeldet», rief Hermann Gutzeit laut und belustigt, «und ich kann noch jede Stunde meine Absicht ändern. Aber später, wenn ich einmal reich bin, dann würde das doch unbedingt dazu gehören.»

«*Sie* werden nicht reich!»

«Oh – ich bin schon ein paar Mal ganz dicht dran gewesen – ich fühlte gleichsam schon Fortunas goldene Stirnlocke in meinen Fingern – aber möglich, daß ich nicht fest zugepackt hatte – möglich, daß ich im Augenblick an etwas anderes dachte und die Hand wieder aufmachte… jedesmal war sie – wutsch! – wieder weg. Aber wenn ich sie noch mal zu packen kriege, dann halte ich sie fest, – hier, sehen Sie sich die Handschuhnummer an – fest wie mit ’nem Schraubstock!»

«Ja, Hermann Gutzeit, und was hätten Sie *dann?* Ich fürchte, so weit ich Sie kenne, es ginge Ihnen wie dem pensionierten Briefträger: selbst wenn er schon keine Tasche mehr um hat, sieht man immer noch den langen Streifen vom Riemen überm Rücken. Und endlich – das langt ja alles nicht. Man kommt doch zu nichts Rechtem, wenn man *allein* arbeitet. Wirklich reich wird man nur, wenn man Fremde schlecht bezahlt und für sich arbeiten und denken läßt. Alles andere ist Stümperei. Im besten Fall bringen wir es so weit, daß gerade mal der Knüppel nicht mehr so ganz dicht über uns hängt – weiter nicht.»

«Ich wäre vorerst auch *damit* zufrieden», sagte Hermann Gutzeit und schob das Bändchen wieder in das Regal zurück und suchte mit seinen kurzsichtigen Augen die Bücherreihen entlang nach einem neuen Opfer.

«Ja – aber wenn Sie weiter sich nur von Büchern und Gedrucktem nähren, ist auch *dafür* wenig Aussicht vorhanden. Alle Leute, die in der Literatur etwas geleistet haben, haben eigentlich die Literatur verachtet oder gehaßt. Sie ist der Kirchhof der Meinungen. Sie wissen doch: *die* Menschen, die die fünfzig besten Bücher auf der Welt geschrieben haben, haben sie sicherlich nie gelesen!»

Aber Hermann Gutzeit ließ sich nicht stören. Er hatte schon wieder einen neuen Band beim Wickel.

»Diesen Björnson kenne ich nicht», sagte er mit einer halb erstaunten, halb beleidigten Miene – erstaunt, daß die Möglichkeit offen blieb, *er* kenne etwas von Björnson nicht – und beleidigt, daß dieser Dichtersmann etwas geschrieben, das man *ihm* bis zu dieser Stunde unterschlagen hatte.

»Sie haben nicht viel verloren», sagte Doktor Herzfeld und blickte vom Schreibtisch aus herüber. «Ich glaube, es ist noch eine seiner besten frühen Arbeiten. Aber trotzdem – ich *habe* nun mal für entgleiste Pastoren nichts übrig. Die Welt *soll* nicht gebessert werden und am wenigsten durch Bücher.»

«Über unsere Kraft!» warf Hermann Gutzeit im Klang des tiefsten Vorwurfs ein, den man nur gegen jemand anwendet, der es wagt, die ‹heiligsten Güter› frivol in Frage zu stellen.

«Gewiß! Gewiß! – Aber er bleibt trotz alledem eine Trompete, der die tiefen Töne fehlen. Ich weiß: der Norden verehrt ihn unendlich; aber mich erinnert er immer an die Heftchen, die man in den Papierhandlungen der Vorstädte findet: ‹der kleine Kavalier in der Westentasche, wie er sein soll.› Er ist für mich eigentlich das Urbild des Dichters, wie er *nicht* sein soll. – Nehmen Sie lieber irgend einen Hamsun, den Sie nicht kennen.»

Hermann Gutzeit ließ das Buch nicht aus den Fingern. «Nein», sagte er, wie man zu jemand spricht, auf den man aus irgendwelchen Gründen mehr Rücksicht zu nehmen hat, als er eigentlich beanspruchen kann – «ich möchte es *doch* mal lesen, wenn Sie es mir borgen wollen. – Sehen Sie mich nicht so an! Ich habe wirklich kein einziges Buch mehr von Ihnen, Herr Doktor… Aber verstehen Sie – ich werde jetzt voraussichtlich die nächsten Tage sehr allein sein – und das wird mir zuerst nicht leicht werden – und es gibt doch manches, das ich sehr vermissen werde; wenn es auch seit Jahren ein ewiges Tauziehen um die Kinder ist zwischen mir und meiner Frau – denn man will doch geistige und interessierte Menschen aus ihnen machen und sträubt sich dagegen, daß sie einfach armselige, dekorative Statisten im Dasein werden sollen. Und wenn es auch scheint, daß es mir *nicht* gelingt, die Kinder auf meine Seite zu bekommen – man hängt eben doch an ihnen, mehr als man sagen kann. Wissen Sie – wenn man solch einem Bengel einmal übers Haar streicht und sagt: ‹Na, was gibt's – was hast du denn wieder ausgefressen?!› und er, halb ärgerlich, halb scheu und doch ein ganz klein wenig beglückt einen dabei anguckt mit seinen frechen Jungensaugen – das vermißt man schon – das wird mir schon verdammt fehlen. Und dann – wenn man mit einer Frau so lange zusammen ist, so viel zusammen durchmacht – zwei Kinder haben wir leider verloren; eins nach ein paar Wochen und eins nach zehn Monaten – und wenn man soviel gemeinsame Erinnerungen hat» – er lächelte – «ich denke da grade an etwas – na, das geht *Sie* ja nichts an – da kann eigentlich kommen, was mag, und man kann glauben, man hätte überhaupt nichts mehr miteinander zu tun… man löscht es eben *doch* nicht ganz aus; das merkt man jede Minute wieder. – Aber sagen Sie mir: *was* soll ich machen? Ich tue doch schon, was nur irgend geht. Ich sage mir ganz ruhig und überlegt: ich will den Kindern nicht die Mutter nehmen, und der Mutter nicht die Kinder. Zusammen *können* wir nicht bleiben – also gehe *ich* lieber fort. Ich bin *einer* – sie sind in der Überzahl. Ich kann am ehesten ohne sie auskommen, und sie am leichtesten ohne meine Gegenwart. Ändern wird sich eigentlich dadurch gar nichts. Denn sorgen muß ich ja doch für sie – nach wie vor. Ein anderer tut's nämlich nicht. – Ich versichere Ihnen, Doktor, es hat schwer gehalten, bis ich soweit mit mir zur Klarheit gekommen bin. Was ich in den letzten Tagen so durchgekostet habe, das wünsche ich meinem ärgsten Feind nicht. – Aber sagen Sie nun selbst: *kann* ich etwas anderes tun? –Wissen Sie vielleicht sonst einen Ausweg?!»

«Ich habe darüber keine Meinung», sagte Doktor Herzfeld – «nur eine Ansicht.»

«Und die – ?» rief der andere und hielt in seiner Unentwegten Wanderung die Regale auf und ab plötzlich wie mit einem Ruck an.

«Ich bin zu alt geworden, Hermann Gutzeit, um noch Ansichten zu äußern, wenn die andern ‹Kopf oder Wappen› spielen. Wie die Münze fällt, so lasse ich sie fallen. Ich habe *einmal* in meinem Leben durch eine Ansicht beinahe das schlimmste Unheil angerichtet. Es war etwas ganz ähnliches wie mit Ihnen – es war auch eine Ehe, die am Zerbrechen war. Und *meine* Ansicht, die ich dem andern aufzwang, hieß: zerbrich sie ganz. Wir haben damals auch eine volle lange Winternacht gesprochen, wie wir beide heute – geredet und gekämpft auf Leben und Tod. Und als alles im reinen war, als wir beide nur den einen letzten Ausweg gefunden hatten, da rief es in mir, daß ich das nicht auf mich nehmen könne, daß niemand da oben mir die Entscheidung über Menschenschicksale und Menschenleben anvertraut hätte, die ich plötzlich in meinen Händen fühlte wie zuckende, herzklopfende Vögel. Und ich beschwor den andern: das ist ja alles Unsinn, was wir da geredet haben – versuche es noch einmal. Und wenn das *auch* wieder ein Fehlschlag ist, dann tue, was du für gut hältst.»

«Nun – und was ist daraus später geworden?» fragte Hermann Gutzeit, so erregt, als hoffe er auf einen Orakelspruch.

«Oh, das ist schon Jahre und Jahre her», sagte Doktor Herzfeld seelenruhig – «wenn ich die beiden jetzt sehe, dann denke ich immer daran, wie wahnsinnig leichtfertig es doch von einem Unbeteiligten ist, mit einer brennenden Zigarette in einen Benzinschuppen zu gehen. Die Ehe enthält zuviel Explosivstoffe.»

Wenn Hermann Gutzeit nur etwas ruhiger gewesen wäre,

so wäre ihm vielleicht aufgefallen, wie es nur kam, daß Doktor Herzfeld noch vor wenigen Stunden eine ganz bestimmte Meinung verfochten hatte und jetzt kaum noch die Andeutung einer Ansicht sich entlocken ließ. Aber Doktor Herzfeld war Menschenkenner genug, um genau zu wissen, daß wir stets nur auf eine Bestätigung oder auf einen Widerspruch warten, um dann auf jeden Fall das zu tun, was wir uns vorgenommen, was *wir* für das Richtige halten. Sowie aber nichts von alledem erfolgt, wir keine Unterstützung finden und, was noch wichtiger, keinen Widerspruch, dann werden wir schwach und unschlüssig, denn dann liegt jedes Handeln oder Unterlassen ganz auf unseren eigenen Schultern. Wir können nicht sagen: du hast es mir geraten oder: du hast dagegen gesprochen – und deswegen tat ich es. Dann ist eben niemand mehr da, der uns auch nur einen Bruchteil der Verantwortung abnimmt – und gerade das ist es, was wir zu vermeiden streben.

«Ja», rief Hermann Gutzeit und stellte sich breit hinter Doktor Herzfeld und legte dem andern die schwere Hand auf die Schulter, – «ja, wenn Stüber nur noch irgend jemand gewesen wäre! Wenn er nur irgend etwas in die Waagschale hätte legen können – wenn er reich gewesen wäre oder ein faszinierender liebenswürdiger Geist – wenn er sehr ansehnlich gewesen wäre oder ein Sportsmann, ein Freiluftmensch, brutal und sieghaft wenn er selbst nur den einen Vorzug gehabt hätte, daß er sich zehn, fünfzehnJahre weniger auf dieser Welt herumgedrückt hätte als wir beide – ich würde versuchen, darüber hinwegzukommen, versuchen, es zu dem übrigen zu legen. Das Leben ist ja nicht lang genug, um nutzlos sich immer wieder in neue Kämpfe einzulassen. Aber er war so alt wie wir, unansehnlich, arm, ein Schwadroneur, ein unbestimmbarer dunkler Ehrenmann eigentlich, den man nur zu bald durchschaute und den man nur nicht gleich ganz fallen ließ, weil er einem bei alledem doch immer wieder leid tat. Ein Lump war er eigentlich, der einem niemals über die Schwelle hätte kommen dürfen. Ausschwefeln hätte man so etwas sollen wie Ungeziefer! Und wenn nur *eine* Brücke für mich wäre zu diesem Subjekt – das von Betrug jeder Art lebte – ich würde ja nicht zum Äußersten... Ach, wissen schon die Gedanken daran nehmen mir den Verstand. Ich habe einen solchen Ekel in mir, daß es mir ordentlich die Kehle abwürgt!»

«Wir wissen ja gar nicht, Hermann Gutzeit, woher unsere Empfindungen gespeist werden», sagte Doktor Herzfeld nach einer kleinen Pause. «Wie kann dann eine Frau sich darüber Rechenschaft geben, die doch noch viel inniger mit den Urmächten des Seins verbunden ist – ?»

Doktor Herzfeld hörte sich sprechen, und er hörte, wie seine Stimme von einer inneren Unruhe schwankte und vibrierte. Alle die Erregungen und Erlebnisse der Nacht hatten ihn doch mehr gepackt, als er das zuerst gemerkt hatte. Er kannte sich. So etwas kam bei ihm dann nach, hetzte und jagte ihn tagelang, ließ ihn zu nichts kommen, nicht lesen, nicht schreiben – kaum essen und schlafen. Er war dann nur noch ein Bündel zitternder Nerven, geschüttelt von Unrast, Angst und Lebensüberdruß. Und doch wäre es ihm noch lieber gewesen, wenn er jetzt den leicht klagenden, etwas gesprungenen Laut seiner eigenen Stimme gehört hätte, als nun dem Klang, dem leisen Brodeln der Stille zu lauschen, die auf seine Worte folgte, und in der das mächtig wurde, was er seit bald einer Stunde immer wieder niedergeschrien hatte, wie einen lästigen Gegner in der Versammlung, den man mundtot machen will, und der doch nur gelassen und lächelnd darauf wartet, daß man aufhört, damit er mit ungeschwächter Kraft beginnen kann.

Auch Hermann Gutzeit zog es jetzt vor, zu schweigen, nachzudenken, und er hatte mit einer unablässigen Wanderung an den Bücherregalen auf und ab wieder begonnen – immer sechs Schritt hin – eine Schwenkung – sechs Schritte zurück. Und seine Stiefelsohlen knarrten, knarrten leise – unausstehlich leise. Wenn sie es noch brutal und laut getan hätten, dann hätte man es ja ertragen können, – aber sie taten es ganz fein und hinterlistig, und sie machten dadurch die helle Morgenstille nur noch quälender für Doktor Herzfeld.

Aber Hermann Gutzeit tappte unbefangen – er wußte wohl gar nicht, *daß* er es tat – weiter. Geräusche hatten keinen Einfluß auf ihn – er hätte jetzt ebenso gut Schieferstifte angeschärft. Nein – eigentlich war doch dieser Hermann Gutzeit da nicht sein Mann. Er war wohl noch der besten einer von den Ditopassabeln. Aber er war ihm zu gesund, zu einfach Gesundheit macht die

Menschen undifferenziert.

Da riß ein schnarrender, schriller Laut, ein kurzes, ängstliches Anschlagen der elektrischen Klingel, in die atemberaubende Ruhe hinein – und die beiden schraken zusammen. Hermann Gutzeit blieb stehen und streckte den großen Kopf vor, lauschte, wie man angstvoll lauscht, wenn man Einbrecher und Diebe fürchtet. Und auch die Züge des Doktor Herzfeld zeigten ebenso harte, gespannte Aufmerksamkeit.

«Oh» – sagte er in einem Ton, als wolle er sich und den andern beruhigen – «das muß der Bäcker sein; nichts weiter. Der klingelt wohl immer. Oder etwa schon die Zeitung?»

Aber da kam das Klingeln wieder – dieses Mal laut, grell, lang und schreiend, als ob der draußen jetzt erst ordentlich Mut bekommen. Es war, wie wenn in jedem Zimmer eine Glocke schrillte.

«Na» – sagte Doktor Herzfeld, «da will ich doch mal sehen», und er erhob sich und ging öffnen.

Ein schlanker Junge im saubern blauen Schulanzug, ein Bengel so von zwölf, dreizehn Jahren stand draußen, blond, blauäugig, mit gerötetem Gesicht und machte eine verlegene, manierliche Verbeugung.

«Ich soll mich entschuldigen, wenn ich so früh schon störe – aber meine Mutter läßt fragen, ob Sie vielleicht gestern abend mit meinem Vater zusammen gewesen wären.»

Doktor Herzfeld lächelte.

«Gewiß, mein Sohn», sagte er und konnte sich nicht enthalten, ihm die Hand auf den Kopf zu legen. Was das für ein hübscher Bursche war! Und ein frecher, ruppiger, respektloser Kerl dabei – gewiß ein Raufbold und Strolch; – aber Jungens dürfen nicht anders sein.

«Ja – und meine Mutter läßt noch fragen, wie lange Sie denn mit Papa zusammen waren, und wann und wo Sie auseinander gegangen sind. Sie ängstigt sich nämlich sehr. Papa ist bisher noch nicht nach Hause gekommen. Und sie hat mich geweckt. Und sie hat sich schon angezogen, weil sie dann gleich zur Polizei gehen will.»

Doktor Herzfeld lächelte wieder – ein braver kleiner Herr: wie der sich als Mann fühlte, weil er bei einer so ernsten und wichtigen Sache mitspielen durfte.

«Wann wir auseinander gegangen sind, will deine Mutter wissen? – Bisher noch gar nicht. Aber du kannst ja deinem Vater all das selbst bestellen, da drin sitzt er. Komm nur rein, mein Sohn.»

Hermann Gutzeit erschien in der Tür.

«Kurt!» rief er und versuchte seiner Stimme den Klang der vis paterna zu geben, um seiner Rührung Herr zu werden. «Kurt – warte einen Augenblick, ich werde dir ein paar Zeilen an Mutter mitgeben.»

«Na komm rein, Kurt», rief Doktor Herzfeld – «wozu sollst du so lange draußen stehen!»

Kurt kam ganz still mit gesenktem Kopf hineingeschlichen. Er fühlte sich bedrückt. Ganz dämmerhaft wurde er sich des Ernstes der Situation bewußt. – Nein – so sehr Kind, wie die andern glaubten, war er doch nicht.

Hermann Gutzeit saß am Schreibtisch und schrieb mit hastiger, kratzender Feder. Kurt trat mit einem Fuß auf den andern, blickte mit sehr erstaunten Augen um sich und spionierte heimlich um die Ecke in das Nebenzimmer hinein, wo es gleichfalls sehr Merkwürdiges gab, das er noch nie gesehen hatte.

Aber jetzt war nicht der Augenblick, um sich mit äußeren Dingen zu beschäftigen – jetzt, da er gleichsam in die Versammlung der Erwachsenen aufgenommen war.

Doktor Herzfeld aber war im Vorübergehen an eine kleine Etagere getreten, hatte mit schneller Bewegung, mit einem unauffälligen Griff aus dem Blechschächtelchen eine tüchtige Hand voll Zigaretten genommen und war dann ganz unauffällig an Kurt vorbei gegangen und hatte ihm die Zigaretten wortlos in die halbgeöffnete Knabenhand geschoben und die dünnen Finger mit einer kurzen Bewegung über ihnen zusammengedrückt. Kurt aber hatte ganz heimlich und angstvoll zum Vater hinübergeschielt – ob der auch nichts merke; – aber der war wo anders. Und dann hatte Kurt, ohne sich zu regen, ganz absichtslos die Hand mit den Zigaretten in die Tasche geschoben und sie sofort leer wieder zurückgebracht, während er dabei Doktor Herzfeld aus den Augenwinkeln ansah: du bist mein Mann, du verstehst mich und unterschätzt mich nicht wie die andern, diese Flachkopfindianer, die immer noch glauben, daß ich zehn Jahre wäre!

Hermann Gutzeit überflog noch einmal die Zeilen und der Schriftsteller regte sich in ihm. Wirklich – das war gar nicht so übel, was er da geschrieben hatte – einfach, ohne Pose und dabei doch sehr rührend. Er wurde im Augenblick davon so bewegt, daß er einen Schlucken bekam, sein Heldenmut ergriff ihn unendlich.

«Kurt», sagte er und versuchte sich zu beherrschen, «gib das hier deiner Mutter. Und hier» – er suchte in seinem Portemonnaie – «hier, dafür kannst du dir was kaufen, mein Sohn, weil – weil – weil du so früh heute aufgestanden bist.»

Kurt fühlte eine Mark in seiner Hand, und plötzlich dämmerte etwas in ihm auf: «Kommst du denn nicht herunter, Papa?» fragte er ängstlich und hielt doch das Geldstück ganz fest, denn er fürchtete, er würde «Ja» sagen, und dann müsse er gewiß die Mark unten wiedergeben.

Hermann Gutzeit war sehr gerührt. So nett und wohl erzogen war ihm der Junge eigentlich noch nie vorgekommen. Er wußte sich doch zu benehmen. Zu Hause brüllte er stets durch die ganze Wohnung wie ein Wildesel. «Gib nur das an Mama», sagte er schluckend, «es ist schon gut.»

Und Kurt dienerte gegen Doktor Herzfeld und warf ihm dabei doch einen Blick zu: du könntest schon mein Freund werden! – Aber, daß du dich nicht etwa unterstehst, meinem Vater etwas zu sagen...

Und dann nahm er den Kopf zwischen die Schultern, und man hörte ihn, nachdem die Tür schon lange geklappt hatte, draußen immer noch die Treppe hinunterpoltern – in großen Sprüngen, drei Stufen auf einmal. Er war sehr zufrieden mit dem Morgenspaziergang; das lohnte sich schon! Zigaretten hatte er eine ganze Tasche voll – und eine Mark! Eine runde Mark! Um noch viel mehr zu kaufen, wenn die erst verqualmt waren.

Und wieder lag oben das helle Schweigen in den Räumen. Sie hatten jetzt beide die Rollen vertauscht. Hermann Gutzeit saß am Schreibtisch und stützte den Kopf, und Doktor Herzfeld ging an den Büchern auf und nieder. Und wenn Hermann Gutzeit nicht in diesem Augenblick unsagbares Mitleid mit sich selbst gehabt hätte, der er jetzt vom warmen Herd – nie bisher war er ihm so erschienen – freiwillig fortwandern mußte, um sich in die heim- und gastlose Wildnis zu vergraben… so wäre es ihm vielleicht aufgefallen, daß Doktor Herzfeld so einen ganz leise lächelnden, spöttischen Ausdruck um den Mund hatte, der wirklich dem Ernst der Lage durchaus nicht angemessen war.

«Ja», sagte Hermann Gutzeit, und schon in diesem ‹ja› lag eine flehentliche Bitte um Zustimmung, «ich habe getan, was ich tun mußte: ich habe meiner Frau geschrieben, daß wir uns vielleicht demnächst einmal am dritten Ort sprechen würden, um alles zu ordnen, daß ich aber nicht wieder zurückkehre. Sie solle den Kindern *die* Treue halten, die mir zu halten sie sich nicht verpflichtet glaubte, –» hier schwankte schon die Stimme Hermann Gutzeits – «ich ginge ohne Groll, nur mit einem unsagbar schmerzlichen Gefühl, –» hier versagte die Stimme ganz – «und wünsche ihr, daß sie diese Trennung nach so langer Zeit besser tragen möchte, als es mir möglich ist.»

Aber seltsam – Doktor Herzfeld wurde durchaus nicht von der Rede Hermann Gutzeits gepackt, und er dachte im Gegenteil an die Worte, die Bismarck zu dem Battenberger gesagt hatte: Warum nicht – es wird für Sie später mal jedenfalls eine angenehme Erinnerung sein. Aber er sagte nichts von dem. Denn man ist doch nicht deswegen mit jemand gut bekannt, um ihm Wahrheiten zu sagen. Und er wäre auch gar nicht dazu gekommen, viel zu sagen, denn schon wieder erschütterte die Klingel die Wohnung, die doch kaum von dem ersten Anschlagen der Glocke zur Ruhe gekommen war.

«Dieses Mal ist es aber sicher der Bäcker», meinte Doktor Herzfeld in einem Ton, der deutlich sagte: ‹er ist es zwar nicht, aber er *soll* es sein!› Doch selbst Hermann Gutzeit glaubte es nicht. «Vielleicht ist es wieder der Kurt», sagte er und wollte gehen, um zu öffnen. Aber Doktor Herzfeld kam ihm zuvor.

Und richtig – da stand Frau Gutzeit selbst, schon am frühesten Morgen in einem moosgrünen Jackett und wohlfrisiert, auf dem Treppenabsatz – etwas erregt, aber sonst ganz frisch und ausgeschlafen. Sie war stattlich und semmelblond und hatte ein Doppelkinn, das sich schon ziemlich zu hundertachtzig bis zweihundert Grad um das rosige und gesunde Kindergesicht legte. Resolut sah sie aus und nicht gerade sehr nachdenksam und nicht besonders klug. Aber sie schien von gesundem Verstand. Alles in allem schien sie eine prächtige Frau, die ihren Kindern Katzenköpfe geben könnte, daß es nur so krachte, und immer dorthin gehen würde, wo das Rindfleisch einen Groschen billiger war, die sich nicht schämte, sich ans Waschfaß zu stellen, und die doch nachher auf der Straße aussah, als ginge sie nur, um sich etwas Bewegung zu machen, und als führe das Auto langsam hinterher. So sah sie aus. Dabei war sie sicher faszinierend, geradezu erfrischend geistlos, und all die Dinge, um die sich die andern, die Nervenmenschen, quälten, scherten sie den Deut. Sie war eine geborene Ehefrau. Man *konnte* sie sich gar nicht kinderlos und unverheiratet vorstellen sie war ganz die Frau, die man sich erträumt: eine rastspendende Oase in der Wüste unseres Lebens – entzückend und langweilig! – Nein – die große babylonische Buhlerin, wie es Hermann Gutzeit erschien, war sie sicher nicht. Zwar – man kann sich täuschen: immerhin, sie hatte viel Ringe an den Fingern. Jeder Ring einer Frau ist die Trophäe einer verlorenen Schlacht…

Doktor Herzfeld betrachtete Frau Gutzeit einen Moment mit sehr erstaunten Blicken. Was würde das werden? – Dann aber lächelte er herzgewinnend: richtig hier hatte sie ihn ja sicher. Unten auf der Treppe hätte er ihr entwischen können.

«Verzeihen Sie, daß ich in so früher Stunde störe», sagte Frau Gutzeit und setzte ihr freundlichstes Gesicht auf. «Aber könnte ich vielleicht nur einen Augenblick meinen Mann sprechen?»

«Bitte, gnädige Frau, wenn er nichts dagegen hat; ich wüßte nicht, was *ich* dagegen einwenden sollte», sagte Doktor Herzfeld, ganz Kavalier. Innerlich fühlte er sich sehr belustigt – die Woche fängt gut an!

Hermann Gutzeit stand am Fenster und sah mit schwerer Absichtlichkeit über die besonnten Dächer fort, stierte unentwegt der Dame, die da hinten auf dem Dachrand beim Schild hockte, auf die ausladenden Riesenformen der Kehrseite.

Er fand das Benehmen dieser Person schamlos. Wie konnte sie es wagen, ihm auf seine Zeilen hin noch einmal jetzt unter die Augen zu treten. Aber er wollte es wie König Jakob machen: «Ich hör dich nicht, ich seh dich nicht – das ist alles, was ich kann!»

Doktor Herzfeld war an der Tür stehen geblieben, um sich in das Nebenzimmer zurückzuziehen. Er wollte nicht stören.

«Oh, bleiben Sie nur ruhig, Herr Doktor», sagte Hermann Gutzeit, der seine Bewegung sah.

«Hermann», sagte Frau Gutzeit – und sie sagte es so weich, wie das unter Ehegatten bei einiger Erregung nur möglich ist – «Hermann, möchtest du nicht so freundlich sein, zum Kaffee mit herunterzukommen? –Wir können ja da miteinander sprechen.»

«Ich wüßte nicht, was ich noch zu sprechen hätte», sagte Hermann Gutzeit und sah weiter steif und starr zum Fenster hinaus auf die ausladenden Formen der Riesendame. An ihn kam so etwas nicht heran.

«Ja», sagte Frau Gutzeit kopfschüttelnd, im Ton, als ob sie gewohnt sei, von seiten ihres Gatten ungerechtfertigte Beleidigungen zu ertragen – «ich verstehe nämlich deinen Brief nicht ganz. Er ist mir wahrhaftig ziemlich unklar, Männe. Vielleicht erklärst du ihn mir?»

Hermann Gutzeit wandte sich um: «Ich denke, daß du ihn doch verstehen müßtest!» schnellte er heraus, wie mit einem Katapult. Oh – sein Entschluß war felsenfest!

«Ja», sagte Frau Gutzeit, «wenn du von uns gehen willst, von mir und deinen Kindern weggehen möchtest – festbinden kann ich dich gewiß nicht. Aber ich finde es sehr unrecht von dir, Männe.»

Nächstens sagt sie noch «mein Zuckermöpschen», dachte Doktor Herzfeld.

«Sieh mal – es ist nicht alles so, wie es sein soll zwischen uns – nicht so, wie es früher war. Das weiß ich so gut wie du. Aber bei ehrlichem Willen da kann es doch auch wieder werden. An mir allein liegt es doch wahrlich nicht. Das mußt du auch sagen: ich tue was ich kann – ich arbeite von früh bis spät. Daß oft Lärm und Unruhe ist und Uneinigkeit über das und jenes, und daß man das über bekommen kann – bis hierhin – das verstehe ich! Ach Gott, wie oft meinst du, Männe, hätte *ich* schon fortlaufen wollen!»

«Wir können ja ein anderes Mal darüber sprechen», sagte Hermann Gutzeit, scheinbar unsagbar gequält, und warf dabei doch einen kurzen, fragenden Blick auf Doktor Herzfeld, einen

Blick, der durchaus nur für seine Frau bestimmt war. Aber Frau Gutzeit wollte es nicht bemerken.

«Nein, Hermann», sagte sie freundlich und aufrichtig besorgt, – «wenn ich offen sein darf: dafür bist du nicht mehr jung genug.»

«Das habe *ich* ihm auch schon gesagt», meinte Doktor Herzfeld, mit der Klinke in der Hand, ganz, ganz leise, – eigentlich nur für sich. Aber die andern hörten ihn doch.

«Und denke doch – was haben wir alles zusammen durchgemacht! Wir waren doch wirklich nicht immer auf Rosen gebettet, und wir sind gerade so gut und so schlecht miteinander ausgekommen, wie eben zwei Menschen es können, die manchmal nicht satt zu essen haben. Ich will mich nicht besser machen als ich bin, und ich will auch dich nicht besser machen als du bist – ich habe immer für dich Verständnis gehabt und bin zufrieden gewesen, wenn du nur zu mir und den Kindern gut gewesen bist. Ich weiß genau: wenn man einen Hund an der Leine hat, soll man ihn nicht zu kurz lassen.»

Eine famose Frau! dachte Doktor Herzfeld. Er hatte es doch nicht fertig bekommen, hinauszugehen.

Hermann Gutzeit spielte immer noch den Unerbittlichen: ‹ich hör dich nicht – ich seh dich nicht!›

«Ich kann dich ja nicht halten, und ich will dich auch nicht halten», sagte Frau Gutzeit, jetzt etwas weinerlich. «Aber wie du dich so über alles wegsetzen kannst – denk doch an Dresden und an Riva…»

Doktor Herzfeld stand an der Tür. Schon wieder der Douglas!

Hermann Gutzeit aber warf seiner präsumptiven Exgattin einen Blick zu, der in Worte übertragen hieß: Wie kannst du nur so wenig zartfühlend sein und das Wort ‹Dresden› vor den Ohren eines Dritten aussprechen!

«Höre mal, Emma», meinte er dann, – und er wollte hart bleiben, aber seine Stimme klang recht brüchig «wirklich, wir setzen uns da ein anderes Mal auseinander. –Wir reden nämlich doch jetzt einer am andern vorbei: alles, was du sagst, habe ich nie bestritten – du wirst wohl selbst wissen, daß das *nicht* der Grund ist.»

«Ich wüßte sonst *keinen*», sagte Frau Gutzeit mit großem Blick und legte beteuernd die Hand auf den hohen Busen.

«Wir können das doch unmöglich vor Herrn Doktor erörtern», rief Hermann Gutzeit und versuchte, den sittlich Entrüsteten zu spielen.

«Nein!» überschrie ihn Frau Gutzeit – «ich möchte gerade Herrn Doktor bitten, dabei zu bleiben. Er könnte sonst etwas von mir glauben, wozu er nicht das Recht hat. Ich brauche wirklich keinen Dritten zu fürchten!»

«Bin *ich* verrückt oder bist *du* verrückt?» fuhr Hermann Gutzeit auf. Jetzt hatte er die rechte eheliche Sprache gefunden, und eine Verständigung schien sich anzubahnen. «Du erzählst mir ganz offen – oder du gestehst mir sogar, daß du in den letzten Tagen häufig bei Stüber warst. Und da ich nun daraus meine Konsequenzen ziehe, erklärst du mir einfach: ich hätte keinen Grund dazu. Da hört sich doch Verschiedenes auf!»

Schon bei dem Worte ‹hört› hatte Hermann Gutzeit seine alte erregte Wanderung von neuem aufgenommen, und Frau Gutzeit war zufrieden. Jetzt hatte sie Oberwasser.

«Ja», sagte sie, «Männe, ich hatte Herrn Stüber, seitdem er nicht mehr zu uns ins Haus kam – wer kommt denn überhaupt zu uns ins Haus! – nie wieder gesehen. Das schwöre ich dir. Du kannst es mir wirklich glauben. Und ich hätte ihn auch nicht mehr gesehen, wenn er mir nicht so jämmerlich und unglücklich geschrieben hätte. Hier ist der Brief… Gewiß, ich hätte ihn dir gleich zeigen sollen, das gebe ich zu – unumwunden – es war ein Fehler von mir, es nicht zu tun – aber ich sagte mir: vielleicht willst du es nicht; und so kann ich doch dem armen Menschen irgendwie noch behilflich sein.»

«Und da läufst du zu einem wildfremden Mann ins Haus!» schrie Hermann Gutzeit, griff nachdem Brief und riß ihn mit einer brüsken Bewegung vor seine kurzsichtigen Augen. Er fühlte sich im Augenblick ganz daheim.

«Ja», sagte er sehr kleinlaut nach einer Weile, nachdem er geendet – und er war ganz blaß geworden –: «Da siehst du nun wieder, Emma, was bei einem solchen Unsinn herauskommt. Was hätte das um ein Haar geben können!» Nun war er ganz Weltmann. «Herr Doktor, wollen Sie den Brief einmal lesen?»

«Ich glaube nicht, daß ich das Recht dazu habe», sagte Doktor Herzfeld bescheiden und verbeugte sich nach rechts und links. «Ich möchte mich nicht in Ihre privaten Angelegenheiten... irgendwie...»

«Oh, Sie können ihn ruhig lesen», meinte Frati Gutzeit, jetzt schon ganz Wirtin – «ich *möchte* sogar, daß Sie ihn lesen.»

Doktor Herzfeld warf einen Blick darauf. Richtig, das war sie ja, diese Hundertfünfundzwanzigmark-Gehalts Klaue, diese schwungvolle und charakterlose Handschrift, die man nur bekommt, wenn man durch Jahre und Jahrzehnte jeden Nachmittag mindestens dreißig Mal ‹in höflicher Erwiderung auf Ihr Allerwertestes vom achtzehnten‹ schreiben muß. Er kannte sie. Er hatte auch ein paar Briefe mit dieser Handschrift bekommen. Ja, jeder von ihnen hatte ihn ein gutes Goldstück gekostet. Aber *der* Brief war doch besonders kümmerlich. Das war wohl wirklich ein armer Mensch, ein kranker, ächzender Hund, der ihn geschrieben. Nicht einmal mit Tinte – mit Blei. Sicherlich schon vom Bett aus: ‹Hochverehrte gnädige Frau! Ich kann kaum noch annehmen, daß Sie sich meiner erinnern...› Und vor acht bis zehn Tagen war er erst datiert. Nach Liebesbrief sah das wahrlich sehr wenig aus.

«Ja», sagte er und reichte den Brief mit einer tiefen Reverenz an Frau Gutzeit zurück, «es war ganz das, was ich vermutet hatte.» Und er hätte beinahe ebenso laut hinzugesetzt: ‹Wie geduldig doch Papier ist!›

«Und ich kann doch diesen armen Menschen da nicht liegen lassen», begann Frau Gutzeit wieder mit Blick auf ihren Mann. «Ich kann das nicht. *Ich* kann so etwas nicht sehen. Es ist mir gerade, als ob ein Kind von mir krank wäre. Und wenn daraus geworden wäre, *was* wollte, – es würde mir heute *nicht* leid tun, daß ich es getan habe. Ich habe wenigstens die Genugtuung, daß ich Erich Herrn Stüber – die letzten schweren Stunden nicht so ganz allein unter wildfremden Menschen gelassen habe!» Jetzt hatte sie das Ruder in der Hand.

«Ja», meinte Hermann Gutzeit erfreut, daß er so billigen Handels fortkam, und seine Rührung männlich niederkämpfend: «Ja, Liebling, dann entschuldige. Ich habe dir unrecht getan. Verzeihe. Beleidigen, – das wollte ich natürlich nicht.»

«So bist du immer, Männe», sagte Fran Gutzeit mit einem entzückenden Schmollton, mit dem sie gewiß in den letzten Jahren ihren Mann nicht mehr verwöhnt hatte, und den sie sich sonst sicherlich für andere und andere Zwecke aufsparte. «Immer bist du so. Statt dich erst zu überzeugen und in Ruhe mit mir über eine Sache zu reden, denkst du gleich wer weiß was und polterst dann los.»

«Liebes Kind», sagte Hermann Gutzeit überlegen und doch lachend – «wenn einer von uns beiden je für Vernunftsgründe nicht zugänglich war, so bist du es doch! Ach, Doktor, Sie haben ja keine Ahnung mehr, was ein verheirateter Mann alles auszustehen hat: Sie können leichter dieser Tür da etwas mit Gründen klar machen als einer Frau.»

Doktor Herzfeld hatte wieder die Klinke in der Hand, um das Zimmer zu verlassen. Und er lächelte melancholisch bei diesen Worten Hermann Gutzeits vor sich hin.

Hermann Gutzeit aber nahm das als Zustimmung, und er merkte nicht, daß dieses halb traurige Lächeln sich auf etwas anderes bezog, nämlich auf die Seltsamkeit, daß wir zum Schluß doch – wenn wir zuerst auch noch so sehr aufbegehren – Dinge und Menschen so nehmen wie sie sind; ja, daß wir uns sogar noch freuen, dem anderen sagen zu können, *wir* hätten uns getäuscht, daß wir versichern, *wir* wären im Irrtum gewesen, während wir doch ganz genau wissen, daß wir uns im Recht befanden und schmählich betrogen wurden.

«Na», sagte Frau Gutzeit, «Männe, du wirst auch schön müde sein. Und um elf mußt du schon wieder im Bureau sein. Wenn du dich überhaupt noch ein paar Stunden hinlegen willst – dann ist es Zeit. Ich merke jetzt auch, daß ich nicht geschlafen habe. Weißt du, ich kann doch nie recht einschlafen, ehe du nicht zu Hause bist.»

«Wollen Sie mit uns unten eine Tasse Kaffee trinken, Doktor?» unterbrach Hermann Gutzeit.

«Ich möchte keine Unistände machen», entgegnete Doktor Herzfeld mit höflicher Bestimmtheit.

«Umstände!» rief lachend und hell und plötzlich über die Maßen vergnügt Frau Gutzeit, indem sie Doktor Herzfeld ganz unmotiviert zublinzelte – «Kinder, der Kaffee ist im Augenblick fertig.» Und schon stand sie neben ihrem Mann und hielt ihm die rosige, runde Backe zum Kuß hin. Und Hermann Gutzeit streifte sie schnell und scheu mit gespitzten Lippen.

«Nein», sagte Doktor Herzfeld, und er riß seine letzte Nervenkraft zusammen – «Sie müssen mich schon entschuldigen; ich bin zu abgespannt.»

«Dann müssen Sie aber ein ander Mal kommen», meinte Frau Gutzeit. «Wir werden uns sehr freuen, wenn Sie es einmal wahr machen wollten.» Wirklich, jetzt hing sie an ihres Mannes Arm – glücklich, anschmiegsam wie ein Kind. «Bist du mir auch nicht mehr böse?» fragte sie. Nein, sie log nicht. So wenig, wie sie je gelogen hatte. Sie war stets sich und ihrem Empfinden getreu – nur der Gegenstand ihres Empfindens wechselte.

Hermann Gutzeit hatte die Hand Doktor Herzfelds gepackt. «Ich werde Ihnen die heutige Nacht nie vergessen, Doktor», sagte er nicht ohne Erregung, «und wenn ich hundert Jahre alt würde.» Und dabei ließ er seinen Blick sehr wohlgefällig auf dem angenehm und beruhigend blonden Scheitel ruhen, der sich an seine Schulter muschelte.

«Oh», entgegnete Doktor Herzfeld verlegen, «ich wüßte nicht, womit ich Ihren Dank verdient hätte.»

«Nun wollen wir Herrn Doktor wirklich nicht länger stören», rief Frau Gutzeit, um die Szene abzukürzen. «Er wird sich auch freuen, wenn er sich ein wenig hinlegen kann. *Sie* können ja jetzt schlafen, so lange Sie wollen; aber mein armer Mann...»

«Sehe ich Sie heute abend wieder?» meinte Hermann Gutzeit unsicher. Und plötzlich kam ihm so etwas wie die Empfindung, daß er hier vielleicht vor dem andern eine recht klägliche und lächerliche Rolle gespielt hätte.

«Ich denke wohl», meinte Doktor Herzfeld müde «aber wir haben doch jetzt kaum Morgen. Wer weiß, was sich bis zum Abend noch alles ereignen kann...»

«Dann also auf Wiedersehen, lieber– Freund. Und nicht wahr: wie meine Frau hier» – und er blickte von neuem auf den angenehm und beruhigend blonden Scheitel «wie meine Alte hier zu Ihnen sagte – kommen Sie bald mal gemütlich zum Abendbrot.»

«Gern.» Doktor Herzfeld bekam kaum die Zähne auseinander.

«Ich halte Sie aber beim Wort», rief Frau Gutzeit munter. Und schon war sie aus der Tür und hatte ihren Mann mitgezogen. Aber der drehte sich noch einmal im Türrahmen um und sagte ganz leise und lächelnd – mehr mit den Lippen als mit der Stimme: «Grüßen Sie heut nachmittag Ihre Freundin Amélie de Beautemps schön von mir. Vergessen Sie es aber nicht, Herr Doktor!»

Und dann hörte man von draußen sie noch lachen und laut ‹Adieu! Adieu!› rufen, mit dem tiefen Baß und dem helleren Sopran, die sich für das Leben – man nennt das Ehe miteinander vereint hatten…

‹Dieses staatlich konzessionierte Glücksspiel sollte doch verboten werden! Es ist genau so unmoralisch wie alle anderen›, sagte sich Doktor Herzfeld laut – ganz laut – und ließ sich auf den Diwan fallen, der da in der Ecke stand. Und dann begann er zu lachen, hysterisch und krampfhaft zu lachen, daß es ihn nur so schüttelte, daß sein Körper nur so die farbige Decke schlug, die die Polster verhüllte. Das alte Möbel knarrte ordentlich unter Doktor Herzfelds krankem Gelächter, das von den Wänden, von den Büchern, aus allen Ecken der hellen Zimmer widerhallte… ‹Und wäre der Kreuzweg nicht gekommen, er wäre schon wer weiß wie weit… Herr des Himmels: was war dieses ganze Dasein für eine jämmerliche Affenkomödie!› –

Er hatte den Kopf zwischen den Händen und fühlte bis in die Fingerspitzen, wie das Lachen ihn erschütterte.

‹Und da quält nun dieser arme Hund sich sein Lebtag; von morgens bis abends. Sein bißchen Hirn zermartert er, um die paar Groschen daraus zu prägen, die er von Woche zu Woche braucht, um das Dasein kümmerlich weiter zu fristen. Immer wieder von neuem spannt er seine Knochen vor den alten, morschen, grobrädrigen Karren – und *das* ist der Dank! –Ach Gott, und er *will* es ja gar nicht anders haben. Er ist ja froh, wenn er *das* hat. Und er macht gleich beide Augen zu, wenn ihm nur solch eine weiche Hand ein bißchen den alten Kopf kraut.›

Doktor Herzfeld hatte das Gefühl, als ob es ihn erleichtern müßte, wenn er jetzt mit den Fäusten auf irgend etwas losschlagen würde – auf nichts Lebendiges auf einen Tisch, eine Wand, eine Tür, einen Schrank! Einen Trommelwirbel müßte er mit den Fäusten schlagen… blindrasend, bis ihm die Knöchel bluteten. ‹Herrgott, was gingen ihn denn die lächerlichen Sorgen dieses Menschen an?! Er hätte sich doch gleich sagen können, daß das ausging wie das Hornberger Schießen.› –

Eine ganze Weile lag so Doktor Herzfeld still, wie gebunden. Er konnte sich nicht bewegen. Es hätte ihm unsagbare Qual bereitet, auch nur den Fuß zu verrücken oder die halb geöffneten Lider zu schließen, unter denen er in das weiße Licht blinzelte, das der blaue Himmel durch die zarten Maschen der wehenden Mullgardinen ihm entgegenwarf. Seine Gedanken hatten keine Worte, und doch waren sie schärfer, als er je in Worten denken konnte. Es war der Wahnsinn der Einsamkeit, der ihn packte; all die schwere Kümmernis seines Daseins, die ihn plötzlich schüttelte, so daß sein Lachen fast in Schluchzen überging. Die ganzen Erlebnisse der Nacht kamen wieder, die das Tiefste und Geheimste in ihm aufgerührt und zu oberst gekehrt hatten. Und die Worte, die Hermann Gutzeit noch in der Tür geflüstert hatte: Grüßen Sie mir Amélie de… die klangen ihm jetzt im Ohr nach wie eine scharfe Verhöhnung trotzdem sie doch sicherlich eher vertraulich und halb neidisch gemeint waren. So wie einer, der am Ufer bleibt, dem Schiffer zuruft, er solle die fernen, bunten, gefährlichen und abenteuerlichen Gestade grüßen, die sein Fuß doch nie erreichen wird. Der andere aber treibt schweren Herzens in die Wasserwüste hinaus, und Gram und Schmerz würgen ihm im Halse: wenn ihm nur das Steuer gehorchen würde; wie gern würde er umlenken! Was gäbe er darum, wenn er mit dem da tauschen könnte – mit dem da und seinem kleinen bißchen erlogenen und erstohlenen Glück! Ach Gott, wie gleichgültig waren doch eigentlich all die Dinge und die Bedenken –wie lächerlich gleichgültig! Er lag hier allein wie ein schnappender Fisch, den die Welle auf den Sand geworfen; herausgeschleudert aus dem Lebenselement einsam – ohne ein Wesen, an das er seine Sehnsucht hängen konnte. Und der andere da unten, der hatte doch einen Menschen, den er in die Arme schließen konnte, der zu ihm gehörte, der ihn nicht allein ließ. Leben gehörte ihm – lebendiges Leben. Trotz aller Qual fühlte er die Wonne, es zu besitzen. Und die Wände gaben ihm nicht nur das Echo seiner selbst zurück.

Und wenn das auch schwer genug mit Selbstbetrug erkauft war – was hatte er recht, der andere – immer noch war es tausendmal unter dem Preis bezahlt.

Doktor Herzfeld riß den Kopf herum, und es tat ihm weh im Genick, in den Schultern. Er drückte die Stirn in ein kühles seidenes Kissen… Er sah seine Frau – unbestimmt – sie hatte bräunliches Haar – so klein und zierlich war sie gewesen wie ein Püppchen. Er hatte sie auf dem Arm tragen können durch die ganze Wohnung… Wie mochte sie wohl jetzt aussehen, wenn sie jetzt da wäre? – Vielleicht nur wenig verändert. Kleine Hunde bleiben lange jung!… Und das Mädchen? – Manchmal, wenn er auf der Straße war und die Kinder aus der Schule kamen, lärmend wie ein Taubenschwarm, der ins Erbsenbeet fällt, und sie vor ihm hersprangen mit ihren wippenden Schulmappen, in denen die Federkästen klapperten und über denen blonde und rote und schwarze Zöpfe mit bunten Haarschleifen hüpften – dann hatte er so das Gefühl, daß eines von ihnen jetzt seine Tochter wäre. Vielleicht die dort, oder jene Allerkleinste in der langen Reihe… Aber seltsam, von Form und von Angesicht hatte er sie sich nie vorzustellen vermocht. Und nun war es ihm plötzlich, als ob so ganz leise ein kleines dämmriges Kinderköpfchen mit glattem Haar, mit großen dunklen, ängstlich aufgerissenen Augen ihm über das Gesicht strich… ganz nah… so daß er fast den Atem spürte.

Und Doktor Herzfeld warf sich wild herum und riß die Augen auf. Und da schien es ihm, als ob sich irgendetwas im Augenblick im Licht löste. Und er griff mit der Hand an die Brust, denn das Herz preßte sich ihm zusammen und schlug ihm bis in den Hals hinein. O Gott, warum warf er denn dieses verdorbene und verfaulte Leben nicht von sich! Das Dasein hat doch immer nur Wert, solange man es noch als etwas Besonderes empfindet, sich von ihm zu trennen. Und wenn es jetzt sein sollte, in dieser Sekunde – er würde ja nur aufatmen!

Und im Augenblick begann Doktor Herzfeld mit den vertrauten, bestrickenden Vorstellungen der Selbstvernichtung zu spielen – das alte Spiel der Katze mit der Maus: er warf sie, sprang ihnen nach, ließ sie entgleiten, fing sie wieder, schüttelte sie wild mit den Zähnen, schlug sie mit den Tatzen, ließ sie halb ohnmächtig liegen, beachtete sie scheinbar nicht… und war doch mit einem Satz bei ihnen, sowie sie sich wieder rührten.

Was nun schon dabei war! Wenn er vor hundert Jahren als Cholerabazillus durch diese Welt gegangen wäre, so wäre diese ganze Jämmerlichkeit in einer Stunde, in einem Tage erledigt gewesen für Urzeiten… Was heißt denn: Nicht-Sein! Ist denn das so wichtig? Es gibt doch seit Jahren keinen Tag, an dem ich mich nicht mit dem Gedanken des Nicht-Seins, des Todes beschäftige: das Blatt hört auf zu sein. Es gleitet vom Baum, durch die nebelgraue Luft, reißt sich von seiner Mutter, um sich seiner Allmutter wieder zu verbinden…

Herrgott, – wieviel Menschen, die mit mir zusammen in das Leben hineingingen, sind schon wieder aus dem Leben hinausgegangen! – Halt – das sagt ja Marc Aurel. Ach ja. Er sieht ihn plötzlich oben auf seinem Denkmal, reitend auf seinem schönen antiken Gaul. Und doch, er hat etwas von einem Christus, der auf dem Esel in Jerusalem… Irgend ein witziger Kopf hat gesagt: er sitzt zu Pferde wie ein Philosoph. Oh ja, der Witz: der Metallschimmer auf den Libellenflügeln des Geistes! –Wie seltsam und traurig er stirbt, Marc Aurel – oben bei den Quaden, auf einem Feldzug – oder in Rom – jedenfalls unsagbar traurig… Und Montaigne, mit dem man sich in den schneidenden Wehen der Blasensteine windet? Und der junge Engländer da im Winter in dem Schweizerhotel, der nach dem Essen vorn im Foyer saß – so schön angezogen; wundervoll dieser Anzug und die breiten Lackschuhe! – und keuchte doch aus tiefster Brust herauf, keuchte wie ein verbellender Jagdhund – wo ist der heute? Und die junge Französin, die dir gegenüber saß, mit dem Gesicht, wie die verschmutzte, schlecht geweißte Wand eines Krankenzimmers wo ist die jetzt hin?… Wie seltsam – jetzt erinnere ich mich: ich lag einmal an einem See, und die Sonne kam über die tanzenden Schilfspitzen. Es roch nach Thymian und nach Kerbel, und ich sah an den Büschen hoch in den Himmel, der blau war, ganz tiefblau, ringsum eine weiße runde Wolke wie ein Federkissen. Und ein Schmetterling trieb hin und her in der Sonne – ein Schmetterling, weiß wie die Wolke, die dem Federkissen glich – spielte auf und ab vor der Buschwand; ganz losgelöst im All, ein glückseliger weißer Fetzen, der im Licht trieb… Ach, solch ein Schmetterling hat's gut! – – Und da schoß etwas heran, wie ein Projektil, surrend, gläsern, scharf, irgend eine Raubwespe. Und so ganz langsam, wie Blütenblätter vom Wind getrieben, stäubten so vier weiße kleine Flügel, einer nach dem andern, in den Thymian, in das Schilf, in den Kerbel. – Und doch, solch Schmetterling hat's gut!…

Und wie war das doch? – Da war ein Flug Stare und der jagte dahin, mit surrenden Schwingen, schnell hinein in das rettende Buschwerk. Aber einer – einer war abgetrennt. Und er schlug mit den Flügeln und schrie; schrie wie ein Kind in Angst aus seinem dünnen gelben Schnabel – und stieg – und stieg in die Luft… Aber ruhig unter ihm, in stillen, langgezogenen Kreisen glitt der Falke dahin. Und wo der kleine Vogel sich auch hinabstürzte überall hätten ihn nur die messerscharfen Fänge und der gierige Hakenschnabel empfangen…

Ja, – Mutter hatte ihm das mal erzählt von der alten Frau, die auf der Pfaueninsel wohnte, und die in einer Winternacht über die Havel sah. Es war bitterkalt und ganz heller Mondschein. Und auf der Eisdecke lag so eine ganz feine Schneeschicht, die in weißem Stäuben über das glatte Dunkel geweht wurde. In einer Ecke ruderte ein vergessener Schwan – immer hin und her – im Kreis – unermüdlich, um das kleine Fleckchen Wasser, das ihm noch blieb, offen zu halten. Aber von Stunde zu Stunde wurde das enger, und da kam vom Ufer – ganz leise und seelenruhig, mit kleinen Glühaugen im gesenkten Kopf und schleifender Rute ein vorsichtiger Fuchs aus dem Wald. Er ging ganz still und langsam über das Eis, auf den hastig arbeitenden Vogel zu. Und er biß ihm die Kehle durch, warf das ganze, große Tier mit einem Ruck über die Schulter und schleppte es – das große, weiße Ding – ruhig und langsam hinter sich her über das Eis fort, das Ufer hinauf, in den schwarzen, schweigenden Wald hinein…

Richtig – richtig – dieser Schwan, das war er ja jetzt. Immer im Kreis umher – immer enger – immer mehr Eis um ihn – und nun noch kaum so viel, daß er die Füße regen konnte. Und da kam es heran aus dem Dunkel, über die bitterkalte blanke Fläche, mit kleinen glühenden Augen – ruhig, aber unaufhaltsam auf ihn zu geschlichen. Schon immer hatte er es vorn Ufer her gesehen, in den dunklen Nächten, damals, als ihm noch die ganze weite

Wasserhahn gehörte. Und nun hat es ihn von Jahr zu Jahr mehr eingeschlossen – und nun ist er endlich so weit!

Gott, – aber was läßt man denn hier? – Die paar Stunden, die man sich frei und glücklich fühlt im Leben, sind zu zählen. Stunden? – Die Zeit ist doch nur ein leeres, dumpfes Etwas, das einzig durch unsere Seele den Hauch des Lebens erhält. Und wenn der Kampf entschieden, wenn Sieger und Besiegte sich getrennt, dann hört die Stunde auf, Stunde zu sein – alles Gewesene wird Sage, und die Gegenwart ist nur ein halb helles Dämmern. Alles auf dieser Welt ist ja auf Kampf und Unterliegen gestellt. Eine Hälfte verblutet stets. Und hinter der Welt, die unsere Augen treffen, hinter der zeitempfindenden, da steht die andere, die stumme und reglose. Hunderte werden eingescharrt, und nicht einmal eine Lücke zeigt ihr Fehlen an: als ob man von einer Zahl mit einem Federzug ein paar Nullen abstreicht. Aber vom Unterlieger spricht niemand… Bin ich denn nicht aus allen Zusammenstößen mit dem Leben, wie man sagt, als zweiter Sieger hervorgegangen? Mein ganzes Dasein war doch nur ein in Permanenz erklärter Fehlschlag geradezu ein Witz des Glücks! Was war man denn mehr als ein Stück Papier, das sinnlos vom Wind gehetzt wurde! Was war man mehr als ein Taumelkäfer, der in blödsinniger Hast über die Wasserfläche des Grabens schießt und am Ende seines Lebens noch genau an der gleichen Stelle ist wie am Anfang.

Was war denn das Leben? Doch nur das Pluskreuz zwischen den beiden gleich großen irrealen Ewigkeiten des Nicht–Seins. Wie die Muschel zwischen zwei Schalen klebt man reglos zwischen Geburt und Tod! – Ich hätte wahrlich nichts dagegen, wenn man mir die Sache mit dieser Welt vorenthalten hätte! Und das nun immer länger ziehen wie der schmierige Konditor auf dein Jahrmarkt die Bonbonstange. Abah! Wegwerfen den Plunder und sich endlich die Hände waschen! Laßt andere brüllen und sich stoßen auf dem Jahrmarkt des Lebens!

Bisher hatte Doktor Herzfeld immer mit diesen Gedanken gespielt –jetzt spielten sie mit ihm: er war die Maus und sie die Katze. Sie waren stärker als er, und er ließ sich von ihnen treiben und werfen. Noch war die Form nicht fest, und doch spürte er mit geheimem Grauen, daß er dieses Mal nicht von ihnen frei kam.

Er wußte noch nicht, *wann* der Henker an seine Tür klopfen würde; aber er fühlte plötzlich, er *würde* klopfen. Das alte, fast liebe Spiel war ernst geworden. So lange hatten er und sein schwarzer verhüllter Gegner da um Pfeffernüsse gespielt – und nun ging's um Banknoten: alles oder nichts – immer mit doppeltem Einsatz. Und jedes Blatt fiel zu seinen Ungunsten.

Der Schweiß begann ihm in Tropfen auf die Stirn zu treten. Er fing an zu parlamentieren um sein Schicksal: Es hätte ja nicht alles so zu kommen brauchen; es hätte ja alles anders sein können; sein Leben brauchte ja nicht zu zerbrechen – der Granatsplitter konnte ja einen anderen treffen! Warum denn gerade ihn?

Und da stand schon Lene Held – nein... Amélie de Beautemps vor ihm. Er sah sie von oben die Treppe herabsteigen – dick und schwer, verschminkt und lachend, in ihrem auffallenden Kleid mit den Silberbehängen, wie ein Schlittenpferd. *Die* traf kein Blitzstrahl – die ging weiter! Aber er lag am Boden...

Und plötzlich packte ihn ein Gedanke, brutal, gemein, ungerecht. Er wußte, daß er es war, und doch mußte er ihn immer wieder denken – er konnte nicht los davon – er war ihm eingebrannt; es war wie ein Fleck in den Beinkleidern. – Je mehr er daran rieb, desto stärker kam er hervor. Er wußte, daß es falsch war, daß irgend etwas daran unlogisch war – und er verbiß sich *doch* darin. Was braucht sie aufrecht zu stehen, wenn ich falle? Was braucht sie frei auszugehen, wenn ich verurteilt werde? Sie hat doch mein Leben erst zu dem gemacht, was es geworden ist – kein Mensch in der Welt sonst. Was braucht sie weiter zu existieren, wenn ich fortgehe? Tausendmal warf er das von sich. Aber soweit er es auch fortschlenderte, es kam wie ein Bumerang immer wieder zu ihm zurück: sie darf nicht! sie darf nicht! sie darf nicht! Sie hat mich zum Mörder gemacht – nur sie!... Nein. Nein – so war es ja doch nicht. Herrgott, Mensch, nimm doch Vernunft an! Ist denn dein bißchen alter Verstand ganz aus den Fugen? – Die paar Stunden, die du ihn noch nötig hast, kann er doch zusammenhalten und brancht nicht vorher auseinanderzufallen wie ein überreifer Stechapfel...

Was läßt man denn hier zurück? Ach ja – er liebte doch das Bild der Welt. Er liebte die sinnliche Welt. Sie hatte ihm das Tiefste gegeben; seine Augen waren zwei Sybariten gewesen an der vollbesetzten Tafel des Lebens, und es fiel ihnen unsagbar schwer, nun aufstehen zu müssen. – Lebe wohl, sinnliche Welt! Du hast mir bis hierher treu gedient. Adieu, ich danke dir und entlasse dich. Nimm Stellung bei einem anderen Lebewesen… vielleicht bei einem Kind, das in diesem gleichen Augenblick ins Dasein tritt… Ja – das war von Kürnberger, aus einem sehr merkwürdigen unvollendeten Roman – einem vorgeahnten Dorian Gray... Sinnliche Welt, bist du nicht unser einziger immerwährender Besitz? – Nicht ein Fußbreit ist in Wahrheit unser, und doch gehörst du uns ganz – auch mir, dem Allerärmsten, in deinem hunderttausendfachen, wechselnden Schimmer. Alles hat gelogen – alles; – aber das ist treu geblieben. Ja, sie hatte sich immer zärtlicher an ihn gehängt. Ein blühender Ginsterbusch in einer Kiefernschonung, an dem er früher fast achtlos vorüberging, konnte jetzt manchmal in seiner jungfräulichen Unberührtheit ihn bis zu Tränen erschüttern. Er liebte das bunte Scheingewand des Daseins: seine Himmel, seine grünen Wälder, seine kahlen Winter; – liebte es mit jedem Blick seiner Augen, mit einer Zärtlichkeit, die sich von Jahr zu Jahr gesteigert, weil sie unerwidert blieb.

Und doch – all diese Dinge waren *ohne* ihn schon gewesen, und sie würden ohne ihn wieder sein…

Ja richtig – wie lange war das doch her? – Damals sammelte er noch Schmetterlinge, und er war in die Meckernitz gegangen, im allerersten Frühjahr, als noch alles Gras auf den Wiesen wie verbrannt war und laut knisternd unter seinen Schritten zerbrach. Nur ein paar ganz frühe, allererste Anemonen blühten am Rand unter den dünnen Büschen, und nur die schwarze Johannisbeere hatte schon ihre ersten Knospen getrieben. Sonst war auch kein Schimmer von Leben in dem ganzen Bruchwald. Die Erlenstümpfe standen noch unter Wasser, und ein aufgescheuchtes Reh platschte durch diesen Morast, in großen Sätzen von Insel zu Insel springend. Aber der braunscheckige Spinner Endromis versicolora – ob der nun schon fort war oder noch nicht erschienen – genug – er war nicht zu finden. Nur Gelblinge, die vom vorigen Jahr übrig geblieben, und verblichene Trauermäntel und kleine und große Füchse – zerfleddert, ausgefranst, abgeflogen – kreisten unschlüssig in der Märzsonne auf dem kahlen Waldflecken. – Er aber hatte ein Buch mitgenommen, das ihm ein Bekannter empfohlen. Es hieß ‹Vor Sonnenaufgang›. Und er lag im langen, knisternden, welken Gras. Und über die Buchblätter fort sah er immer in die besonnten, schwarzweißen Birkenstämme mit den roten Ruten, die vor dem weißblauen Märzhimmel schwebten, nickten und im frischen Wind sich wiegten. Und plötzlich – ganz urplötzlich überwältigte ihn die Empfindung, daß all das noch sein würde, wenn er nicht mehr war. Und ein Schluchzen schüttelte ihn – gerade wie jetzt. Eigentlich hatte er ‹Vor Sonnenaufgang› vergessen bis auf ein paar Worte. Aber, daß er dabei geweint, das würde er…

Ja – und dann – wie seltsam das war – das war wohl ein paar Jahre… nein, es muß zu gleicher Zeit gewesen sein… nein, es war doch früher – da hatte er einen alten Freund, einen Schulrektor. Mit dem ging er zusammen Schmetterlinge fangen und Raupen suchen. Der war wohl damals an die vierzig Jahre älter als er. Und mit dem zog er den ganzen Tag durch die Wälder und Wiesen und Brüche – ein ungleiches Paar, entgegengesetzt in allem: in Glauben, Rasse, Anschauungen, Lebensauffassung, Politik – und doch ganz eng aneinander geschlossen durch die eine gleiche Neigung, die vielleicht bei beiden nur vorgeschützt war, um der Liebe zu Wald und Feld, zur Stille, zu der Sonnenglut über Sumpfwiesen, zu den Sternenabenden im Waldesdämmern eine Form zu geben, ein Mäntelchen umzuhängen… Und einmal, ganz im Herbst, wohl schon in den ersten klaren Oktobertagen, da fuhren sie noch hinaus, um zu sehen, ob sie vielleicht Alni-Raupen fänden. Er könnte sie noch aufzeichnen mit den seltsamen Haaren, von denen ein jedes wie eine kleine Keule aussah. Sie fanden natürlich keine. Und als sie am Spätnachmittag zurückgingen, das lange gerade Gestell hinunter, die Schneise, den Waldweg mit den tiefen, moorigen Wagenspuren – es ging an Tannenschonungen vorbei, die schon ganz finster standen, als hätte in ihnen die Nacht tagsüber ihr Lager aufgeschlagen, und an hellen Birkenbeständen, die ganz rosig und licht noch waren, als könnte es überhaupt nie in ihnen dunkel werden, und an Buchenschlägen, die sich fest zusammenschlossen wie Kastelle, die halb im Schatten lagen und in den Wipfeln, die schon sich verfärbten, das rote, scheidende Gold der Abendsonne trugen ganz lang und schnurgerade lag der Weg vor ihnen, den sie, ohne viel zu reden, mit den Füßen maßen. Da plötzlich begann der alternde Mann zu singen – schön, mit seiner tiefen Stimme:

Da draußen stets betrogen,
Rauscht die geschäft'ge Welt, –
Schlag noch einmal die Bogen
Um mich, du grünes Zelt!

Immer wieder nur diesen einen Vers. Und je länger er sang, desto stärker liefen ihm die Tränen über das vergilbte Gesicht in den hängenden Schnurrbart hinein.

Und ich ging nebenher, wollte es nicht bemerken, wollte nicht fragen. Schließlich auch –was versteht denn solch Junge von neunzehn Jahren von dem, was in einem Manne von sechsundfünfzig Jahren vorgeht! Und auf dem Bahnhof verabschiedeten wir uns: sowie das Eis hielt, sollte ich ihm schreiben; dann wollten wir zusammen Rohreulen suchen, Ulvae schneiden gehn. Um Weihnachten hielt das Eis, und ich schrieb. Am nächsten Tag kam schon die Karte zurück: Der Mann war vor Wochen am Magenkrebs eingegangen – und das grüne Zelt hatte damals zum letzten Mal um ihn seine Bogen geschlagen…

Und nun war *er* so weit, daß es um ihn zum letzten Mal die Bogen schlug. Ob er ihn noch einmal sehen würde? Ja, ja – er wollte Grün sehen, er wollte noch einmal seine Augen weiden an den Sonnenmustern und Schattenspielen auf den Tiergartenwegen; noch einmal solch eine alte Eiche vorn Fuß bis zum Wipfel messen, jede Rille der Rinde, jede Biegung der Zweige, jeden Wulst des Laubes mit den Blicken nachmessen. Wer weiß, – vielleicht kann man etwas von dem Bild noch mitnehmen dahinüber …

Doktor Herzfeld war aufgesprungen. Er mußte hin- und herlaufen im Zimmer und sich sprechen hören. Das war nun alles sein hier – jedes Stück war ihm ein stummer und beredter Bruder. *Das* hatte ihn drei Jahre begleitet und *das* dort fünf, und doch hatte es ihm noch nicht alle Geheimnisse anvertraut, noch nicht alles sich entlocken lassen. – Drin hingen seine Japaner. Da waren seine farbigen Porzellane: das schöne Claire de lune, der kleine Scherben Sang de boeuf– da die Leberfarbe und die Vase in Poudre de thé – und da – da – sein Schönstes: das zartgemusterte Schälchen in Blanc de chine, wie ein unglaublich zerbrechliches Seetier, irgend was, das gar nicht von dieser Erde war – ein Tiefseewesen, eine zarte, lichte, weiße Blumenqualle – so rein, so süß in sich gemustert, als ob sie nie die Sonne des Tages gesehen hätte und nur da unten in ewiger Dunkelheit ihre Form gefunden hätte.

Da standen sie alle drin in der jungen Sonne – und morgen würden sie *auch* dastehen – und übermorgen noch, und in einer Woche schon vielleicht nicht mehr.

Und da – sein Freund Hotei! Er hockte mit einem köstlichen, kinderglücklichen, feinen asiatischen Lächeln, mit seinem wundervoll kahlen Schädel und seinem runden Schmerbauch vergnüglich auf dem schön gegliederten Untersatz; hatte das eine Knie hochgezogen, die dicke Fettpatsche mit dem Rosenkranz daraufgelegt, während er das andere Bein irgendwie unter dem Leib hielt. Sein Kleid, das von der Schulter herabgefallen, war reich verziert und wurde von einer breiten Schnur zusammengehalten, die in langen Puscheln auslief. Seine Ohren hingen lappig auf beiden Seiten des ganz kahlen Kopfes, der auf einem köstlichen Schwartenhals saß und als einzigen Buckel die Weisheitswarze mitten auf der Stirn trug. Es war eine edle Ming-Bronze, ganz schwarz vom Alter, und nur in den Rissen und Schnitten, in den tiefen klaren Falten der Gewandung schimmerten noch Spuren einstiger Vergoldung. Er war sicherlich im Feldzug aus einem Tempel geraubt worden, denn die rohen Soldaten hatten ihm mit einem Messer über die Backen gekratzt, um zu sehen, ob es Gold wäre, und hatten ihn dann wohl enttäuscht mit zu einem Berg anderer Bronzen, alter Räuchergefäße, Glocken und Spiegel geworfen und den ganzen Ramsch an den ersten besten für ein paar Yens verkauft. Und er – er hatte dabei ebenso gelacht, der Hotei, der Glücksbringer, der Fettbauch-Buddha, der Kindergott mit seinem kinderreinen, feinen asiatischen, weltfernen Lächeln, wie zuzeiten, da ihn noch aus dem Rachen der Fohunde auf dem Räucherbecken der Weihrauch umnebelte und schwärzte… ebenso, wie er jetzt Doktor Herzfeld entgegenlächelte, als der ihm mit zitternden, heißen Fingern, wie er es so gern tat, immer wieder über den runden, kahlen und doch so unerhört gut geformten Schädel strich, an dem man gleichsam alle Nähte und Knochenplatten spürte: Jochbein, Schädelbein und Schläfenbein.

Und plötzlich verstand Doktor Herzfeld dieses Lächeln. ‹Ihr geht›, sagte er – ‹ihr geht, seid Erscheinungsformen, die verblassen. Wie viel Tausende von euch habe ich schon kommen und schwinden sehen. Aber ich und mein stilles, kinderglückliches Lächeln sind jenseits eurer Dinge, und es bleibt, – auch wenn ihr euch von mir wegwendet. Es gehört keinem einzelnen von euch – und doch euch allen! Wo sind die Hände hin, die mich geschaffen? Wo die feinen Finger, die vorsichtig den Sand von mir klopften, als ich der Form entstieg? Wo die Augen, die mich zuerst betrachtet haben, mit Scheu und Glück zugleich, weil *ihr* Werk der Gott geworden, der mehr war als sie? – Sieh dich doch hier um: überall sind die Hände tot, die das hier geschaffen. Sieh dort die Schale, den alten Räucherdreifuß! – Wo ist der Mann, der da die Widderköpfe schnitzte an der Etagere; oder jener, der die Greifen schnitzte oben an der Holzkrone? – Denk an die feinen, gelben, schlitzäugigen, zierlichen Menschen, die unter Zelten hockten und über diese Lackschüssel die Zweige von Kiefernnadeln und Pflaumenblüten in purem Gold fochten! – Wo sind sie hin? Was haben der ersten Besitzerin jenes Spiegels seine Glückszeichen genützt, die ihr tausend Jahre versprachen? Wer weiß, auf welchem Friedhof in Kamemoto sie ruht, und niemand schüttet ihr mehr Reis und Sake in die Opferschälchen… Nimm noch einmal deine Freunde zur Hand da drüben die kleinen Bronzen, mit denen die Schreiber die Tropfen abzählten, um ihre Tusche anzurühren, die kleinen Hirsche, die kleinen Kühe, die kleinen Frösche und Gänse, und jene schlichte, schöngeformte Kakifrucht, mit der ich dich so oft habe spielen sehen. Warum willst du dich nicht von ihnen trennen? Sie waren dir ja nur geliehen… Sie bleiben wie mein Lächeln – wie das Lächeln dieser Welt. Sei ihnen dankbar, daß sie dir so lange Gesellschaft geleistet, und kehre ihnen stumm den Rücken… Da, sieh, auf deinem Schreibtisch die schwarze Steinplatte, die die Briefe festhält. Wie oft hast du mit der Lupe die Schuppen und Flossen hier betrachtet, die unerhört feinen Muster dieses Abdrucks irgend eines urweltlichen Fisches, der älter, wahrhaft älter ist, als der Stein, der ihn umschließt. Ja, das Leben, Freund – mein bleibendes, kinderglückliches Lächeln, es ist älter als der Stein – ewig wechselnd in den vergehenden Formen der Erscheinung.›

Doktor Herzfeld lauschte eine Weile… Was waren diese Räume doch still: schon als ob er gar nicht mehr da wäre. Er dachte jetzt nicht mehr direkt an das, was er tun wollte. Es war wie etwas, das jetzt abgemacht ist, und über das kein Wort mehr verloren zu werden braucht abgemacht zwischen ihm und dem andern. Denn er war doch nicht allein niemand sollte ihm das einreden – es war da doch noch jemand – der stärker war als er, und der ihm seinen Willen aufzwang. Nein, eigentlich wurde er ja gar nicht gefragt. Er hatte zu tun, was der da sagte und wollte.

Man hat den Versuch gemacht und Fledermäusen die Augen verklebt; Fäden kreuz und quer durch die Zimmer gezogen, und dann hat man sie fliegen lassen, und nicht einmal stießen sie gegen die Fäden. So war sein Leben: kreuz und quer hatte der Staat die Fäden seiner Gesetze gezogen. Und Tausende und Tausende flogen dagegen und verfingen sich, blieben elend daran hängen. Er aber hatte niemals auch nur einen dieser Fäden unvorsichtig berührt, daß er erzitterte. Und nun sollte er sich in sie verwickeln, sich in ihnen erwürgen, sie zerreißen…

Ihn ekelte – all das, was da kommen würde! – Nun, ihm konnte es ja gleich sein. Er merkte so viel davon wie dieser Stuhl da. Und doch – dieser ganze widerliche Apparat. Und der Lärm und die Erregung, die er verursachte! Er hatte das immer verachtet und gehaßt, war ihm aus dem Weg gegangen wie Schmutz. O Gott, wie gemein, öffentlich und unvornehm er wegtreten wollte, statt sich still und französisch zu drücken! – Es wurde ihm übel, physisch übel, wenn er nur an all das dachte…

Wie spät mochte es jetzt wohl sein? – Ach ja, von drüben polierten die Kinder die Treppe herunter. Schreiend und lärmend stürzten sie in die Schule. Dann war es schon so gegen acht Uhr…

Doktor Herzfeld ging wie lahm hinaus in die Küche. – Sie lag ganz hell und still – schritt an die Wasserleitung und ließ sich den kalten Wasserstrahl über die heißen Hände laufen, eine ganze Weile auf die Pulsader spritzen. Aber auch das brachte ihm keine Ruhe.

Frau Roggemann war noch nicht da. – Kam sie denn überhaupt? – Richtig, sie hatte ja einen Unfall gehabt und lag irgendwo im Krankenhaus: ein Automobil hatte sie umgestoßen und beinahe hinausbefördert aus der Welt. Es kam da eine andere Person – deren Gesicht er nicht ausstehen konnte… eigentlich konnte sie doch schon da sein…

Doktor Herzfeld ging wieder in sein Zimmer zurück. Gott, wie einsam das war – wie jämmerlich leer! Als ob er schon nicht mehr hier wäre – als ob schon jetzt alles nicht mehr darauf wartete, daß er zurückkehrte… Er hätte überhaupt gar nicht sagen können, was er tat. Er hatte Minuten lang gar keine Gedanken im Hirn, hatte das Empfinden, als ob er ein ausgeblasenes Ei auf den Schultern trüge. Und dann wieder jagte alles in ihm, überstürzten sich die grotesken Bilder der Erinnerung wie bei einem Kinematographen, der unbeaufsichtigt abschnurrt. Er konnte regungslos vor irgend einer Sache stehen – vor einer kleinen Reifrockdame in rötlicher Jacke, oder vor einer tiefblauen orientalischen Schüssel, so sonor und schwingend wie ein Nachthimmel über Bagdad – ganze kleine Ewigkeiten konnte er diese Dinge anstarren, nicht wissend, *daß* er sie sah, und doch vermochte er vor unsagbarer Rührung über sie die Tränen kaum zu bekämpfen… Er erkannte die alten Gallenstein- und Migräne-Gesichter irgend welcher Uronkel und Großeltern da oben, die alle friedfertig und ohne mehr als die landläufige Lebenskümmernis durch dieses Dasein gegangen waren, deren Blut er in den Adern trug und denen er doch hätte erscheinen müssen wie ein fernes exotisches Tier. Und seltsam: bei alledem lehnte sich doch kein Gedanke in ihm dagegen auf, zu tun, was von ihm gefordert wurde. Hätte er nur irgendwo einen Lichtschimmer gesehen, nur noch einen letzten Rest von Kraft in sich gespürt, dieses Dasein länger zu ertragen… er hätte ja all das… Und dann diese blöde, ohnmächtige, sinnlose Wut gegen irgendjemand da ganz draußen – Hunde! Hunde!

Oben auf seinem Schreibtisch neben der grünen Flasche stand ein Lederkästchen. Ach ja, die grüne Flasche Rehchen… schade… sie hatten sich nur in der Tür getroffen: sie ging ins Leben hinein, und er kam schon wieder heraus. So ist das wohl immer auf diesem Jour – man bleibt nicht lange: die nettesten Gäste sind noch nicht da, oder sie sind eben fortgegangen, und die,

die man trifft, sind langweilig. Sie hatten sich nur in der Tür in die Augen gesehen… schade… ewig jammerschade! Sie war so köstlich wie ein Traum. Ein kluges, schönes Menschending zum Liebhaben, in Samt und Seide zu hüllen, für das alles auf der Welt sich schmückte: die Blumen wurden zarter, wenn sie sie ansah, der Frühlingshimmel noch einmal so sehnsüchtig blau. Und gar die Kunst schien nur dazu erdacht zu sein, daß sie sie betrachten sollte. Nie waren Doktor Herzfeld seine paar Dinge so keusch und liebenswert erschienen, als wenn er sie ihr zeigte. Und die apfelgrüne Flasche mit all den Runen, Rissen und Sprüngen in der Glasur… oh Gott, wie ihn die Hand schmerzte – er konnte kaum die Feder halten. Ja – ‹für Fräulein Anna Köllner (genannt Rehchen)›. Und zweitausend Mark sollte sie auch kriegen. Dafür kann sie einen Winter gut nach Paris gehen.

Bloß keine Abschiedsbriefe – nein bitte, das schenkst du dir. Laß diese Geschmacklosigkeit anderen. Mit stummem Mund, und die Zähne aufeinander! – Und Hermann Gutzeit die Bibliothek. Wir teilen, ehe Sie denken, werter Freund, ehe der große Klumpatsch kommt – wenigstens für Sie. Er liebt zwar Bücher nicht dem Inhalt, sondern nur dem Wert, der Auflage und dem Druckjahr nach. Aber wo anders wäre sie vielleicht noch schlechter aufgehoben…

Ach! Da steht Kaffee auf dem Tisch – mit einmal steht Kaffee auf dem Tisch? – Dampfend und Sahne und Butter und Brot… Es ist doch eigentlich gar keiner im Zimmer gewesen… Frau Roggemann? Nein, die ist ja im Krankenhaus. Aber Gott, da ist sie doch, die olle Roggemann; da kommt sie wieder hereingehumpelt. Sie stiehlt zwar, aber nur groschenweise. Sie soll auch etwas bekommen. Zweihundert Mark. Ich habe heute eine leichte Hand. Will noch einer was? Er braucht es nur zu äußern – dann wird meine Nichte Ellen drüben aus der hundertsiebenundsiebzigsten Straße eben nur in die fünfundachtzigste Straße ziehen können, statt in die fünfundsechzigste. Verdient hat sie es. Ich habe nie langweiligere Briefe gelesen. Alle vierzehn Tage schreibt sie acht Seiten, und nicht ein Wort steht drin…

«Na, wieder auf dem Posten, Frau Roggemann? Das freut mich.»

«Uff' m Posten? Mir sollten Se nur mal *so* sehen! Die janzen

Rippen een Pflaster», sagte Frau Roggemann und suchte nach dem Staubtuch, das ihre Vorgängerin an einen andern Platz getan hatte.

«Na und den Chauffeur, Frau Roggemann, hat man denn den Kerl wenigstens bekommen?»

«Na natürlich hat man den – er hat mir doch jleich ins Krankenhaus jebracht. Se dachten doch erst, er hätte mir alles kurz und klein jefahren. Aber jebrochen war ja jott sei Dank nischt. Nur jequetscht, – aber tüchtig; wissen Se, durch den Fall. Denn er hat mir doch erst ein janzet Ende mitjeschleift!»

«Und was kriegt nun der Chauffeur?»

«Kriejen?» Frau Roggemann sah Doktor Herzfeld erstaunt an. «Ach nee – wissen Se, der Mann, der hat fünf Kinder. Die Frau is ja bei mir jewesen. Und das sechste ist unterwejens. Und da hat man mir jefragt, ob ick Strafantrag stellen will, und da habe ick jesagt: wenn er das Krankenhaus für mich bezahlt und zehn Mark extra gibt, dann tu ich's nich. Was hätte det für'n Sinn, Herr Doktor? Wer sorjt denn for de Kinder, wenn der Mann zu sitzen krijt? Wozu soll man denn so'n Menschen ins Unjlick bringen?» –

Wie eigenartig – diese Frau betrog nun seit Jahren Doktor Herzfeld um Kleinigkeiten, und sie ließ auch mal etwas mitgehen – selbst Tischwäsche. Ihr Gewissen war ziemlich weitmaschig – das wußte Doktor Herzfeld genau. Aber er hatte es aufgegeben, Aufwärterinnen zu finden, deren Gewissen so engmaschig war, daß nichts durchfiel. Und hier hatte sie doch mit einem fortgeschrittenen Rechtsempfinden herausgefunden, daß niemandem damit geholfen würde, wenn man den Mann bestrafte, sondern daß nur Unbeteiligte und Unschuldige den Schaden hätten und einer Idee aufgeopfert würden. Und sie hatte dieser Überzeugung nicht etwa in blasser Kathedertheorie Ausdruck gegeben, sondern braun und blau geschlagen, verpflastert von oben bis unten, während sie die leiseste Bewegung gewiß noch schmerzte, als ob man sie ans Kreuz schlug. Alle Achtung!

«Na, Herr Doktor – aber gut sehen Se jrade ooch nich aus. Sie könnten ooch 'n bißchen wegreisen», begann Frau Roggemann wieder.

«Das werde ich wohl bald tun.»

«Denn ick muß mir von die Jeschichte auch noch erholen. Ick will nun mindestens noch for acht bis zehn Tage zu meine Schwester nach Polzin jehen.»

Also *sie* will fort, nnd deswegen sehe *ich* schlecht aus! Nun, sie soll recht behalten.

«Darüber können wir ja morgen reden», meinte Doktor Herzfeld gequält. Und dabei hatte er doch das Gefühl, daß er die andere wundervoll neppte und übers Ohr hieb.

«Ja, und wissen Se, was man in so'n Krankenhaus alles sieht, das glooben Sie nich, Herr Doktor. Een Dienstmädchen haben se da reinjebracht, die lag denn die janzen drei Tage, die se noch jelebt hat, neben mir. Aus'm Fenster hat se sich jestürzt, aus'm zweiten Stock. Un weswegen? Nur wegen so'n Kerl, so'n Straßenbahnschaffner, weil es doch rausjekommen is, daß der Mann schon verheiratet war. So 'ne Dußligkeit von die Person. Hier kann se an jedem Finger zehne kriejen – da unten kriejt se keenen mehr. Un vat hat se denn nu schon wirklich von'n Straßenbahnschaffner? Ick sage immer: Kinder, habt euch nich so – lieber eines reichen Mannes Hure, als eines armen Mannes Frau.»

Doktor Herzfeld wollte etwas entgegnen. Aber was sollte er denn darauf antworten? Die Frau hatte doch eigentlich wieder recht. Merkwürdig, sowie die zuhieb, saß der Nagel. Und er schlug sich stets auf die Finger. ‹Lieber eines reichen Mannes…› Sicherlich wurde das seit Urzeiten allgemein und überall von den Frauen anerkannt… Es galt bloß als brutal, es auszusprechen.

Aber wie Doktor Herzfeld aufsah, da war schon Frau Roggemann längst aus dem Zimmer gehumpelt, und er stand allein vor seinem Schreibtisch. Wie eigentümlich das war, daß ihm *schon* jegliches Zeitmaß abhanden kam…

Richtig – da oben auf seinem Schreibtisch stand ein kleines Kästchen mit Leder bezogen, mit Seide ausgeschlagen. Man konnte glauben, daß es ein Schmuckstück enthielte – ein Perlenhalsband oder ein köstliches Diadem. Und dabei lag so ein kleines Wundenverk darin, blau, aus Stahl, geschweißt; zwei Platten, die sich fest in die Hand fügten. Und ein ganz kurzes Metallröhrchen daran, nicht größer als eins für Aspirin. Es sah eigentlich mehr aus wie ein harmloses Meßinstrument oder irgend ein medizinisches Ding. Es hatte gar nichts mehr von der alten Drehpistole oder gar von dem Vorderlader. Es war so klein und elegant wie ein Spielzeug, wie ein hübsches Sportding. Und es arbeitete mit der Sicherheit einer Präzisionsmaschine. Man konnte sich durchaus darauf verlassen. Es machte nichts halb. Es schlug durch ein eichenes Brett, das fest mit Blech beschlagen, und durch ein Klafter Holz, auch auf Wunsch freudig durch vier, fünf Menschen hintereinander. Es war ganz einfach zu bedienen, ebenso leicht wie ein Militärgewehr: ein, zwei Handgriffe – und es begann seine Musik. Es war wirklich ein Genuß, es bei der Arbeit zu sehen. Und es lag da so hübsch aufgebettet wie ein japanisches Kurzschwert für das Sepukku. Es hatte ihn oft begleitet in Eastend, hinter dem Montmartre, nachts auf dem Posilip. Und gezogen hatte er ihn doch nur einmal, den Browning, als er gegen Morgen in Nürnberg durch die Straßen irrte, weil er für die paar Stunden bis zum ersten Zug nicht ins Hotel gehen wollte, und als er da plötzlich sich in einer unheimlichen Gasse befand, deren Ausgang durch drei, vier Zuhälter gesperrt war. Und seltsam, man hatte so viel Respekt vor dem kleinen Ding gehabt, daß man ihn ohne Belästigung herausgelassen hatte…

Aber man konnte ihm auch gar nicht böse sein; es verlockte direkt dazu, mit ihm zu spielen, es zu streicheln und zu tätscheln. Es war ein delikates Vergnügen für Doktor Herzfeld, es in der Hand zu spüren, wie es sich anschmiegte und dem Griff anpaßte. Ganz ähnlich wie früher, wenn er dann so mit dem ersten milden Tag seinen Tennisschläger wieder in die Hand nahm, den dicken streifigen Griff zum ersten Mal wieder fühlte, und prüfte, ob die Sehnen den Winter über gelitten hatten. Eine Empfindung gab das, die einen freundlich durchrieselte vom Scheitel bis zu den Zehen und die eigentlich köstlicher war als nachher das Spielen selbst… Und weiter kam hier noch zu dieser Empfindung das wundervolle ziehende Grausen hinzu: was dann wäre, wenn man den Hebel herunterdrückte und die Hand ganz langsam fest zusammenpreßte? – Dann – ja dann würde dieses kleine Ding da einen hohen, wilden, gellenden Schrei ausstoßen – schrill und schlagend wie sein Projektil.

Und plötzlich hatte Doktor Herzfeld das ganze Szenarium vor sich: – Vielleicht würde sie auf dem Sofa sitzen. Oder auf einer Chaiselongue mit einer gestreiften, falschen, orientalischen

Decke. Sie würde einen hellen Schlafrock anhaben, der sehr weit wäre, so daß selbst ihre mächtigen Formen darin noch den nötigen Spielraum hatten. Sie war etwas grau, trotz der Schminke, und hatte Säcke unter den Augen. Aber die gestrige Nacht hatte sie kaum mitgenommen. Es war ihr Metier, und sie schlief sich aus… Oh, er wußte genau, wie ihr Zimmer aussah: er sah den Nußbaumvertikow mit all seinen herangepappten Scheußlichkeiten. Und kleine Puppen standen darauf aus Biskuitmasse – ekelhaft unschuldig. Und oben eine Bronze: ein Frauenkopf mit hohem Hals, mit viel Haar und schelmischer Spitznase. Sie hielt eine Kirsche im Mund aus rotem Glas an einem grünen Drahtstielchen. Und an der Wand zwischen zwei Bildern war ein Plüschfächer mit Ansichtskarten besteckt. Die Gardinen waren zugezogen. Es war heiß zum Sticken. Und über dem Ganzen lag in ekler Mischung der Duft von Puder, Peau d'Espagne, Schweiß und Menschenausdünstung. Er sah ihr strohfarbenes, rotblondes Haar, das nur lässig aufgesteckt war und das an den Wurzeln die alte Dunkelheit zeigte. Wie deutlich er das sah… Er hörte sie sprechen – laut und abgesetzt, mit ihrem helldunklen venetianischen Rot des Tons, das er einmal so geliebt hatte. Sie hatte wohl seit gestern ihre Erinnerungen durchwühlt; aber es war ihr nicht viel von damals geblieben. Ihr Leben wechselte zu schnell. Sie warf ihn mit andern zusammen, sprach ihm über Dinge, die sich nie ereignet hatten, nannte ihn beim falschen Vornamen und redete mit Wichtigkeit von Leuten, die er nicht kannte, und von Lokalen, in denen er nie gewesen; von Freundinnen, Oberkellnern und feschen Kapellmeistern. Und dann begann sie zu klagen: was die Wirtin für eine gemeine Person sei, die ihr ihren Schmuck und ihre Wäsche stehle; daß sie noch zwei Kleider zu bezahlen habe und doch mindestens jetzt zwei neue brauche; daß sie hier ausziehen wolle, und was sie für das Zimmer für ein Sündengeld zahlen müsse, und daß sie ältere Herren viel lieber habe, als solche Kavaliere, die keine Kavaliere seien…

Oh! Doktor Herzfeld hörte jedes Wort – er sah sie ordentlich den Mund bewegen mit den roten gestrichenen Lippen und erblickte die Augensterne unter den breiten Sammetbändern der Brauen. Gott, was war sie denn in Wahrheit? Ein armes, gehetztes Stück Wild, hinter der alle herjagten; die immer wieder auf die Straße getrieben wurde; die alles sich doppelt und dreimal so teuer erkaufen mußte, als die andern; an der alle hingen wie die Blutegel: Wirtin, Schneider, Mannsvolk; bis zu den Blumenverkäufern auf der Straße, die sie warnten, wenn die Polizei hinter ihr war. Ein ganzes Geschmeiß umgab sie, mit dem sie kämpfte. Und sie war doch schon so milde und gealtert! – Wenn er sie fragen würde, ob sie fort wollte – hundertmal eher würde sie Ja, als Nein sagen…

Ja – sie würde weiter wohl Geld von ihm haben wollen. Und er würde dann tun, als oh er seine Brieftasche suchte – und plötzlich – ganz rapide, ohne Besinnung, sowie man einem gestellten und gedeckten Tier aus Gnade den Genickfang gibt… Aber es mußte das schnell gehen, – ganz schnell – und mit der Ruhe eines Jägers. Denn noch ehe jemand die verriegelte Tür einschlagen konnte, mußte er heran… Aber nicht neben ihr! – Lieber drüben – auf irgend einem Sessel… Ob sie wohl stark bluten würde? – Nein, nein, – es gibt so Schüsse, die ganz klein sind, – nicht viel anders als Stichwunden von einem Schusterpfriem. – So etwas hatte er mal in Rom gesehen – oben an der spanischen Treppe unter der Trinità in Monte – am hellichten Tage: Einer rannte fort in großen Sprüngen, und ein anderer lag da mit gebrochenen Augen, mit aufgerissenem Hemd. Und auf der Brust eine Wunde – fast blutlos und nicht viel größer als die Narbe vom Biß eines Frauenzahns. ‹Denkmäler der Lust›, sagt Heine… Oder auch der rote Lebenssaft würde nur so herausschießen in breiten, schäumenden, rieselnden Rinnsalen; unstillbar – in jenem seltsamen Rot, das zwischen Hell und Dunkel schwankt… Es würde alles beflecken, tränken, ergreifen, füllen, verwandeln: den Teppich, die Decke auf der Chaiselongue, den hellen Morgenrock… Ah bah – die Leute, die ihren Hauptberuf darin sehen, andere totzuschlagen, nennt man nur in Friedenszeiten Mörder; in Kriegszeiten Helden.

Doktor Herzfeld hatte Visionen in Rot. So, wie wenn man die Augen kaum mit den Lidern deckt und ins Licht sieht… Wo hatte er denn einmal so das Blut herausstürzen sehen – wo denn nur? –Ja – o ja – und im Moment stand ein anderes Bild vor ihm – ein Bild, das das erste ganz verdrängte:

Die Geburtsstunde seines Töchterchens. Der Arzt war fortgegangen, weil er meinte, es könne noch gut einen halben Tag dauern, bis das Kind käme. Nur ein paar Minuten fortgegangen, um noch irgend etwas zu holen. Er aber saß am Bett und hielt die Hand des kleinen gequälten Wesens, das da mit fiebrigen Wangen und halbgeschlossenen Augen und vor Schmerz zitternden Nüstern in den Kissen lag, und das doch immer in den Intervallen der Ruhe ihm zulächelte und mit müder Stimme von lustigen Dingen zu sprechen versuchte. Irgendwo am Waschtisch hantierte leise die Schwester Cäcilie mit dem weißen Kopftuch: dürr, jugendlich in den Farben, unbestimmbar im Alter, mit dem erfrorenen Zug der Milde im Gesicht und der erstarrten Liebenswürdigkeit in der Stimme, hinter der die harte Roheit des religiösen Fanatismus nur leise verdeckt schlummerte.

Und auch er versuchte zu lachen, zu plaudern, zu erzählen und fühlte doch mit jedem Nerv, daß es die dummste und fatalste Stunde seines bald vierzigjährigen Lebens war, und daß man einfach eine Reibekeule hätte nehmen sollen und ihn totschlagen.

Und plötzlich – ganz plötzlich – sie hatten eben noch gelacht beide über Witzblätter, die er heimgebracht hatte – das heißt, gelacht hatte nur *er*, sie hatte sich bemüht, zu lächeln – und plötzlich da schrie sie: ‹Schwester! Schwester!› Und dann unter Strömen, unter unsagbaren Stürzen Blutes, die über Decken und Unterlagen fortflossen… Und wie der Arzt kam – außer Atem, schon draußen vor der Tür Jacke und Weste fortschleudernd da wollte das Blut immer noch nicht stehen. Und dadurch meinten sie ja auch, wäre das Herz dann so schwach geworden, daß es eben die Arbeit – oder sie hätte überhaupt wohl einen Herzfehler gehabt, von je her…

Das ganze Zimmer hatte er nachher fortgegeben, schlief wieder in seinem alten Bett von Hause, weil ihn jedes Möbelstück daran erinnerte. Und es hatte Jahre gedauert, bis er die Szene in seinem Hirn nur ein wenig in den Hintergrund geschoben hatte.

Doktor Herzfeld schlug die Hände vors Gesicht, um nur diesem Bild zu entgehen. Aber er sah es auch mit geschlossenen Augen. Nein – er wollte noch einmal zu ihr. Er wollte nicht so fortgehen, ohne ihr adieu zu sagen. Er liebte diesen Gang nach da draußen nicht; denn man bringt nichts davon heim. Man denkt ja auch so an die, die einem entschwanden, Ja, je älter man wird, desto mehr lebt man eigentlich mit ihnen und nicht mit den andern. Aber gerade da draußen trifft man sie oft nicht an. Man denkt dann an alles andere. Sie entziehen sich uns, die uns sonst so nahe sind, und ihr letzter jämmerlicher Rest von Körperlichkeit ist eher…

Aber er wollte noch hinaus zu ihr. Er mußte sich verabschieden. Es gibt so Besuche, die man nicht aufschieben darf, die man machen *muß*, bevor man auf die Reise geht. Und wenn man den andern nicht antrifft, – nun, desto besser. So gibt man eben seine Karte ab. Aber machen muß und will man die Besuche. Er hatte ja auch die Zeit bis Nachmittag auszufüllen. Nein, nein – so durfte er keineswegs fort… Und dann noch da hinüber, wo das andere Kind liegt, nicht das große, daß Frau und Mutter spielen wollte und dem das zu schwer war... nein, wo in unendlichen traurigen Reihen Hügelchen an Hügelchen lag, nicht viel umfänglicher als begrünte Zigarrenkistchen – vergessene Menschenhoffnungen. Die wenigsten haben Steine, die meisten nur Holzbrettchen mit Nummern, ohne Namen, schmutzig, erdig, vermorscht. Er hatte das letzte Mal kaum noch gefunden. Ganze große Äcker, ganze Wiesenstreifen waren indessen wieder mit den kleinen Menschenblumen bepflanzt worden.

Vielleicht stände er zu all dem anders, wenn die Religion… seit fünfunddreißig Jahren war dieses Wort für ihn gestrichen. Er hatte, wie er glaubte, nicht einmal das Interesse für sie, das er sonst am Prähistorischen nahm. Jede Religion ist ein Verzweiflungsschritt. Religion ist die einzige Lebensversicherung, die nie ihre Prämien auszahlt und bei der die Aufsichtsräte alles einstecken; wenn sie Aktien ausgäbe, die Religion, – er, Doktor Herzfeld, würde sie nicht als mündelsichere Papiere gelten lassen! – Wie sagte doch der alte Jude auf seinem Totenbett? ‹De Welt hier is nischt gewesen – lachen würd ich, wenn's mit dem Drüben auch nischt wäre!›

Und doch so ganz im geheimen, in einem äußersten Winkel seines Herzens, da war noch solch Plätzchen dafür. Und er hing an den erblassenden Erinnerungen seiner Jugend mit einer letzten, ironischen Liebe, die selbst der freie Jude noch heute für seine Riten hegt.

O ja – er sah das noch deutlich vor sich: die ganze kleine Betschule irgendwo in der Innenstadt, auf einem unerhört schmierigen Hof– der Vater hatte ihn zu den Festtagen immer mitgenommen. Und plötzlich hatte Doktor Herzfeld das Bild von Männern mit wirren Bärten und mit Käppchen, in gelbweißen Seidenmänteln. Und in dem Dunst, im bräunlichen Dunkel des überfüllten Raums, schwammen mit rötlichen Höfen Kerzen, deren Lichter von dem unausgesetzten und doch so melodiösen, leiernden Singsang der Litaneien ganz leise zitterten. Es lag so eine wilde und fanatische Bitterkeit in diesen Lauten; zornig, freudlos und hingebend. Arme, geschlagene Hunde waren es meist, die nichts hatten als ihr bißchen trügerischen Glauben – und kein Gott dachte je daran, es ihnen zu lohnen.

Wie viel Jahrtausende das für ihn zurücklag! Ja – da möchte er auch noch einmal vorübergehen. Das Haus steht sicherlich nicht mehr. Aber an dem Platz da will er noch mal vorüber. Und ein Umweg ist es ja nicht.

Himmel! Wie lächerlich! Als ob es für ihn noch Wege und Umwege gäbe – noch gerade und ungrade… als ob nicht schon alle Dinge für ihn gleich wären!

«Aber Herr Doktor– Sie lassen ja den Kaffee ganz kalt werden!»

«Ja, ja – sofort.» Gräßlich – wie ist denn die alte Roggemann eben wieder hereingekommen?! Er muß sich mehr beherrschen. Es wäre doch zu albern, wenn sie ihm was anmerkte… Nun möchte ich bloß wissen, was ich da in der Tasche habe?! – Also das ist doch überraschend ich möchte versichern, ich habe es mir nicht eingesteckt, – ich möchte *schwören*, daß es da noch auf dem Schreibtisch im Kasten liegt. Das *muß* irgendjemand anders gemacht haben. ‹Und mein Verstand reist ab, o wehe, noch eher als ich selber gehe…›

«Frau Roggernann?!»

«Ja – Herr Doktor?»

«Ich gehe jetzt fort, Frau Roggemann.» Das sagte er vorzüglich: ganz leicht und gleichgültig. «Ich habe – ich habe – nämlich eine Verabredung heute – für eine eine Landpartie. Wenn irgendwer nach mir fragen sollte… Oder lassen Sie das lieber.»

Und ganz langsam, Schritt vor Schritt, ging Doktor Herzfeld durch seine drei Zimmer, die am Flur lagen, rechts und links hinüberblickend, als müsse er von jeder. Ecke und jedem Winkel noch etwas mitnehmen. ja – vor dem kleinen Kirschholzmöbel hielt er sogar kurz an. Und ohne daß er mit den Augen bei einem Stück verweilte, empfand er, wie das bunte, vielfarbige Glänzen der Porzellane seine Sinne füllte.

Und dann vernahm Doktor Herzfeld, wie die Tür hinter ihm ins Schloß fiel, stand auf dem Treppenabsatz, sah den Bismarck auf dem Amboß hämmern, und von unten aus den Räumen des mausgrauen Wesens stümperte schon die erste ungelenke Kinderhand hart und sinnlos zu ihm empor: ‹Eine – zweie – dreie – viere.›

Gottlob, daß bei Gutzeits die Fenster verhüllt waren, so daß man Doktor Herzfeld nicht sehen und anrufen konnte. Da hinter den Gardinen schlummerte wohl jetzt noch Hermann Gutzeit, der Tyrann. Überhaupt das ganze Haus, der ganze Hof döste in der Sonne unter dem blauen ungetrübten Schild des Himmels.

Doktor Herzfeld spürte schon hier, daß es heute warm werden würde – schwül und staubig. Wie still das war! Der erste lärmende und rücksichtslose Besuch, der dem Hause galt, von Zeitungs-, Milch- und Backwarenträgerinnen war längst vorüber; auch die Kinder waren schon ein, zwei Stunden in der Schule. Der Briefbote war zum ersten Mal auf dem Heimweg, und es kam noch kein Fremder, kein Bote ins Haus. Niemand ging so früh Einkäufe machen; weder über die Vorder– noch über die Hintertreppe. – Nur oben aus dem Fenster staubte ein Dienstmädchen klatschend ihr Wischtuch aus, daß der durchleuchtete Staub wie eine kleine helle Wolke in der Sonne stand, die schon bis in die erste Etage hineinsah mit einem weißen, grellen Licht.

Doktor Herzfeld trat leise und langsam auf die Straße. Niemand hatte sich die Morgenruhe zunutze gemacht, um die Schaukästen der beiden Malfräulein zu stehlen. Ja, ja, die Kunst wird nicht geschätzt hierzulande. Der Zigarrenladen hatte längst wieder die Augen geöffnet, und der Grünkramladen auch. Die Litfaßsäule war bunt und neu beklebt mit gelben, blauen, weißen und roten Zetteln. Die beiden Droschken hatten sich ebenso wieder eingefunden. Ob sie wohl vom Tierschutzverein der Spatzen wegen engagiert sind?! Drüben von dem Hasenrücken war kein Speckstückchen abgebrochen; alle waren sie noch drauf – die

Türmchen.

Im ganzen hatte sich gar nichts geändert. Selbst der Tigerkopf nicht, rosig–rot und weiß mit seinen fletschenden Zähnen, der am Rasenrand lag… und drüben auf dem Stuhl am Torweg saß wie immer seine kleine Freundin; ein verkrüppeltes Kind, das den ganzen Tag bei Sonne und Regen da hockte und sich nur mühselig und selten mit den andern mitschleppte, die ihr meist allzuschnell entsprangen. Sie war mit ihren zehn Jahren bald fünfzig Jahre alt, das kleine, krumm – verzogene Ding. Und sie hatte den Blick eines Hundes, der auf der Jagd einen Schrotschuß mit abbekommen.

Sonst sprach Doktor Herzfeld immer mit ihr; aber heute nicht. Nein, nein! Und auch nichts schenken. Wozu? Was kann er ihr helfen!

Ein Mädchen ging an Doktor Herzfeld vorüber; so hübsch, wie nur an einem ganz blauen Tage ein Mädchen sein kann – mit einem Turbanhut und auf kleinen Lackschuhen mit breiten Schleifen; kurzröckig, schlank, hellblau. Und Doktor Herzfeld schüttelte den Kopf: selbst wenn man mit dem Schinderkarren zur Richtstätte hinausgefahren wird, bemerkt man doch, daß die Mädchen am Wege hübsch sind. Und jedes Frühjahr kommen neue heran. Wo kamen nur all die hübschen Dinger hin, die ehedem seine Straße kreuzten? Längst sind sie alte, mürrische Frauen geworden, oder sind unverheiratet vertrocknet, oder sind aufgegangen wie die Hefeklöße. Der graue Alltag hat sie eben so grau und lustlos gemacht, wie er selbst ist. Sie sind weggetreten von der ersten Reihe der Lebensbühne und hantieren nur noch irgendwo unbeachtet im Hintergrund der Szene. –Aber was macht's: für eine sind zwölf neue gekommen, und das Bild ist bunter jetzt, wo er es zum letzten Mal sieht; weit bunter als damals vor bald dreißig Jahren, als er es zum ersten Mal mit bewußten Blicken sah.

Nein, Doktor Herzfeld dachte gar nicht eigentlich an das, was er vorhatte. Und doch waren alle seine geheimen Gedanken dabei. Denn sowie seine Augen nicht das Bild ringsum aufnahmen, klang es ihm in den Ohren von den Worten, die er vor sich hinsprach.

Wundervoll war der Tag! Windlos, aber noch nicht sehr

warm, und ganz schön ruhig. Auf dem Platz, auf den weißen Bänken vor den Pelargonienbeeten und den Hecken von Kletterrosen saßen die Ammen, – breit in der Fülle ihrer bauschigen Röcke, – und die Kinderfräuleins mit Büchern vor den gelangweilten Gesichtern; schmal und jung, oder spitz und ältlich. Und die Kinder mit hellen Kleidchen und gedrehten Locken spielten wohlanständig auf den blanken Kieswegen, inmitten der hohen Umrahmung der Häuser, ohne Hast, Lärmen und Schreien. Und wenn wirklich mal ein Ball übers Gitter auf den Rasen oder in die Beete fiel, dann sprangen sie nie selbst ihnen nach, sondern baten das Fräulein, ihn zu holen, oder fragten mit einem Knickschen den Aufseher, ob er die Liebenswürdigkeit hätte, zu gestatten,

Doktor Herzfeld wußte nicht, waren die Kinder für den Platz oder der Platz für die Kinder geschaffen worden? Sicherlich waren sie wohl beide zu ziemlich gleicher Zeit auf die Welt gekommen. Kinder waren es, die genau so sauber und frisiert aussahen, wie der ganze Platz.

Inmitten dieser satten und braven Artigkeit aber saß, fest umschlungen, ein Liebespaar. Beide ziemlich kümmerlich und sehr jung – blutjung noch. Er vielleicht ein Hausdiener, der sich einen freien Tag gemacht, und sie eine Näherin oder irgend eine Saisonarbeiterin, die gerade feierte. Sie gehörten gar nicht hierher; und die Umgebung rückte körperlich und seelisch von ihnen ab. Und doch konnte Doktor Herzfeld nicht umhin, ihnen zuzunicken, so ganz heimlich, damit sie es nur nicht merkten. Diese beiden aneinander geschmiedeten Wesen, für die die ganze Umwelt nur auf so viel reduziert war, wie jeder gerade mit dem gebogenen Arm umspannen konnte, hatte für Doktor Herzfeld etwas unendlich Rührendes.

Und plötzlich war Doktor Herzfeld in einem Boarding House, da auf dem Bedford Place. Des Nachts. Er war aufgewacht in dem riesenbreiten Bett; es war so groß wie eine Walstatt. Ganz still war es, und das Zimmer war erfüllt von leichtem Dämmer. Trübe geisterte der Kamin mit seinen paar schlechten China-Töpfen darauf; unbestimmt schwebte der Stuhl davor. Und dort, ja dort war das breite Schiebefenster mit den Mullgardinen. Sicherlich schlief alles schon: das ganze Haus mit seinen braunen Indiern, den dürren Südafrikanern, dem jungen Ehepaar aus Australien, dem alten Herrn oben aus Edinburg… Alles, alles schlief. Und nur *er* lag wieder einmal da und starrte mit aufgerissenen Augen in die Ruhe, in das leise singende, fahle Dämmern der Nacht.

Aber plötzlich klang ein hingebendes Stöhnen, ein einziger, langgezogener Liebeslaut durch das Haus, schwoll an, füllte gleichsam alle Räume, drang über Treppen, Vorhallen, durch Türen und Zimmer; schien die Dächer sprengen zu wollen. Man hatte das Gefühl, als ob er das ganze Haus wecken, aufpeitschen, hochreißen müsse; das Gefühl, daß jetzt überall sehnliche Augen ins Dunkel starren müßten… aber dann erstarb dieser Laut ganz sacht wieder; entschwand, verschwamm, löste sich in der von neuem doppelt stillen Dämmerung, die nur noch einen Augenblick nachzitterte.

Nein, nein, – alles schlief. Sicherlich hatte kein Ohr diesen Laut vernommen außer ihm. Denn die beiden, die ihn allein hätten vernehmen können, hatten wohl all ihre Empfindungen fortgeschickt; oder richtiger: sie waren auf eine einzige zusammengeschmolzen.

Und auch jetzt konnte Doktor Herzfeld ein überwältigendes Gefühl von Rührung nicht unterdrücken; wie damals als ihn der höchste Klang in der starken Symphonie des Lebens bis in die letzten Herzenstiefen erschüttert hatte…

«Haltet euch brav, kleine armselige Bestien», sagte er halblaut und nickte ganz heimlich den beiden auf der Bank zu – «und mehr Glück auf den Weg, als ich es hatte, der jetzt fortgeht…»

Plötzlich kam Doktor Herzfeld der Gedanke, wie schamlos, wie schmachvoll das wäre, wenn man ihn nachher bei einer Prostituierten fände; wie die Abendblätter sogleich trompeten würden: ‹Mord und Selbstmord verübte…› Wie das für zwölf Stunden eine Sensation werden würde! Und man mochte doch sagen, was man wollte: an diese Stelle gehörte er nun einmal nicht. Wie sich wohl die Ditopassabeln seinethalben den Mund zerreißen würden: sie hätten ihm immer mißtraut; sie hätten nie etwas anderes von ihm erwartet; – so hätte es mal mit ihm enden müssen!

Oh, nun ging er schon wieder unter den Bäumen des Kurfürstendamms hin. Der aber war nicht mehr der gleiche wie gestern nacht: alle Heimlichkeit war fort, alle Vornehmheit. Die ganze unerfreuliche Halbheit seiner aufdringlichen Architekturen lag blank in der Sonne. Und zudem war er recht verödet jetzt in der Reisezeit; höchstens daß mal lautlos vom Grunewald her ein schönes Auto vorüberglitt, das seinen unauffälligen, lesenden Besitzer in die Stadt, ins Bureau, in die Bank brachte; oder daß auf dem Reitweg zwischen den niederen Ligusterbüschen ein Stallknecht mit roter Weste auf einem langmähnigen Schimmel dahersprengte, und ein gefleckter Terrier in großen Sätzen jappsend ihn begleitete. Stallknecht und Terrier gehören zusammen: ein Stallknecht ohne Terrier ist unvollkommen, wie einer ohne rote Weste; sie leben in Symbiose…

«Ah – der Herr Doktor Herzfeld!» rief Goldschmidt; klein, schwarz und lustig, mit blanken, schimmernden Augen, und lachte übers ganze Gesicht. «Kommen Sie einen Augenblick mit; ich muß auf die Depositenkasse. Ich habe Ihnen ganz 'was Neues zu erzählen.»

«Nein, lieber Herr, ich muß schnell hier entlang», stotterte Doktor Herzfeld. Und in ihm schrie es: nichts merken lassen! Um Himmels willen dir nichts anmerken lassen!

Aber Goldschmidt achtete gar nicht auf Doktor Herzfeld. So erfüllt war er von dem, was er erzählen wollte.

«Also Sie wissen doch – mit Stüber», rief er lachend, als wäre das der beste Witz, den er lange gehört hätte, während er Doktor Herzfeld schon am Westenknopf zerrte. «*Woran* ist er gestorben?! – Hä – *woran*?»

Doktor Herzfeld zuckte die Achseln. «Keine Ahnung», sagte er. «Ich weiß nur, daß er tot ist. Und offen gestanden: ich habe mir auch nicht sehr…»

«Aber *ich* will es Ihnen sagen», unterbrach Goldschmidt und lachte immer noch aus vollem Halse, als ob das etwas unerhört Komisches war, was er zu berichten hatte. «Soo! Einfach *soo*!» und Goldschmidt schwenkte dabei die Hand in ganz merkwürdigen Schleifenbewegungen in der Luft umher.

«Erschossen?» fragte Doktor Herzfeld ganz leise. Nie hatte ihm ein Wort so viel Schmerz bereitet wie dieses. Es riß ihm gleichsam da innen irgend etwas entzwei.

«Wenn er noch so viel Geschmack gehabt hätte!» Goldschmidt konnte vor Heiterkeit kaum reden. «Aufgehängt – einfach *aufgehängt* hat er sich, an einer Ecke des Büfetts seiner Wirtslente! Ich habe immer gesagt, Doktor Herzfeld, die modernen Büfetts sind zu groß. Sie sollten kleinere bauen. Ich hab's nebenbei aus sicherster Quelle. Eben hat es mir mein Freund, der Polizeileutnant, erzählt.»

Goldschmidt war durchaus kein roher Mensch. Eher das Gegenteil. Und wenn er *sogleich* erfahren hätte, daß Stüber freiwillig, unter Zuhilfenahme eines Stricks, aus dem Leben geschieden, so hätte er gewiß nie und nimmer darüber gelacht. Aber da er sich schon damit abgefunden, daß jener tot war, und zwar ganz ehrlich an irgend einer braven Krankheit verschieden, so war das für ihn ein sehr amüsanter Knick seiner Vorstellungskette, und er war der festen Überzeugung, daß das alle anderen, seine sämtlichen Freunde und Bekannten und er brannte darauf, es ihnen zu erzählen – alle durch die Bank ebenso heiter und belustigend finden müßten, wie er.

Um so erstaunter war Goldschmidt daher, als ihn Doktor Herzfeld plötzlich bei den Schultern gefaßt hatte und ihn schüttelte, daß sein Kneifer nur so tanzte.

«Mensch!» schrie Doktor Herzfeld – und die Stimme überschlug sich fast, so erregt war er «Ich bitte – ich beschwöre Sie: halten Sie das Maul! Versprechen Sie mir, keinem Menschen davon eine Silbe zu sagen. Ich erschlage Sie, wenn Sie es trotzdem tun! – Wissen Sie, wann ich gestern ins Bett gekommen bin? – Gar nicht! – Wissen Sie, mit wem ich gestern noch die ganze Nacht bis heute früh zusammen war? Ja? – Mit Hermann Gutzeit! Jetzt ist die Sache glücklich so weit, daß er wieder bei seiner Frau ist. Das Blaue vom Himmel hat sie ihm runter gelogen. Und da wollen Siejetzt kommen, und die ganze Sache geht von neuem aus dem Leim?! – Ich erwürge Sie, wenn Sie ein Wort zu einem von uns… ich erschieße Sie hier auf der Stelle… ich… ich… sprenge Sie mit Dynamit in die Luft…»

Doktor Herzfeld fühlte, daß er zu weit gegangen. Er lenkte ein.

«Goldschmidtchen, Liebster, Bester – nie mehr in Ihrem Leben borge ich Ihnen ein Buch. Und Sie müssen mir alle, aber auch alle Bücher, die Sie je von mir geliehen haben, zurückgeben – hören Sie, schlichtweg wieder zurückgeben so wahr ich

Alwin Herzfeld heiße!»

Goldschmidt hatte die ganze Zeit vergeblich versucht, zu Worte zu kommen. Jetzt aber warf er sich in die Brust.

«Aber Doktor!» rief er empört. «Ich begreife nicht, für was Sie mich halten?! Mache ich vielleicht Klatschereien? – Ich habe *Ihnen* die Sache erzählt, weil ich weiß, daß Sie so etwas nicht weiter tragen; weil ich überzeugt bin, daß man sich auf Sie verlassen kann. Damit gut. Einem *anderen* würde ich nicht davon sprechen und einem andern *werde* ich nicht davon sprechen. Das brauchen Sie mir gar nicht besonders ans Herz zu legen. Denken Sie etwa, ich bin so ungeschickt und werde mich zwischen Eheleute setzen?»

«Verehrtester Freund, hochmögender Gönner», bat Doktor Herzfeld, «tun Sie mir den Gefallen und halten Sie *einmal*, ein einziges Mal wenigstens, den Mund! –Und nehmen Sie mir's jetzt nicht übel… ich – ich habe nämlich eine Verabredung. Adieu!»

Und damit kehrte Doktor Herzfeld dem andern den Rücken und ging.

Goldschmidt aber sah ihm noch eine Weile nach: da war was nicht in Ordnung – das ließ er sich nicht nehmen! Der Mann gefiel ihm nicht!

Aber endlich war der Auftrag in «Laura» wirklich wichtiger. Er lag schief – und wer tut das gern!

Ach Gott! In der Sezession da waren ja tagsüber Bilder und Bronzen und Marmorskulpturen und Gipse und Studien… da hinten hinter der Dunkelheit der offenen Türen. Abends dachte kein Mensch daran, daß sie da waren. Aber des Tags riefen sie einen beinahe von der Straße hinein. Seltsam! Es ging da den Bildern wie den Mädchen: sie waren nur *das* Jahr hübsch und dann noch vielleicht das nächste. Aber dann kamen wieder andere; sie wurden alt, häßlich, vergessen; tauchten unter und verstaubten. Und nur ganz wenige blieben, um zu schönen, verehrten Frauen heranzureifen, denen die große Liebe reifer Männer huldigte; nur ganz wenige aus der gewaltigen Schar derer, die Doktor Herzfeld einmal jung und hübsch und frisch erschienen waren. Aber auch die anderen mochte man nicht missen…

Ganz schnell machte Doktor Herzfeld, daß er weiter kam.

Denn es packte ihn, daß er nun an all diesen Dingen nicht mehr Anteil haben sollte, die ein gutes Stück seines Lebens gewesen waren.

Richtig… da tauchte hinter den Bäumen schon der ominöse goldene Stern über dem Kreuz der Kaiser-Wilhelm-Gedächtniskirche auf.

«Was hab ich mir da mit dem Menschen, dem Gutzeit, für Mühe gegeben», sagte Doktor Herzfeld laut und blieb stehen – jetzt war er von allem, was Kunst hieß, wieder weit fort «und da will mir der Goldschmidt mit seinem verfluchten Wahrheitsfanatismus kommen und alles kaputt machen! Ein gräßlicher Bursche! Aber ich bin klüger als er. Fein habe ich ihn geneppt – gar nichts hat er gemerkt… Wenn der es heute abend oder morgen früh durch die Zeitungen erfährt, dann sagt er, es muß ein anderer sein. Es gibt mehr Doktor Herzfelds… Großartig habe ich den Mann reingelegt!»

Er war ganz vergnügt eine Weile. Er hatte geblufft wie beim Pokern.

Aber dann gewannen doch wieder die anderen Vorstellungen die Oberherrschaft, und der Ekel packte ihn. Er war nicht schlechten Herkommens, und das einzige, was er sich immer bewahrt hatte – selbst, als es ihm ehedem noch übel ging, – war ein gewisses Reinlichkeitsgefühl. Er verzettelte sich nicht. Er hielt sich den Pöbel vom Leibe. Er ging nicht an schlechte Orte, ging nicht einmal in Halbweltlokale oder Halbwelttheater – er hatte sich von all den Dingen sein Tag fern gehalten. Und nun sollte er mit ihnen zusammen – so ganz frère et cochon… brrr…!

Ein wundervoller Morgen heute! Wie hieß es doch im Simplizissimus? Laßt uns ausreiten und jemand totschlagen!

Ein weißköpfiger Droschkenkutscher mit einem Gesicht, blaurot wie der Kropf eines Puters, brüllte ihn an und behauptete vor aller Ohren, daß Doktor Herzfeld ein verrücktes Aas wäre.

Also – was denn? – beinahe hätte man ihm die Mühe erspart. Es war natürlich gar nichts passiert. Droschkenpferde haben keine mordgierigen Instinkte mehr; das haben sie längst dem Benzinmotor überlassen…

Aber da im offenen Wagen zurückgelehnt, pergameuten, uralt, mit wehenden Silberlocken und blitzender runder Brille, eingeschrumpft zum letzten Rest, zurückgebildet zum Alpha privativum – der Mann lebte immer noch?! – Unglaublich! Wie doch das Griechische einen Menschen konserviert! Wirklich und wahrlich sein alter Schuldirektor!

Schon vor dreißig Jahren hieß es, er wollte vor Tattrigkeit sich pensionieren lassen, und heute fährt er noch in der Droschke um ein Haar seinen ehemaligen Abiturienten tot.

Wie lange hatte Doktor Herzfeld an diese Welt nicht gedacht! ‹Ssrä – Schiller wurde in Marpach geporen; seine Eltern weilten intessen in Ludwigspurg… dicunt Homäerum caecum fuisse – Homär soll nämlich plint gewäsen sein…› Ja richtig, zuletzt im Hofgarten in München hatte er die ganze lederne, undeutsche, ja schier menschenfremde Philologenwelt wieder in elektrischer Beleuchtung vor sich gesehen, hatte sie wieder mit ihrem widerlichen Dünkel gefühlt bei den Unterschriften unter den Fresken… wie aus dem Xenophon: ‹Papadoupolos zerschmettert die feindliche Flotte.› Irgend ein Mann stand da in einem köstlichen rehbraunen Bratenstipper und feuerte mit heroischer Gebärde – er sah aus wie ein Mittelschullehrer, der ein Kaiserhoch ausbringt – eine uralte Kanone ab. Und ganz hinten schwammen ein paar Nußschälchen. Das war Papadoupolos, wie er die feindliche Flotte zerschmettert! – Nicht auszudenken, was ein Heer von vertrockneten Pedanten aus dem Schönsten gemacht hat, was je die Erde…

Denn wundervoll und kristallen war ja diese Welt doch! Es gab nur *einen* Menschen, den Doktor Herzfeld je beneidet hatte. Und das war der Glücklichste, dem allein, ganz allein für sich, auf seinem Grund und Boden stand er – er brauchte niemand zu ihm zu lassen, wenn er es nicht wollte – ein alter griechischer Tempel gehörte. *Den* hatte er beneidet… Solch ein Bukett schlank gestielter Marmorblumen, emporblühend in tiefblauer Felseneinsamkeit, von denen man jede Rille des Steins…

Nein, nein: *so* weit ließ ihn die Katze nicht fort. Dann fing sie ihn wieder. Mit einem Satz war sie bei ihm, die große dunkle Katze. Nahm ihn zwischen die Krallen, schlug ihn, packte ihn mit den Zähnen und schüttelte ihn, daß ihm fast die Sinne vergingen…

Bei jedem Schritt fühlte Doktor Herzfeld den Browning in

seiner Brusttasche. Er spürte ihn gleichsam eisig – und dann wieder wie glühend und durch alle Kleidung auf dem bloßen Körper, mit jeder Schweifung seiner Kontur.

Warum müsse er denn das nun zu einer öffentlichen Angelegenheit machen?! Er allein da draußen auf dem Friedhof– das wäre dann Privatsache, das ginge keinen etwas an – da hätte ihm niemand hineinzureden. So was käme alle Tage vor. Bei Stüber hätte das auch keiner gleich… Und selbst wenn – was war schon dabei! Das wäre sein unantastbares Recht, mit seinem Leben zu machen, was er wollte – vor allem, da ja niemand dadurch unangenehm tangiert oder betroffen werde…

Aber die schwarze Katze ließ ihn nicht frei: sie warf ihn hin und her wie ein Wollknäuel. Nicht du bestimmst hier mehr, sondern *ich*! –

Oh, Bäume! Da sind ja Bäume, in langen schönen Doppelreihen! Doktor Herzfeld hatte sie noch gekannt, als sie mager, schlank und dürr waren. Und jetzt waren sie hoch und senkten ihr schlankes Zeltdach von grünem Laub ganz tief und ohne Lücke herab, über die Quadernböschung des Landwehrkanals. Wie reizvoll und überraschend das war: da unten in starrer steinerner Kurve das dunkle, träge Wasser mit der Spiegelung – und darüber in grüner, lebender Kurve die große sich schwingende Laubwand…

Irgendwo an einer Ecke stand eine einsame Platane. Und Doktor Herzfelds Blicke kletterten den scheckigen Stamm hoch, glitten von Ast zu Ast wie ein Eichhörnchen, sprangen von Zweig zu Zweig, ruhten sich einen Augenblick auf einem Vorsprung aus und hüpften weiter. Mochte das Grün staubig sein, berußt vom Atem der Großstadt… Doktor Herzfeld dünkte es ein Labsal, als hätte er es niemals reiner und leuchtender gesehen als in diesem Augenblick.

Richtig –ja auch damals, an dem kurzen melancholischen Nachmittag jenes feuchten Novembertages, da ihn der rasende Zug durch die Wälder um Friedrichsruh trug, da der Zug ihn nach Hause schleppte von Ohlsdorf, wo sie eben die Leiche seiner Mutter eingeäschert hatten. Er war nicht ins Coupé gegangen, um nicht Menschen ins Gesicht blicken zu müssen, stellte sich in den Gang des D–Wagens, preßte die Stirn gegen die breite

Scheibe, wurde angerannt von Vorübergehenden, gestoßen von den Tabletts der Kellner – und schluckte und schluchzte in sich hinein, während doch seine Blicke dabei es nicht vermochten, sich von dem metallenen Schimmer der Laubpolster loszureißen, die die Hänge und Hügel in schweren Schichten deckten. Nie vorher und nie nachher hatte sich ihm der herbstliche Buchenwald in solcher Farbenfülle offenbart – glühend in allen Spielen zwischen Gold und Kupfer – wie in dieser Stunde.

‹Mein kinderreines Lächeln aber bleibt…›

Ja – und sich nun sagen, daß er jetzt zum mindesten eine gute halbe Stunde durch den Tiergarten, inmitten dieser grünen Klippen, auf Wegen, die die Sonne mit goldenen Lichtern bespritzt, zwischen smaragdfarbenen Rasenflächen dahingehen durfte!

Doktor Herzfeld war bisher langsam von der Stelle gekommen, war oft stehen geblieben in Gedanken. Aber jetzt beschleunigte er seine Schritte; ja, er begann sogar zu laufen. Einen richtigen kleinen, lächerlichen Dauerlauf schlug er an.

Er hatte das Gefühl, als ob ihm noch etwas Wundervolles bevorstände, wovon er sein Teil mitnehmen müsse.

Doktor Herzfeld kannte den Tiergarten von ehedem: jeden Nachmittag als Schüler war er da gewesen. Und am Sonntag. Kannte jeglichen Weg, jeglichen Winkel und mehr noch jede der grauen Bänke. Die verschwiegenen hatte er erst später kennen gelernt. Er kannte ihn noch von damals her, den Tiergarten, als er eine Wildnis war, undurchdringlich in seinem Gewirr tausendfachen Unterholzes, aus dem alte Eichen knorrig und zerborsten neben Kiefern und Linden sich emporwanden, als versuchten sie mit gekrümmten Armen nach dem Himmel zu greifen.

Ehedem waren es gleichsam hohe grüne Häuser–Karrees, von Straßen durchzogen, Kastelle, undurchsichtige Laubfestungen im Sommer gewesen. Jeder Teil des Parks von anderem Gesicht. Überall öffneten sich neue Säle, neue Überraschungen.

Und nun waren das nur noch grüne Rasenflächen mit Bäumen bestanden. Schön sauber gepflegt – aber keine grünen Städte mehr. Nein, nur hübsche Zeltdächer von Grün, auf Stangen getragen, ausgespannt über dem helleren, sonnenbespielten Grün eines wohlgepflegten Rasens. Und hie und da und allenthalben blitzte es durch die Stämme vom zuckrigen Weiß gleichgültiger

Denkmäler.

Oh... da wurde ein Mann in einem Rollstuhl geschoben. Er hatte einen stolzen Panama–Hut, einen tadellosen Selbstbinder, einen wohlgepflegten Vollbart, rosige Bäckchen, und in den Händen einen Stock mit silbernem Griff.

Was es solch Mann gut hat... dachte Doktor Herzfeld. Er ist ganz unabhängig davon, ob eine Bank frei ist oder nicht. Für ihn ist überall Bank; überall Platz. Ihm gefällt es hier – und er sagt zum Diener: halt! Und ihm gefällt's es hier nicht mehr, und er sagt: weiter! und begibt sich wo anders hin, ohne aufzustehen... Was es solch Mann schon auf der Welt gut hat...

Er, Doktor Herzfeld, möchte sich zum Beispiel gern jetzt wo hinsetzen. Ganz für sich. Aber noch keine einzige Bank,wo nicht ein Bummler, ein Liebespaar, ein Kindermädchen, ein Arterienonkel, ein Messengerboy mit einer Mappe sitzt.

Ja – da an der Ecke zum Beispiel hätte er sich gern einmal einen Augenblick ausgeruht. Die Bank kannte er sehr gut. Aber besetzt – wieder besetzt... Weiß nicht: früher hing da doch keine Bogenlampe drüber. Sicher nicht. Denn *hätte* da früher eine Bogenlampe gehangen. ...Überhaupt, was haben Bogenlampen im Tiergarten zutun? Er würde eine Eingabe machen, man solle sie kassieren. Warum sollte es die Nachwelt schlechter haben, als er es gehabt hatte?

Und schon begannen wieder die Gedanken zu laufen. Haspelten den Faden, knüpften und verbanden. Sie hatten gleichsam die Bank als Sprungbrett benutzt. Doktor Herzfeld versuchte sich zu erinnern, welche Frauen ihm gehört hatten. Aber seltsam – sie, die ihn so oft umflattert hatten, waren wie fortgeweht. Im Augenblick löste sich aus all dem Chaos nicht eine scharfumzogene Gestalt. Allein Rehchen... Rehchen – süßes Tier! Er wollte es sich nicht eingestehen: aber sie war doch in den letzten Jahren die einzige, die ihm mehr gewesen als eine Laune, als eine Sehnsucht von heute auf morgen. All die anderen jedoch, die ihm – wie unsagbar dumm ist doch das Wort ‹gehören›! Nichts gehört uns, was man kaufen kann... und am wenigsten eine Frau. Ein Mann kann vielleicht einer Frau gehören. Aber nie umgekehrt: die Frau gehört nur sich...

Sagt nicht Jules Laforgue – er war hier Vorleser im Schloß

bei der alten Kaiserin Augusta gleichgültig was er sagte; es war etwas Kluges, wie er nur kluge Dinge sagte…

Aber die Katze ließ ihn nicht zu weit fort, nein, das tat sie nicht. Mit einem Tatzenschlag hatte sie ihn wieder beim Genick.

Gar nicht an sich dachte Doktor Herzfeld mehr; nur an die andere da. Er war ganz beherrscht und erfüllt von den Gedanken der Wut und der Rache. Sie steigerten seine Lebensempfindung, beschleunigten seinen Schritt. Er biß die Zähne aufeinander, rollte die Augen, fühlte es in den Armen zittern und zucken. Er kostete den Genuß, die Befriedigung durch, lebte die Augenblicke der Tat in seiner Phantasie.

Kein Mitleid! Hart, eher – wollüstig hart! hatte *sie* denn Mitleid mit ihm, mit seinem verpfuschten Dasein gehabt? Was hatte *er* leiden müssen! Es wäre noch lange keine Gerechtigkeit für sie, kein Ausgleich – ein Gnadengeschenk eher war es!

Wenn sie betteln, wenn sie aufschreien, wenn sie weinen würde? – Wenn er fehlschösse? Dann einfach erwürgen, das Vieh! – Mit den bloßen Händen erwürgen!

Doktor Herzfeld empfand plötzlich, wie wenig Unterschied zwischen Schaffen und Zerstören bestand; daß in beidem die gleichen geheimnisvollen Schauer bebten. Er begriff zum ersten Mal den Jäger, – diesen Distanzschlächter, wie er ihn immer genannt hatte – die tiefe, urweltlich-tiefe angeborene Lust, die darin lag, ein lebendiges Wesen zu zerstören.

Diese neue Erkenntnis erregte ihn so, daß er ordentlich keuchte. Er war nicht mehr Herr seiner Sinne. Er hatte die Empfindung, als müßte er sich jetzt auf die Erde werfen und mit Händen und Füßen schlagen wie ein Epileptiker. Er griff an die Rinde eines Baumes, einer alten rissigen Eiche, und hielt sich. Und seine Lunge und sein Herz, die arbeiteten laut und überhastig.

Was würde das für ein schwerer Tag heute werden! Im Augenblick jedoch fiel es ihm ein, daß er schon einmal in seinem Leben so nach einem Baum getastet hatte, um sich an ihm zu halten. Vor undenklichen Jahren – damals aber anders. Da hatten ihn die Empfindungen, die ganze Sehnsucht der Jugend übermannt, als er an einem Frühlingsabend im noch hellen Himmel, zwischen den dunklen Kiefernkronen, die ersten Sterne aufblitzen sah: kleine eingesetzte Steine in dem meergrünen Grund. Und das erste Mal in seinem Leben hatten sich da in ihm Verse geformt, in Rhythmen, Reihen, Wortfolgen, in Klängen – stürmisch stürzend. Sie waren gekommen wer weiß, woher? Es waren Worte, die ihm jemand aus dem Dunkel heraus zuwarf, und die er weiter gab… Sie schlossen sich zusammen unter einer unerhörten Erregung des Blutes, die süß und quälend, zu Tränen quälend zugleich war.

Und nun würde er die Sterne *nicht* mehr sehen – seine Sterne, die ihn begleitet hatten in so vielen Nächten. Immer unverändert und stets wieder blitzend und neu und blank geschliffen; eingesetzt, eingefügt – golden und blau und rötlich und silberfarben auf den dunklen Grund tiefen Schweigens und in das grünlich dämmernde Mondlicht und in den violetten Morgenduft.

Mal nur einige wenige – hüben und drüben, und im Zenit zwischen den Häusern und Bäumen und Wolken und mal zu Hunderten und Tausenden über die ganze Wölbung gestreut, in Frostnächten über Schneefeldern, wenn der ganze Himmel nur *ein* Stern ist… Oh! er würde die Sterne nicht mehr sehen, seine stummen Freunde…

Er sah sie blinken durch das kahle Gezaser der Bäume im Winterwald. Und er sah sie zittern im lehmigen Wasser der Themse. Wie versunkene Edelsteine lagen sie ringsum – überall: im Grunde des tiefschwarzen Luganersees, durch den sein Schiff stampfte. Sie füllten das Rund des Kolosseums mit ihrem Flimmer. Mit zogen sie an seiner Seite durch halb Deutschland, während hinter ihm die Fahrtgenossen schnarchten… Da standen sie, der Bär, die Waage – die Plejaden, der Perseus und die Cassiopeia… Durch den Kohlendunst der Städte quälte sich ihr Schein – halb erstickt. Auftauchten sie wieder über den ersten Wiesen. Verschwanden von neuem bis auf wenige in dem Nebel der Flüsse. – Und Tausende gesellten sich zu ihnen auf den Äckern. Sie tanzten nebenher, neben dem Zug, Fackeltänze um die einsamen, baumbestandenen Gehöfte. Durch die höchsten Zweige der Wälder warfen sie ihren Funkenregen. Sie stiegen mit ihm auf Berge und Pässe. Und sie sanken mit ihm nachschleifend in rasender Fahrt. Durch Fichten und Tannen blinzelten sie. Im Geriesel des Baches nickten sie ihm zu. Durch Kluft und Hänge winkten sie herüber… Sie schwankten leise im Wechsel der Stunden. – Sie waren die eingeschlagenen Goldfäden im Gewebe eines schwarzen wehenden Schleiers…

Sie waren eingeknüpft zu zierlichen Mustern, zu Linien und Bogen, zu Polygonen tind Rhomben; verlöschend am Morgen, noch ehe sich das Licht hebt, hinschwindend alle bis auf einen, der die steigende Sonne begleitete, und der im Tode nur immer heller verglühte. Äonen schon schreitend durch die Nacht mit zarten Füßen.

Doktor Herzfeld begann laut zu sprechen; rhythmisch zum Gehen fügten sich die Silben, wie damals. Sein Lebtag wollte er einen Hymnus an die Sterne, den schwermütigen Nachtgesang des Wandernden unter der ewigen Ruhe der Gestirne schreiben – und nun entflatterten ihm die Worte: halb tief, halb sinnlos. Und immer neue verdrängten die alten…

O Gott – wie oft hatte er so in seinem Leben hochgeblickt, in den Nächten, die er durchwacht! In den kurzen halben Stunden, die er sich aus Krankenzimmern geschlichen hatte, um in einer stilleren Nebenstube an das Fenster zu treten, um Luft zu schöpfen – auf dem Balkon, der oben irgendwo kümmerlich zwischen Häuserwänden klebte –, allein und die schweigende Unendlichkeit über sich…

Und da fiel Doktor Herzfeld ein Erlebnis ein – eine kleine Narretei, die er einmal zusammen mit seiner Frau begangen hatte – so etwas ganz Belangloses: sie hatten aus Scherz die Sterne des Himmels verteilt und einander geschenkt. Und sie hatten sich gestritten und gebalgt um den Orion, der so schön mit seinem rötlichen Licht von tief unten am Horizont herüberwinkte. jeder wollte, daß ihn der andere als Geschenk annehme.

Da aber war Doktor Herzfeld schon wieder in seinen Erinnerungen bei seiner Frau und seiner Ehe.

Wie wenig hatte er die kleine Person doch eigentlich gekannt – er, der soviel älter, soviel reifer war als sie. Von all den schönen erhebenden Dingen, die die Bibel über die Ehe zu erzählen weiß, davon war gar nichts zwischen ihnen vorhanden gewesen. Und doch waren sie gut und einfach nebeneinander hergegangen. Aber ehe er sie eigentlich näher zu sich ziehen konnte – ehe er hätte sagen können, ob sie je dem Licht sich öffnen würde, war schon der eine rechts und der andere links.

Zu grübeln begann Doktor Herzfeld – angespannt zu denken. Nach kleinen Zügen suchte er in seiner Erinnerung, um dem Bild Rundung und Form zu geben.

Aber seltsam! Viele dieser Alltäglichkeiten waren ihm abhanden gekommen – und geblieben waren doch nur die kurzen Tage des Grausens, die alles andere erdrückt hatten.

Und für die, für diese Tage des Grausens wollte er jetzt Abrechnung halten – ja, Abrechnung halten – sich rächen. Aber wer sagte ihm denn in aller Welt, daß sein Konto richtig geführt war? Keiner hatte es ihm bisher bestätigt. Alle, die er darum gefragt, hatten ganz erschrocken geantwortet, daß es krank, wirr und unsinnig von ihm sei, an so etwas nur zu denken, und tollhausreif, sich in so etwas zu verbeißen, da auch nicht ein Anhalt

Aber Doktor Herzfeld kam nun einmal nicht davon los. Und heute weniger dennje. Und wenn ihn auch sein Verstand auf die andere Seite ziehen wollte – sein Wille rief ihn immer wieder zurück, sein Wille, der nach einer Schuld suchte, sein Wille, sie zu büßen, ein Ende zu machen, aus all dieser Jämmerlichkeit herauszukommen und jene mit sich zu ziehen, von der er glaubte, daß er sie verantwortlich machen dürfte.

Herrgott, da war er ja schon längst mitten im dem kaleidoskopisch bunten Spiel der Stadt! Auf nichts von alledem hatte Doktor Herzfeld bisher geachtet. Er war selbst erstaunt, wie er über die Dämme gekommen. Und er erkannte auch jetzt erst, wo er war, als er hörte, wie er an ein Schaufenster trommelte, hinter dem Bronzen, Waffen, Marmorskulpturen und Kunstkitsch aller Art in bedrängender Fülle durcheinanderwogte. Ja – als er an dieses Schaufenster mit den Fingern trommelte – gerade, als wenn er jenem wollköpfigen Schubert, der auf einer riesigen übermalten Photographie mit großen Fäusten auf ein Klavier loshämmerte, den Takt angeben müsse.

Oh – das war also schon die Friedrichstraße. Doktor Herzfeld hatte sie nie gemocht. Und heute behagte sie ihm eigentlich noch weniger denn je. Wenn noch der Regen auf dem Asphalt blitzt; oder eine melancholische Dämmerung von den ersten Lichtern überschrieen wird; des Nachts, wenn man das Gefühl hat, daß hier kein Mensch mehr arbeitet, trotzdem vielleicht gerade weit schwerer geschuftet wird als am Tage… dann, ja dann ließ er sie gelten. Aber so, wie jetzt, an einem heißen, unnatürlich klaren Sommertag, diese endlose chinesische Mauer von Häusern dalag, ohne einen Flecken Grün, alles oben beklebt mit Riesen–Reklamen und Firmenschildern; und alles unten hastig und sinnlos lärmend, mit der brutalen Gesundheit des Morgens – nein, das war nichts für Doktor Herzfeld!

Und dann diese Menschen, die ihn stießen! Er wußte nichts mit ihnen anzufangen – er wußte nicht, wo sie unterbringen. Draußen bei sich kannte er jeden und jede, jede Nuance des Lebens. Aber hier war er fremd. Was war dieser Mann dort? Ein Geheimer oder ein Schieber? Ein Restaurateur oder ein Oberkellner? Ein Provinzler oder ein Berliner? Nein, er wußte gar nichts von ihm. Er konnte ebensogut auf einem andern Stern geboren sein. Diese Welt lag für Doktor Herzfeld *nach* seiner Jugend. Und er fühlte, daß er heute zu alt dazu war, um sich noch in sie einzuleben.

Zu alt?! – So bejahrt war er ja eigentlich noch gar nicht. Ach was – gerade verbraucht genug, um fortzugehen. Denn die Länge des Lebens hängt ja für den einzelnen durchaus nicht von dem Datum seiner Geburt ab. Das Wort gefiel Doktor Herzfeld, und er begann damit zu spielen, wie ein Idiot mit seiner Zunge.

Was war er doch eigentlich müde, abgeschlagen! Wie brannten und schmerzten ihn die Lider vor Licht, als ob er Sandkörner darin hätte, die bei jeder Bewegung die Augapfel neben. Die Beine taten ihm weh. Er setzte die Füße mechanisch. Er bemerkte hin und wieder, daß sein Gang schwankend war. Denn jetzt befand er sich noch an den Häusern, und nun rannte er an den Bordschwellen beinahe gegen die Laternen.

Aber Doktor Herzfeld vermochte nicht, seinen Schritten Einhalt zu tun. Leute blieben stehen und sahen ihm nach. Er bemerkte es und schämte sich in seine innerste Seele hinein. Da war ein Zettelverteiler, der ihm etwas zurief; ein Mädchen, das sich von einem Schaufenster weg nach ihm umwandte; ein Hausdiener, der ihm mit seinem Packen anstieß und ihn ‹Dussel!› titulierte. Und selbst oben von der Reichsbank, da beugte sich – wie Doktor Herzfeld meinte irgend ein Beamter, der Frühstückspause hielt, eigens aus dem Fenster, um ihm nachzusehen.

Und mit jedem Schritt, den Doktor Herzfeld machte, nahm um ihn das Leben zu. Hier war Arbeit – nur noch Arbeit! Hier waren die Häuser bis unter das Dach behangen mit Firmenschildern. Und noch über den Dächern brüllten in Riesen-Goldbuchstaben irgend welche unendlich gleichgültigen Namen auf ‹sohn› und ‹stein›. Jede Minute schien es einen Zusammenstoß von Droschken, Straßenbahnwagen, Lastfuhrwerken und Handwagen voll Zeugballen, Geschäftsrädern und Automobilen zu geben. Man schrie, man lärmte. Das Schnattern aus einem Gänsewagen mischte sich darein. Und im nächsten Augenblick war alles wieder auseinander, und es war gar nichts geschehen.

Das war ja eigentlich seine Welt von früher. Hierin dieser Gegend war Doktor Herzfeld aufgewachsen. Irgendwo geboren, wo man nur noch arbeitete, nicht mehr wohnte. Alles hatte sich verändert, und nur die Kirchen, die großen Prunkbauten waren geblieben. Sie schienen Doktor Herzfeld hier in diesem stets flutenden, wechselnden Meer die verankerten Bojen zu sein, die von dem Hin und Her der Wellen, von dem Schwanken, von Ebbe und Flut nicht betroffen wurden.

Der sich stets steigernde Lärm – denn die Straßen der Innenstadt sind ja eng und angefüllt vorn Gerassel der Wagen – störte und quälte Doktor Herzfeld unendlich. Trotzdem es noch nicht sehr weit am Tage war, lag doch schon eine bleierne Schwüle über dieser Enge. Und in der Schwüle bekommen ja alle Geräusche etwas Unheimliches und Donnerähnliches.

Ganz neblig zogen die vergrünten Kuppeln des Zeughauses und des Schlosses für Doktor Herzfeld vorüber. Und nur auf dem Grün der Platanen vor den roten Ziegelwänden der Bauakadernie verweilten seine Augen länger.

Richtig – da drüben war ja die Säulenhalle des Museums. Und über ihm, klar gegen die helle Luft, die beiden Rossebändiger: der gehemmte Fortschritt und der geförderte Rückschritt.

Doktor Herzfeld mußte plötzlich laut lachen, als er daran dachte. Die guten alten Berliner Weißen haben doch sehr an Kredit verloren. Aber der Berliner Witz nicht. Man sagt, daß die Engländer besser Stoffe färben, weil sie anderes Wasser haben als wir. Und vielleicht ist die Sache mit dem Berliner Witz die gleiche: es liegt am Wasser. Wer zwei Jahre Berliner Wasser getrunken hat, bei dem beginnt auch schon so etwas vom Berliner Witz sich anzukristallisieren.

Jawohl… jawohl. Wo er ehedem mit seinem Vater in den Gottesdienst gegangen war – in die kleine Betschule – da standen jetzt die riesigen durchbrochenen Mauern eines Warenhauses. An Stelle der Kirche von vorgestern die Kirche von morgen! dachte Doktor Herzfeld.

Wie das brodelte und wogte. War vor dem hie und da erst nur ein Knäuel von Wagen und Straßenbahnen gewesen, so war es jetzt nur noch eine einzige ununterbrochene schreiende, vierfache Kette von Gefährten, die sich Rad vor Rad und Rad an Rad die Königstraße hinabschob. Und – wie der Schuß durch diese Webekette zog hinten der breite Viadukt der Brücke, über den unaufhörlich die Züge stampften. Aus der Markthalle jagten Karren mit Lebensmitteln heraus. Verkäufer schrieen ‹Werdersche› Kirschen. Ein einarmiger Mann führte ein ganzes Rudel trappelnder Pferde durch all den Wirrwarr mitten hindurch. Tausende liefen, Tausende schwitzten. Steinwagen schoben sich an Viehwagen vorüber. Rollwagen schwankten mit ihren Bauten von Kisten und Kolli wie wandernde Berge mitten durch das Gewühl.

War es nicht da oben in der Nebenstraße, wo er mal eine Nacht bei einem Mädchen geschlafen hatte – und immer wieder geweckt wurde, während sie, (die das wohl gewohnt war) neben ihm ruhig weiter schlief – immer wieder geweckt wurde von den singenden Glockenklängen der nahen Kirchenuhr, die die Zeit angab? – Genau wie bei Liliencron:

Ein Viertel, – Halb, – Drei Viertel, – Ganz –
Hoch über der Menschheit Mummenschanz…

Aber solch eine Erinnerung dauerte bei Doktor Herzfeld nicht lange mehr. Nein – da hatte ihn die schwarze Katze wieder beim Wickel. Jetzt schüttelte sie ihn. Und in all dem Lärm hörte Doktor Herzfeld seine eigenen Worte, die er vor sich hin sprach. Die Gedanken des Zorns, der Wut, der Rache; die Visionen von Rot kamen ihm von neuem. Und er vernahm ganz deutlich durch Hufgeklapper und Hupensignale das wilde und gelle Schreien der Schüsse. Nein, nein sie ließ ihn nicht locker!

Und langsam – langsam wandelte sich vor Doktor Herzfelds

halbverschleierten Augen die Stadt der Arbeit in die Stadt der Armut. Gewiß, noch schaffte man. Aber die Leute mit guten Röcken, die Kommis, die Rechtsanwälte, die Agenten waren selten geworden. Und alles, was die Menschen unternahmen, schien nicht mehr so zielvoll, so sinnvoll; eher ungewiß, tastend und unsicher, nur von heute auf morgen. Die großen Geschäfte, die Riesenorganismen, die ganze Häuserblocks füllten, sie hörten auf. Aus jeder Etage, aus jedem Fenster schrie ein anderes buntes Schild Doktor Herzfeld entgegen. Jedes Erdgeschoß war in eine Unzahl kleiner Läden geteilt, und alle Scheiben waren mit Zetteln von Ausverkäufen überklebt.

Was man hier für merkwürdige Dinge anpries: Hammelköpfe und Roßfleisch. Und was es für merkwürdige Namen gab: gerade zum Lachen: Isidor Puderbeutel, Haarhandlung. Und da an der Ecke war sogar ein Bouillonkeller von Ferdinand Nachtweih. Doktor Herzfeld sah den Mann mit seiner Schürze hinter dem Schanktisch stehn und mit kleinen müden Augen in die zuckenden Gasflammen blicken – er konnte ja gar nicht anders heißen, als Ferdinand Nachtweih.

Ja – und zwischen den Arbeitenden, die ein festes Ziel hatten, lungerten schon Scharen unheimlicher, abgerissener Nichtstuer. Und aus den Nebenstraßen hörte Doktor Herzfeld das Lachen der Dirnen, die mit Einholetaschen am Arm im bloßen Kopf von der Kontrolle kamen. In jedem zweiten, jedem dritten Haus war eine Bier- oder Schnapsschenke; oder eine Pfandleihe. Und selbst jetzt in den Vormittagsstunden klappten da immerfort die Türen.

Doktor Herzfeld dachte daran, sich in einen Wagen zu setzen. Aber es kam keiner. Und *als* dann einer vor beifuhr, rief er ihn *nicht* an: er hatte Furcht vor sich selbst.

Nein – wenn ihm seine Füße auch brannten, so gingen sie doch weiter. Wenigstens die paar Stunden konnten sie noch aushalten, bis sie für alle Tage zur Ruhe kamen.

Die paar Stunden?! Die Zeit bis zum Nachmittag erschien Doktor Herzfeld plötzlich wie ein Jahrhundert. Und er begriff nicht, wie es möglich war, sie noch auszufüllen. Himmel – was würde das für eine Qual noch sein, diese Stunden hinzubringen!

Grausame Kopfschmerzen hatte er. Aber dies Berlin nahm

und nahm kein Ende. Und er ging immer noch hin wie durch lange, heiße Schluchten. Die Sonne hatte er im Rücken, und sein kurzer Schatten tanzte vor ihm her und hänselte ihn mit seinen ruckweisen Bewegungen.

Oh – jetzt endlich löste es sich langsam auf. Die Häuser wurden schon wieder modern; ganz ähnlich wie in seiner Gegend. Nur weit armseliger noch. Und die ganzen Fassaden waren über und über mit Balkons bedeckt. Denn jede von den Hunderten von Wohnungen mußte ja einen Balkon haben.

Warum sind solche langen Häuserreihen nur so traurig – überfüllt mit armseligen und kümmerlichen Schicksalen? Es gibt doch kaum etwas, was uns mehr niederdrückt, als die unendliche Wiederholung der gleichen gleichgültigen Erscheinungsformen.

Aber schon wurden ja die Reihen der Häuser unterbrochen durch Holzplätze, Steinplätze, Lagerplätze aller Art. Auf öden Baustellen flatterte in langen Zeilen weiße, reine Wäsche. Wie in Neapel, sagte sich Doktor Herzfeld. Da flattert auch überall weiße Wäsche, wohl weil kein Mensch daran denkt, sie zu tragen.

Wirklich – man ahnte das Land; denn schon waren ja schwarze Bretterzäune zwischen den einzelnen Fassaden, mit Stacheln bewehrt und über und über beschmiert und beschrieben mit Zeichnungen und Worten unflätigen Inhalts, die Doktor Herzfeld las, lesen mußte, mit einem Würgen von Ekel im Halse.

Wie kam das nur, daß er plötzlich an zwei seiner Mitschüler denken mußte – an Lücke und Feldmann, die von der frühen Verderbtheit der östlichen Straßenjugend waren und all die gefährlichen Geheimnisse und Schlupfwinkel der Holzplätze, Schuppen und Brücken kannten; – die in den Lateinstunden von Schlachten erzählten, blutigen Kämpfen zwischen Zuhältern und Schutzleuten; die dabei sein mußten, wenn man am Wintermorgen die ersten Erfrorenen in Laubenstädten fand; die Tauben stahlen, sich mit Hundefängern schlugen; an einem Nachmittag mit Katapulten dreißig Spatzen schossen; und – während sie, die andern, noch für Tanzstundenflammen schwärmten – schon heimlich mit Konfirmandinnen des Abends in die Gebüsche des Humboldthains verschwanden…

Wo mag so etwas hin sein? – Vielleicht ist es heute ein braver Geheimer Rechnungsrat; ein Haus- und Ladenbesitzer; ein Vormund und Armenvorsteher. Oder auch irgend einer ganz unten auf der Nachtseite des Lebens – gerade wie er Jetzt… – oh, jetzt öffnete sich der Blick und die Straßen hörten auf.

Doktor Herzfeld wußte gar nicht, wo er war. Fabriken lagen da mit den Riesenfingern ihrer Schornsteine, mit langen, glasbedeckten Schildkrötenhallen, seltsamen Eisengerüsten, Kranen und Gasometern. Und drüben türmten sich Stapel von Gerümpel, von Alt–Eisen, von verrosteten Maschinenteilen, von verbogenen Metall röhren; hoben sich ganze Bergzüge verbrauchter eiserner Betten, eiserner Zäune, Treppengeländer und Treppenstufen. Dazu roch es nach tausenderlei Abfällen. Vielleicht von irgend einer Leimsiederei her. Und zwischen alldem glitten lange Güterzüge dahin, in denen flache und hohe Wagen wie rhythmisch wechselten.

O – wie die Sonne hier hereinbrannte; mit einer Fülle gleichsam erstaunten weißen Lichtes, das mit doppelter Glut in die granitenen, unbebauten Straßenzüge sich versenkte, die, wie die Fäden einer Riesenspinne, von einem Mittelpunkt aus das eben besiegte Land durchzogen. Die wenigen alten Bäume aber, die da drüben noch irgend ein morsches und vergessenes Landhaus umstanden, zitterten schon ordentlich vor ihrem Schicksal. Sie waren wie grau gewordene Dienstboten, die scheinbar nur noch aus Anhänglichkeit bei der Familie ausharren, trotzdem es mit Lohn und Behandlung schlecht genug bestellt ist. In Wahrheit aber, weil sie sich sagen, daß sie nirgends anders mehr sich hineinfinden würden.

Auch die letzten paar Getreidefelder neben ihnen setzten kaum noch Ähren an. Und die dünnen, armseligen Halme schwankten und bebten selbst in dem fast unmerklichen Lufthauch – als wüßten sie es nur zu gut, daß ihre Rolle an dieser Stelle für die nächsten fünfhundert Jahre ausgespielt war.

Überall zeigte der nackte Boden Unebenheiten; halb abgegrabene Hügel, tiefe, noch ungefüllte Senkungen. Und überall war man an der Arbeit, um dem vordrängenden Ungeheuer Berlin die Wege zu ebnen: mit Stein- und Sandwagen und Feldbahnen; mit Schaufeln und Rammen. –

Doktor Herzfeld *konnte* einfach nicht weiter. Er war mit all seinen Kräften am Ende. Seine Füße trugen ihn buchstäblich nicht mehr. Sie hörten auf zu gehorchen. Ach! Ausruhen – Mann Gottes nur fünf Minuten verschnaufen! – Und seit gestern hatte er ja auch kaum etwas genossen. Und dann dieser wahnsinnige Sonnenbrand… da von oben herunter – –! Ja – aber wo denn nur...? Sieh an, da waren ja gerade ein paar Bordschwellen übereinander geschichtet. Setzen wir uns ruhig einmal dort hin… wir haben gewiß uns oft noch härter und kälter gebettet.

Lene Held – Amélie de Beautemps…

Und wenn er es nun nicht vermöchte?! – Denn seine Nerven – auf die war ja kein Verlaß mehr. Oh – dann würde er eben gleich draußen allein auf dem Friedhof… Vorzüglich! Da spart man den Leichenwagen…

Ach Gott ja – wie war das damals doch? Da war er einmal hinausgegangen – an ihrem Geburtstag – und da war eine junge Frau in Schwarz und eine alte Dame in Schwarz. Die standen vor einem Grab, das noch keinen Hügel hatte. Auch ein kleiner Junge war dabei im Matrosenanzug. Und mit einmal rief der Junge ganz laut: ‹Sieh doch mal, Mutter – bei Vater fliegt ’n Schmetterling!›

Ja, mein kinderreines Lächeln

Aber dann packte Doktor Herzfeld wieder die Wut, so daß er sich fast krümmte unter ihren wilden Griffen. Nein – er müsse ausharren! Aushalten bis Nachmittag! Und nicht so lächerlich und zwecklos vorher sein Pulver verschießen! Vielleicht war ja sein ganzes Leben nur zu alldem eine Vorstufe gewesen – *gewiß* war es nur dazu eine Vorstufe gewesen. Nie hatte er noch klarer und bestimmter es gewußt, daß er das vollbringen müsse, wie in diesem Augenblick.

Ja – was war denn das nur?! Die Lider reißt Doktor Herzfeld hoch, die ihm fast zugefallen sind. ‹Hüh› und ‹Hüh› und wilde Flüche, ganz dicht vor ihm, aus einer rauhen Kehle. Und klatschende Schläge. Und unten aus der Böschung kommt es auf Doktor Herzfeld zu: die abgetriebenen, keuchenden Gäule; der hochbeladene Sandwagen dahinter, und der Kutscher daneben. Ein Ruck – ein Sprung – und die schweren Räder stecken bis tief an die Naben im Erdreich. Zitternd, schwitzend, mit geöffneten Nüstern undjagenden Weichen fallen die armen Pferde zurück. Der brutale Kutscher aber reißt sie hoch, läßt die Peitschenschnur spielen–immer kurz und scharf um die Hinterfüße. Gegen die Lenden zielt er, treibt die Peitschenpuschel über den Leib hin. Und jeder Hieb gibt Striemen – lange, aufquellende Striemen. Die Tiere bäumen sich und reißen in den Strängen. Aber fest sitzt die schwere Last und rückt und rührt sich nicht. Wie eingemauert bleibt der Wagen im Boden.

Neue, wildere Flüche, neue, grimmigere Peitschenschläge. Nach der Seite biegen die gequälten Tiere aus und brechen wieder zurück. Und immer wilder tanzt die sausende Schnur über sie hin, schneidet ein – unter der unerbittlichen Sonne. Heiser, wie Bellen klingen die anspornenden Rufe dazu.

Und da – da – – Doktor Herzfeld packt ein Schwindel – – o Gott – fährt nicht wahrlich das eine gequälte Tier bei jedem Schlag, der es trifft, dem andern in sinnloser Wut mit seinen langen, weißen gefletschten Zähnen nach dem Hals – immer nach dem Hals? Verbeißt sich da ordentlich drin – gräbt die weißen Knochen hinein in das andere keuchende, gemarterte Leben.

Gerade, als wär der da neben ihm schuld an seinem Elend! Gerade als schwänge der da neben ihm selbst die grausame Peitsche! Und als wären sie nicht beide vor die gleiche schwere Last, unter den gleichen klatschenden Hieben, an den gleichen Strang gefesselt. – – Und sind wir nicht alle vor eben dieselben, vor die nämlichen Lasten des Lebens gespannt – und zittern wir denn nicht alle unter den Hieben des unbarmherzigen Lenkers? Und wollen wir denn nicht *alle* einander mit scharfen Zähnen nach dem Halse den andern, die gleich uns unter diesen Geißelhieben sich winden…?

Die Gedanken Doktor Herzfelds haben keine Worte. Nur blitzartige, blendend scharfe Vorstellungen. Doktor Herzfeld hat die Empfindung einer unerhörten Helle. Etwas wie der Lichtschimmer, das grelle Aufblitzen irgend einer Explosion flammt ihm im Hirn, füllt es ganz, sprengt ordentlich die Wände des Schädels auseinander.

Und Doktor Herzfeld sieht dann die beiden Pferde das jämmerliche, keuchende und das andere, das im letzten Zucken seiner Ohnmacht noch mit langen weißen Zähnen jenes am Halse packt – erblickt sie ganz dicht vor sich. Riesengroß erscheinen sie ihm gegen den sonnenfunkelnden Himmel, stehen gleich einem gewaltigen, durchsichtigen Lichtbild über den Häuserreihen der glühenden Stadt, die da hinten liegt.

Und dann hat Doktor Herzfeld noch so ganz dämmrig – nur mehr wie ein letztes Sichauflösen ein Gefühl, ähnlich dem, das uns durchzittert, wenn man am Ende eines langen, wirren Traumes von einem hohen Berg hinab ins Bodenlose gleitet.

Das erste aber, was Doktor Herzfeld dann wieder erkennt, nach einer tiefen jenseitigen Ewigkeit, das sind an einer dunklen Uniform ein paar silbrig-blanke Knöpfe, die dicht vor seinem Gesicht sich bewegen. Und dahinter, daneben taucht in noch unklaren Umrissen ein ganzer Kreis von Menschen auf. Und langsam bilden sich daraus Steinsetzer mit bloßen braunen, tätowierten Armen; Kutscher mit lehmigen Beinkleidern; Rammer mit schiefen Soldatenmützen. Und Kinder, die nach vorn drängen und einander stoßen. Überall ganze Hümpel von rotznäsigen Bälgern. Und ein paar Stimmen hört Doktor Herzfeld ganz hoch und erstaunt rufen. Aber er versteht die Worte durchaus nicht.

«Wie heißen Sie?» sagt dann der Schutzmann sehr freundlich, und jede Silbe langsam und einzeln aussprechend; fragt es mit jener ruhigen Liebenswürdigkeit, die der Schutzmann gern annimmt, wenn er einen Mann mit gutem Rock vor sich hat, der anscheinend nicht betrunken ist, sondern dem sonst irgend etwas zugestoßen.

Ja – wie heißt er doch gleich?! Doktor Herzfeld gibt noch ganz benommen Namen und Wohnung an.

Ob ihm sehr schlecht wäre? Ob er wünsche, daß man ihn vielleicht in ein Krankenhaus oder zu einem Arzt brächte?

Nein – nein! Ihm ist gar nicht schlecht! Wer das behaupten will? Er ist durchaus nicht übel daran; er ist nunmehr schon wieder einfach beleidigend frisch und munter. Ihm muß wohl *nur* durch die Hitze… Er geht sonst immer in der Mittagsglut, gerade da gern spazieren. Ja, ausnahmsweise heute, durch die Hitze, muß ihm ein ganz klein wenig unwohl geworden sein. Man soll ihm doch nur einen Wagen holen. Weiter nichts. Er wird dann schon allein nach Hause kommen…

Und richtig – da kommt auch schon im Bogen von einem Seitenweg ein Auto herangeschossen. Und ein Junge, der es sich nicht hatte nehmen lassen, es zu holen, winkt, glücklich über die

Freifahrt, vom Trittbett herunter.

«Wat kieken Se denn?» sagt der Schutzmann mit einmal in gereiztem Ton zu den Arbeitern. «Jehn Se doch weiter – machen Se hier keenen Auflauf!»

Langsam wendet man sich. Nur die Kinder bleiben.

Einer öffnet den Wagenschlag, hält Doktor Herzfeld noch die Hand zum Trinkgeld hin – und schon jagt das Auto fort.

Mit halbgeschlossenen Augen sitzt Doktor Herzfeld in der Ecke des Autos. Der Wagen ist geöffnet, und die Zugluft während der Fahrt tut ihm wohl. Doktor Herzfeld ist noch etwas benommen, aber doch durchzogen von einer seltsamen, leichten Helligkeit. Er hat das Gefühl eines Kranken, der das erste Mal wieder nach langer Zimmerhaft in das Freie hinaustritt. Er spürt kaum das Materielle seines Körpers, und doch ist er sich seiner Schwäche voll bewußt. Aber alles ist neu, und was ihm entgegentritt, ist gleichsam wiedergefundenes Gut, das man längst verloren glaubte und von dem man längst die Hoffnung aufgegeben hatte, es je wieder in Besitz nehmen zu dürfen.

Ganz verschwommen taucht ihm noch das grausame Bild der gepeitschten Tiere auf. Aber der Strudel zieht es immer weiter, macht es immer unbestimmter, und bald versinkt und verschwindet es ganz.

Alle Eindrücke, die Doktor Herzfeld vorher quälten, sind jetzt für ihn freudige Überraschungen und neue Er scheinungen. Er hat nichts mehr mit ihnen zu tun, steht nicht mehr mitten zwischen ihnen; er beobachtet sie im Vorüberfliegen unter dem leisen, singenden, einwiegenden Rhythmus des rollenden Wagens. Er ist nicht mehr da draußen unter dem Volk, sondern er ist wieder das, was er sonst war: der halb schmerzliche, halb lächelnde Outsider mit der ein wenig geschürzten Miene des Spötters.

Und eines – eines versteht Doktor Herzfeld nicht: Ist *er* denn das, der all das durchlebt hat? Ist er es denn? Wirklich er, Doktor Herzfeld, den er doch von Jugend an, von *so* klein an kennt? – – Wie war das doch? Gestern abend gegen neun, da ging er fort, genau so wie immer; gerade so wie stets; kaum weniger unglücklich als sonst. Und dann hatte er angefangen, ohne daß er es wollte, alle Labyrinthe des Menschlichen zu durchirren – fast bis zur letzten verschlossenen Kammer. Wie die Frau des Blaübart.

Wenn er, Doktor Herzfeld, das nun nicht gewesen wäre? Sondern vielleicht irgend ein anderer, den er vorher nie gekannt und den er auch nie wiedersehen wird!

Doktor Herzfeld fühlt nach seinem Browning, wie um sich zu überzeugen, daß er doch all das *nicht* geträumt hat. Und er beginnt danach zu suchen, halb aufgeregt, halb über sich selbst belustigt, wie ein Mann, der sein Billett nicht finden kann, während der Zug schon in die Halle einfährt, und der heb all seiner Bestürzung doch fühlt, daß er für die Umstehenden vom Stationsvorsteher bis zum Gepäckträger hinab – eine schon mehr überwältigend komische Figur ist. Nein – gehabt hat er ihn bestimmt, den Browning. Aber all seine Brusttaschen sind jetzt leer – ganz leer. Vielleicht ist er ihm beim Sturz herausgefallen und liegt da zwischen den Steinen. Vielleicht hat ihn der Schutzmann an sich genommen, schlichtweg konfisziert, wie der Lehrer die Klatsche. Oder vielleicht hat irgend einer sonst ihn verschwinden lassen, um bei Gelegenheit mit seiner Unterstützung Meinungen nachhaltiger vertreten zu können. Genug der Browning ist fort…

Eine kleine Weile fühlt sich Doktor Herzfeld doch etwas beschämt. Es ist ihm, als ob er ein Examen nicht bestanden hat. Es beginnt ihn zu peinigen, daß er auch zu dem nicht einmal recht geeignet war – zu dem, was jeder einfache Mensch, ohne viel nachzudenken, zu tun fähig ist.

Aber das ist nicht lange, daß ihn diese Gedanken aufscheuchen. Dann überwiegt doch in ihm das Gefühl eines Mannes, der am Rand des Abgrunds ins Rutschen kam und der im letzten Moment den Zweig von Knieholz glücklich zwischen die Finger kriegt und sich daran wieder hochzieht.

Langsam und allmählich kehrt so etwas wie Lebenslust und Lebensfreude in ihn zurück. Und unter dem sanften Rollen, dem souveränen Dahingleiten durch all das bunte Gewühl des Tages, das tausendfach, mit jedem gehobenen Pferdehuf und jedem Peitschenknall und jedem Pfiff eines Hausdieners, mit jeder Schutzmannsgeste und jedem wehenden Rauch eines Eisenbahnzuges tausendfach und tausendfach das Leben bejaht – damit kommt so eine ganze Flut von angenehmen Dingen in leisen, aber unaufhaltsamen Wellen in ihn eingeströmt.

Ja, wo ist er denn hier? – Doktor Herzfeld blickt hinaus: seine alte Studentengegend; vollgepfropft mit Erinnerungen. ‹Eichendorffstraße›, ‹Novalisstraße›. Höchst eigentümlich, sagt er sich, daß nach den feinsten Romantikern die am wenigsten feinen Straßen heißen! Und dabei lacht Doktor Herzfeld vor sich hin; leise und froh.

Und dann beginnt Doktor Herzfeld seine Gedanken auf die Weide zu schicken. Sie schwärmen aus wie die Bienen, die nach honigtragenden Blüten, nur nach honigtragenden Blüten suchen. An Paris beginnt er zu denken, an das singende, springende Paris, an dieses ‹Volk von Fackelträgern› wie Hamsun einmal sagt. Die Seine taucht vor ihm auf, mit ihren vielen breiten, hellen Brücken, die sich darüber hinspannen wie Gitarrensaiten – klingend von Leben. Und ganz dicht daneben steht so ein ganz kleines Seebad in der Nähe von Havre; nur ein paar Hotels, eingeklemmt in die Dünen, in denen man geradezu köstliche Dinge zu essen bekommt – leicht und wohlschmeckend, und in zierlichen Porzellangefäßen, nicht viel größer als Nußschalen.

Und dann empfindet Doktor Herzfeld eine unbändige Sehnsucht, einen alten Japanhändler in der Rue Maubeuge wiederzusehen, einen Mann mit einem Käppelchen, und so fein, daß er fortgesetzt vor sich selbst Verbeugungen macht.

Aber seltsam – all diese Dinge erscheinen doch nicht vereinzelt, sondern sie stehen wie die Köpfe von alten Heiligen auf einem Goldgrund, sind überreich an Beziehungen zu irgend jemand, der diese Dinge noch nicht kennt, für den es aber durchaus nötig ist, daß er sie kennen lernt. Denn ohne Zweifel ist all das nur dazu geschaffen, wartet gleichsam auf sie, hat sich seine feinste Geste, seine letzte Gebärde für sie aufgespart –: Rehchen – immer wieder Rehchen – – süßes, liebes Tier.

Aber wenn nun… das letzte Streichholz brennt nie… Oh, es soll aber schon vorgekommen sein, daß es *doch* einmal brennt! Und warum soll es denn nicht bei ihm einmal gut gelaunt sein?

Und dann schießt Doktor Herzfeld ein Vers durch den Kopf. Wohl zehnmal sagt er ihn vor sich hin – er fügt sich zur gleitenden Bewegung des rollenden Wagens, verbindet und verschwistert sich mit allem, was seine Augen halbbewußt sehen, mit den vorüberhuschenden, sonnenbeschienenen Straßenzügen, mit auftauchenden Plätzen voll von Grün, aus denen rote Kirchen leuchten, mit den breiten sandsteinfarbigen Prunkbauten von Museen und Lehrinstituten; mit dem gleitenden Wasser der Spree, in dem die Sonne blitzt wie in einem Blechschild. Leise – lächelnd und mit dem Aufdämmern eines ganz neuen, müden und wohligen Glücksempfindens singt das in ihm: «Unjung» – wie wundervoll das Wort ‹unjung› ist! Nicht ‹alt›, nur:

«Unjung und nicht mehr ganz gesund,
Wie ich es bin zu dieser Stund',
Möcht' ich noch einmal lieben, schwärmen
Und glücklich sein – doch ohne Lärmen.»

Unjung und nicht mehr ganz gesund… Er könnte das einen ganzen Tag vor sich hin sagen, ohne dessen müde zu werden.

Und schon wird das Bild für Doktor Herzfeld wieder vertrauter und alltäglicher. Auf den breiten Wegen, oben am Tiergarten, gehen wieder *seine* Menschen, die er kennt, mit denen er sich eins fühlt. Und mit ihrem Anblick scheint zugleich all das Erlebte von ihm abzufallen, wie ein morscher Zweig, der sich vom Stamm löst. Und von Sekunde zu Sekunde taucht dafür da hinten, wieder greifbar – rückt gleichsam wie eine Insel, der man sich nähert, am Horizont empor – greifbar und klar, seine Welt auf mit den stillen, feinen Freuden, die er sich aus aller Kümmerlichkeit eines entgleisten Lebensjahr für Jahr mit hundert kleinen Steinen wieder aufgebaut hat. Sie gewinnt Macht, und er ist schon wieder in ihr, ehe er noch den Fuß in sie hineingesetzt hat.

Unjung und nicht mehr ganz gesund.